백석 시 바로읽기

백석 시 바로읽기

백석 대표시 해설 • 고형진

머리말

백석에 대한 연구논문이나 평론들은 헤아릴 수 없을 정도로 많다. 지금 이 순간에도 그에 대한 연구성과들이 제출되고 있고, 그의 시를 이해하려는 연구들이 줄기차게 진행되고 있다. 백석은 한국시를 전공하는 학자나 평론가들에게 가장 중요하고 인기 있는 연구대상이다. 백석에 대한 열기는 일반독자들도 예외가 아니다. 가장 좋아하는 시인을 묻는 여론조사에서 백석은 일반독자나 시인 모두에게 부동의 첫 순위로 꼽힌다. 백석에게 집중되는 연구 열기는 이러한 대중적인 호응도와도 밀접한 관련이 있다.

그러나 그동안의 백석 시 연구들은 엄청나게 쏟아진 양에 비례할 만큼의 성과를 내고 있다고 보기 어렵다. 선행 연구의 성과들을 답습하는 유사한 내용들이 말만 조금씩 바뀐 채 반복되는 경우가 많으며, 기계적이고 도식적인 시각으로 접근해 백석 시의 본질과는 거리가 먼 소모적인 연구들도 적지 않다. 백석 시를 깊고 새롭게 이해하는 데 도움을 주지 못하고 논문 자체의 목적만을 달성시키는 이런 '논문을 위한 논문'은 백석 시를 애호하는 독자나 전문적인 연구자들에게 혼란과 피로만을 안길 뿐이다. 이제 백석에 대한 연구는 섬세한 촉수로 그의 시의 언어 속에 내장된 예술적 자질을 새롭게 규명하는 데 이바지할 때만이 진정한 의미를 지닐 것이다.

모든 뛰어난 시인들이 언제나 그렇듯이 백석 역시 연구자들이 시도하는 작품세계의 유형화를 손쉽게 허락하지 않는 강한 개체성을 갖는다. 흔히 백석 시의 특징을 한두 가지로 규정하곤 하지만, 실제로 그의 작품세계는 다양하기 그지없다. 그의 시들은 한 편 한 편이 차별성을 지닌 매우 개성적인 예술품으로 점철되어 있다. 내용의 측면에선 그의 시를 몇 가지로 유형화할 수 있어도 언어의 운용이나 형식과 같은 기법의 측면에서 그의 시를 분류하는 건 거의 불가능하다. 그는 처음부터 다른 시인들과 차별되는 시들을 써나갔고, 그 후의 시작과정에서 끊임없는 자기갱신을 시도하였다. 그는 매 작품마다 시적 언어의 새로운 영역을 개척하면서 우리 시의 새로운 전형들을 창조해내었다. 그리하여 그의 시들은 각각의 작품들이 개성과 독자성을 지닌 주옥같은 예술품으로 빛을 내고 있다.

이 책은 이처럼 개별성이 강한 백석의 시 한 편 한 편을 자세히 감상하여 그의 시를 제대로 이해하기 위해 마련된 것이다. 분단 이전까지 그가 발표한 시는 97편 정도로 조사되는데, 그 가운데 작품성이 뛰어난 60편을 추렸다. 이 정도면 그의 시의 전모를 헤아려볼 수 있으리라 생각된다. 이번에 개별 작품에 대한 해석을 시도하면서 전에 논문이라는 논리적 양식으로 백석 시를 들여다보았을 때 미처 눈치채지 못했던 미세한 아름다움을 수없이 발견하게 되었다. 백석 시 60편을 하나씩 해석해나가면서 우리말과 시의 형식에 대해, 그리고 우리 겨레와 마음씨에 대한 백석의 무한한 애정과 탐구정신에 새삼 탄복하게 되었다. 백석 시를 해석하면서 영향관계도 살펴보았다. 백석은 동시대는 물론 오늘의 시인들에게까지도 커다란 영향을 미치고 있는 시인이다. 개별 작품의 해석 말미에 영향관계에 놓인 작품들과의 상관성을 살펴봄으로써 백석 시가 후대로 번져나간 흔적을 뚜렷이 확인하도록 하였다.

작품해석과 함께 개별 어휘에 대한 뜻풀이도 시도하였다. 백석 시에 대한 어석語釋은 아주 오래전에 석사학위 논문을 쓰면서 처음 시도했었는데, 그동안 여러 연구자들이 이어나간 성과물과 수많은 사전자료들을 참고하면서 이번에 새롭게 정리하였다. 헤아릴 수 없이 많은 분야에 걸쳐 있는 그의 시의 다양한 체언들은 국어와 방언사전을 넘어 방대한 분량의 사전자료를 필요로 한다. 백석 시의 어석에 직접적으로 동원된 참고자료는 뒤에 부기해놓았다. 이 작업을 하는데 여러 사람들로부터 도움을 받았다. 우선 사전자료를 조사해준 장은석 강사의 도움이 매우 컸으며, 백석 시에 대한 용례색인을 정리한 대학원 박사과정의 최은지와 오현진 학생의 도움도 잊을 수 없다. 이 자리를 빌려 두루 고마운 마음을 전한다. 또 백석 시의 어석에 필요한 민속학과 한문, 문화지리, 역사와 관련된 자료들을 제공해주고 조언을 해준 전경욱, 이창희, 홍금수, 권내현 교수들의 깊은 후의에 감사를 드린다. 아울러 책의 출간을 맡아준 현대문학사 관계자 여러분들께도 깊은 감사를 드린다.

이 책이 백석 시를 사랑하는 모든 사람들에게 좋은 길잡이가 되기를 바란다.

2006년 봄

고형진

차례

물총새가 된 아이들

박각시 붕붕 날아오면

통영에서 북관까지

외롭고 높고 쓸쓸한 길

여우난골의 이야기

정주성定州城

산山턱 원두막은 뷔였나 불빛이 외롭다
헝겊심지에 아즈까리 기름의 쪼는 소리가 들리는 듯하다

잠자리 조을든 문허진 성城터
반디불이 난다 파란 혼魂들 같다
어데서 말있는 듯이 크다란 산山새 한 마리 어두운 골짜기로 난다

헐리다 남은 성문城門이
한울빛 같이 훤하다
날이 밝으면 또 메기수염의 늙은이가 청배를 팔러 올 것이다

어데서 말있는 듯이 어디서 말소리가 나는 듯이.
한울 하늘.
메기수염 메기의 수염처럼 몇 오라기만 양쪽으로 길게 기른 수염.
청배 청배靑梨. 푸른 배.

「정주성」 해설

이 시는 1935년 8월 30일 『조선일보』 지상에 발표한 작품으로 백석의 시단 데뷔작이다. '정주성'은 백석의 고향마을에 있는 유서 깊은 성이다. 백석은 일본의 청산학원에서 영문학을 공부하고 귀국하여 조선일보사에 근무하면서 이 작품을 발표했다. 일본유학의 영문학도이자 신문사의 기자로 일했던 그가, 시인으로서 출발을 알리는 첫 작품의 소재를 자신의 고향마을에 있는 유적지로 삼은 것은 남다른 의미를 갖는다. 그것은 오랜 역사와 전통을 가진 자신의 고향마을의 유산과 정신을 시의 원천으로 삼고자 하는 의식과 관련이 있다. 그는 이 작품 이후 고향의 방언과 풍속을 시의 세계로 승화시키면서 우리 민족의 내부에 원형질로 간직되어 있는 근원적인 정서들을 천착해 들어가고 있다. 이 점에서 그의 데뷔작인 「정주성」은 그의 시의 향방을 가늠하는 나침반과도 같은 작품이다.

시의 배경은 '정주성'의 밤이다. 시인은 어두운 밤 고향마을의 정주성에 나와서 주변의 경관을 바라본다. '성'은 적의 침입을 막기 위한 것이므로 대개 산턱에 쌓는다. 밤이 되면 산턱은 더욱 컴컴해진다. 컴컴한 곳에서 제일 먼저 눈에 띄는 것은 불빛이다. 그리하여 시인의 시야에 제일 먼저 들어온 것은 불빛이 비치는 원두막의 풍경이다. 원두막에는 아무도 없는 듯하며, 그리하여 희미하게 내비치는 허름한 등잔불의 풍경이 유난히 외로워 보인다. 헝겊 심지에 아주까리기름을 연료로 불을 밝히는 희미한 등잔불은 전기불이 들어오지 않던 옛날 시골에서 일반적으로 쓰던 등불이다. '헝겊 심지에 아즈까리 기름의 쪼는 소리가 들리는 듯하다' 는 것은 아주까리기름으로 불빛이 지펴지는 순간의 미세한 느낌까지 포착되는 것을 표현한 것이다. 그것은 그 미세한 소리가 느껴질 정도로 주변이 적막하고, 그 풍경이 외로워 보인다는 것을 의미한다.

이어서 시인의 눈은 주변의 '문허진 성터' 로 이동한다. '문허진 성터' 는 쇠락한 역사의 현장으로 허망한 느낌을 준다. 복원되지 않고 방치되어 있는 그곳은 초라하고 황량한 느낌도 불러일으킨다. '잠자리 조을든' 이라는 수식어는 돌보는 이 없이 방치되어 있는 황폐한 역사의 현장을 보다 감각적으로 느끼게 해준다. 컴컴한 주변에는 반딧불이 난다. 밤하늘의 반딧불은 일반적으로 아름답게 느껴지지만, '문허진 성터' 주위에 나는 그것은 '파란 혼' 들과도 같다. 그 비유는 방치되어 있는 쇠락한 역사의 현장이 환기하는 황폐하고 을씨년스러운 느낌을 더욱 고조시킨다. 그때 '크다란 산새' 한 마리가 어두운 골짜기로 난다. 반딧불이 '파란 혼' 처럼 느껴지는 으스스한 현장에서 조그만 산새도 아닌 '크다란 산새' 가

어두운 골짜기로 날아가는 풍경은 섬뜩하고 기괴한 느낌마저 준다.

어두운 밤의 '문허진 성터'에서 느끼는 섬뜩할 정도의 황폐함과 을씨년스러움은 3연에서 새로운 전기를 맞는다. 시인은 폐허가 된 '정주성'의 또 다른 자취를 본다. 이번에는 '헐리다 남은 성문'을 본다. 그런데 그 황폐화된 성문은 '한울빛 같이 훤하'게 비친다. 그것은 돌로 쌓은 성문의 잔해가 밤하늘에 하얗게 비치는 것을 표현한 것이다. 컴컴한 밤이라도 돌은 하얗게 비친다. 정주성은 커다란 성이었기 때문에 '헐리다 남은 성문'이라도 규모가 작지 않을 것이다. 그리고 산턱 원두막에는 희미하나마 아주까리기름의 등불이 비치고 있으므로 더욱 빛이 났을 것이다. 주목되는 것은 시인이 그 빛을 '하늘빛'에 비유한 점이다. 그것은 시인이 컴컴한 밤에 훤하게 비치는 성문의 잔해에서 하늘처럼 광활하게 번져나가는 광채와 하늘과 같은 높은 정신의 기운을 느끼고 있음을 함축한다. 비록 무너진 잔해지만 컴컴한 밤에 훤하게 광채를 뿜어내는 성문을 바라보며, 고향의 역사적 유물이 전해주는 정신의 기운을 어렴풋이 느끼고 있는 것이라고 할 수 있다.

'정주성'에서 받은 이러한 시인의 마음은 그 다음에 이어지는 청배 파는 늙은이에 대한 서술과 긴밀히 연관된다. 날이 밝으면 정주성에 나타나 청배를 파는 늙은이의 모습은 삶의 연명을 위한 기본적인 생활 행위에 해당한다. 장사는 살아가기 위한 가장 기본적인 생활수단이자 생활풍경이다. '또'라는 부사는 그 행위가 정주성에서 매일 반복되고 있음을 알려준다. 그 늙은이는 고향의 역사적 유물의 현장에서 매일 그 같은 일상적인 삶의 행위를 벌여나가고 있는 것이다. 역사적 유물의 현장에서 하늘같이 훤한 광채와 정신적 기운을 느낀 시인이 바로 이어 그곳에서 일상적 삶의 행위가 매일 벌어지고 있는 것을 상기하는 것은, 바로 그런 광채와 정신적 기운의 자장 속에서 일상적 삶이 이루어지고 있으며, 그것을 통해 나날의 삶이 연명되고 있다는 것을 생각하는 것이다.

무너져 방치되어 있는 '정주성'은 청배 파는 늙은이처럼 쇠락하고 을씨년스럽기 그지없지만, 그런 가운데도 하늘빛같이 번져나가는 광채와 정신적 기운을 느끼고, 그 정신적 자장 안에서 일상의 삶이 지탱되고 있음을 이 시는 보여준다. 고향의 유적에 대한 풍경에서 삶을 연명해나가는 근원적인 의식을 성찰하는 시인의 고향의식은, 이후의 시편들에서 고향의 언어와 삶의 세목에 대한 구체적인 탐색으로 나아간다.

산지山地

갈부던 같은 약수藥水터의 산山거리
여인숙旅人宿이 다래나무지팽이와 같이 많다

시냇물이 버러지 소리를 하며 흐르고
대낮이라도 산山옆에서는
승냥이가 개울물 흐르듯 운다

소와 말은 도로 산山으로 돌아갔다
염소만이 아직 된비가 오면 산山개울에 놓인 다리를 건너 인가人家 근처로 뛰여온다

갈부던 조개로 만든 아이들의 장난감.
다래나무 다래나무과의 낙엽 활엽 덩굴나무. 열매는 식용하거나 약용하며 주로 깊은 산에서 자란다.
버러지 벌레.
된비 몹시 세차게 내리는 비.

벼랑탁의 어두운 그늘에 아츰이면
부헝이가 무거웁게 날러온다
낮이 되면 더 무거웁게 날러가 버린다

산山너머 십오리十五里서 나무뒝치 차고 싸리신 신고 산山비에 촉촉이 젖어서 약藥물을 받으러 오는 산山아이도 있다.

아비가 앓는가부다
다래 먹고 앓는가부다

아랫마을에서는 애기무당이 작두를 타며 굿을 하는 때가 많다

벼랑탁 벼랑턱.
나무뒝치 나무로 만든 뒤웅박. '뒝치'는 '뒤웅박'의 평북 방언. '뒤웅박'은 '박을 쪼개지 않고 꼭지 근처에 구멍만 뚫어 속을 파낸 바가지'를 말한다.

「산지」 해설

이 시는 제목에 명시되어 있는 것처럼 '산지'의 풍경을 묘사한 작품이다. 「주막」, 「비」 등과 함께 「정주성」 이후에 발표한 두 번째 작품이다. 이 시는 작품성보다는 시적 출발기에 백석이 드러낸 시적 태도를 상징적으로 보여준다는 점에서 주목되는 작품이다.

총 7연으로 구성된 이 시에서 1~4연은 산지의 자연풍경을, 5~7연은 산지 부근에서 벌어지는 사람들의 생활풍경을 그린다. '산지'의 풍경을 그리면서 산속의 자연경치에 집중하는 것이 아니라, 생활의 체취와 호흡을 드러내려는 의도가 초기 시부터 작동하고 있음을 확인할 수 있다.

자연풍경의 묘사에는 직유의 구사가 눈길을 끈다. 시인은 산지의 약수터를 '갈부던' 같다고 말한다. 또 산지에 많이 들어서 있는 여인숙을 '다래나무지팽이'와 같이 많다고 말한다. '갈부던'은 시인의 고향에서 아이들이 가지고 놀던 장난감이다. 조개로 만든 것이라고 한다. 약수터의 모양을 '갈부던'의 모양에 빗대어 표현한 것으로 보인다. 주목되는 것은 이 '갈부던'이라는 것이 평북지방의 토속적인 물건이라는 점이다. 산지의 약수터를 토속적 물건에 빗대어서 형체뿐만 아니라 깊숙한 산골의 정취까지도 자아낸다. 그 '산지'에 많이 들어서 있는 여인숙을 빗댄 '다래나무지팽이'는 '다래나무의 지팽이'가 아니고 '다래나무'를 지칭하는 명칭인 것으로 보인다. '여인숙'과 '지팽이'와는 유추관계가 성립되지 않는다. 산지에 다래나무가 많이 있고, 또 그 사이 사이로 많은 여인숙이 들어차 있는 풍경을 그린 것으로 보인다. 비유를 할 때, 우리의 토속적 사물에 빗대고, 또 그 비유의 원관념과 인접해 있는 사물을 끌어다 쓰는 것이 백석 시가 지닌 비유법의 중요한 특징이다. 그래서 그의 직유는 원관념을 선명하게 드러내는 역할도 하지만, 원관념과 보조관념이 합쳐서 작품 전체의 풍경을 그려내고 분위기를 환기해내는 역할도 한다. 2연의 비유에서도 이런 태도가 나타난다. 시냇물 소리는 버러지 소리를 하며 흐르고, 승냥이가 우는 것은 개울물 흐르듯 운다고 표현된다. 시냇물과 버러지, 승냥이와 개울물은 모두가 산속의 풍경을 이루는 것이다. 이런 직유를 통해, 산속의 자연들이 서로 엉키며 일정한 체계 속에서 살아가는 자연의 질서와 조화를 보여준다.

5연부터는 자연풍경에 인간들의 생활 모습이 등장한다. 그 약수터에 한 아이가 약물을 받으러온다. 산지 부근에 사는 '산아이'의 토속적인 외양이 구체적으로 묘사되어 있지만, 의미의 초점은 그가 '약藥물'을 받으러온다는 사실에 놓여 있다. 약수터에 등장하는 아이의 모습 다음에는 그 아이의 아비가 병을 앓고 있고, 그 원인이 다래 먹은 탓이란 추측이 서술되어 있다. 1연에서 산지의 풍경을 이루었던 '약수터'와 '다래나무지팽이'가 6연에 와서는 구체적인 생활의 터전이 되는 것이다. '약수터'와 '약수'라는 말에서 '약藥'이라는 글자가 특별히 한자로 쓰여진 것은 그 '약'의 기능을 강조하기 위한 것으로 보인다. 그는 「고야」라는 시에서는 '약눈'이라고 한글로 표기하고 있다. '약수터'는 자연 속의 풍경에서 병자를 치료하는 약을 얻는 생활의 중요한 장소가 되는 것이다. 사람 사는 곳에는 늘 우환이 있고, 마지막 7연은 그런 우환을 씻기 위한 속신의 행위를 그리면서 시를 마감한다. 이처럼 자연풍경을 묘사하면서도 자연풍경의 아름다움보다는, 그 자연 속에서 살아가는 인간들의 생활풍경을 그려내는 데 치중하는 그의 시적 태도는 이후의 시들에서 지속적으로 나타나게 된다.

한편 이 시는 그 후 내용이 대폭 축약된 채 「삼방三防」이라는 제목으로 시집 『사슴』에 실리게 된다. 일종의 개작이 이루어진 것이다. 이 개작과정을 통해서 백석의 시적 태도를 다시 한 번 확인해 볼 수 있다. 개작된 「삼방三防」이란 작품은 다음과 같다.

갈부던 같은 약수藥水터의 山거리엔 나무그릇과 다래나무지팽이가 많다.

산山너머 십오리十五里서 나무뒝치 차고 싸리신 신고 산비에

촉촉이 젖어서 약藥물을 받으러 오는 두멧 아이들도 있다

아랫마을에서는 애기무당이 작두를 타며 굿을 하는 때가 많다.

—「삼방三防」 전문

「산지」 가운데 1연과 5연과 7연만을 살리고 나머지는 전부 버리고 있다. 사실 7연으로 이루어진 「산지」라는 작품은 필요 이상으로 길어서 산만한 느낌을 주었다. 개작을 통해 훨씬 단정하고 응축된 시의 형태를 갖추게 되었다. 그런데 이 축약에서 주목되는 것은 2연을 버린 점이다. 2연은 '산지'의 풍경과 분위기를 잘 드러낸 묘사인데, 이것마저도 지운 것이다. 백석은 '산지'의 자연풍경 가운데 '약수터'를 묘사한 1연만 살리고 있다. 앞서 설명했듯이 이 약수터는 1연에선 산지의 정취를 환기하는 무대였다가, 뒤에 가선 병자를 치료하는 약을 구하는 생활의 터전 역할을 한다. 「삼방」에서는 그 대목을 바로 뒤에 이어 붙여서 그런 생활풍경을 더욱 두드러지게 만들고 있다. 「삼방」에서 살린 마지막 연은 인간의 체취가 물씬 묻어나는 서술이다. 「산지」에서도 인간의 생활풍경이 강조되고 있지만, 개작된 시에서는 완전히 인간의 삶의 체취와 호흡이 묻어나는 세계로 이동되고 있는 것이다. 백석 시 가운데에는 유일하게 개작 형태를 알아볼 수 있는 이 시에서, 우리는 구체적인 생활현장을 쫓아가는 백석의 시적 태도를 분명하게 확인하게 된다.

여우난골족族

명절날 나는 엄매아배 따라 우리집 개는 나를 따라 진할머니 진할아버지가 있는 큰집으로 가면

얼굴에 별자국이 솜솜 난 말수와 같이 눈도 껌벅거리는 하로에 베 한 필을 짠다는 벌 하나 건너 집엔 복숭아나무가 많은 신리新里 고무 고무의 딸 이녀李女 작은이녀李女

열여섯에 사십四十이 넘은 홀아비의 후처가 된 포족족하니 성이 잘 나는 살빛이 매감탕 같은 입술과 젖꼭지는 더 까만 예수쟁이마을 가까이 사는 토산土山 고무 고무의 딸 승녀承女 아들 승承동이

진할머니 친할머니

진할아버지 친할아버지

별자국이 솜솜 난 얽은 자국이 나 있는.

말수와 같이 말수와 함께. 말할 때마다.

고무 고모.

이녀李女 '이녀李女', '승녀承女', '홍녀洪女', '홍洪동이' 등은 평북시방에서 아이들을 지칭할 때 쓰는 애칭이다. 아버지가 홍가洪家일 경우 아들아이에겐 '홍洪동이', 딸아이에겐 '홍녀洪女'라고 부른다.

육십리六十里라고 해서 파랗게 뵈이는 산山을 넘어 있다는 해변에서 과부가 된 코끝이 빨간 언제나 흰옷이 정하든 말끝에 설게 눈물을 짤 때가 많은 큰골 고무 고무의 딸 홍녀洪女 아들 홍洪동이 작은홍洪동이

배나무접을 잘하는 주정을 하면 토방돌을 뽑는 오리치를 잘 놓는 먼섬에 반디젓 담그려 가기를 좋아하는 삼춘 삼춘엄매 사춘누이 사춘동생들

이 그득히들 할머니 할아버지가 있는 안간에들 모여서 방안에

매감탕 '매'와 '감탕'이 결합된 말이다. '매'는 평북 방언에서 '메진' 즉 '끈기가 적은' 상태를 말할 때 쓰인다. '감탕'이란 엿을 고아낸 솥을 부신 단물 또는 메주를 쑤어낸 솥에 남은 걸쭉한 물을 의미한다. 따라서 '매감탕'이란 '메진 감탕'이라는 뜻이다.

토방돌 토방에 쌓았거나 쌓기 위한 돌. '토방'이란 방에 들어가는 문앞에 좀 높이 편평하게 다진 흙바닥을 말한다.

오리치 평북 지방의 토속적인 풍물로서 동그란 갈고리 모양으로 된 오리를 잡는 도구.

반디젓 밴댕이젓. '반디'는 '밴댕이'의 평북 방언.

서는 새옷의 내음새가 나고

또 인절미 송구떡 콩가루차떡의 내음새도 나고 끼때의 두부와 콩나물과 뽂은 잔디와 고사리와 도야지비계는 모두 선득선득하니 찬 것들이다

저녁술을 놓은 아이들은 외양간섶 밭마당에 달린 배나무동산에서 쥐잡이를 하고 숨굴막질을 하고 꼬리잡이를 하고 가마 타고 시집가는 놀음 말 타고 장가가는 놀음을 하고 이렇게 밤이 어둡도록 북적하니 논다

밤이 깊어가는 집안엔 엄매는 엄매들끼리 아르간에서들 웃고

잔디 짠지.

숨굴막질 숨바꼭질.

꼬리잡이를 하고 여러 아이들이 마당에서 앞 아이의 허리를 잡고 한 줄로 늘어서서 맨 앞의 아이가 꼬리 쪽 아이를 잡으려고 하면 꼬리쪽 아이는 앞 아이의 허리를 잡은 채 도망질한다. 잡힌 아이는 맨 앞의 머리 쪽 아이가 되어 다시 꼬리 쪽 아이를 잡으려고 한다. 이 놀이를 '서도지방'에서는 '꽁댕이잡기'라 부른다.

아르간 아랫간.

이야기하고 아이들은 아이들끼리 웃간 한 방을 잡고 조아질하고 쌈방이 굴리고 바리깨돌림하고 호박떼기하고 제비손이구손이하고 이렇게 화디의 사기방등에 심지를 몇 번이나 돋구고 홍게닭이 몇번이나 울어서 졸음이 오면 아릇목싸움 자리싸움을 하며 히드득거리다 잠이 든다 그래서는 문창에 텅납새의 그림자가 치는 아츰 시누이 동세들이 욱적하니 홍성거리는 부엌으론 샛문틈으로 장지문틈으로 무이징게국을 끓이는 맛있는 내음새가 올라오도록 잔다

조아질 공기놀이.

쌈방이 굴리고 '쌈방이'라는 평북 지방의 토속적인 풍물을 굴리면서 노는 것을 말한다.

바리깨돌림 '바리깨'는 주발 뚜껑. '바리깨돌림'은 주발 뚜껑을 가지고 노는 모습이다.

호박떼기 아이들이 차례로 앞에 있는 아이의 허리를 잡고 한 줄로 늘어 앉아서 하는 놀이. 한 아이가 호박 따러온다고 하며 아이들이 앉은 자리 앞에 와서 "이 강이 얼마나 깊어요?" 하고 물으면 "명주고리 하나 잠길 만큼 깊어요." 하고 말을 주고받는다.

제비손이구손이 군수놀이나 평양감사 놀이를 할 때에 다리를 세는 소리. 아이들 여럿이 방 안에 두 줄로 마주 앉아서 저마다 두 다리를 뻗어 상대편의 다리 사이에 넣은 다음, 한 아이가 한쪽에서부터 소리하며 세어가다가 소리가 끝나는 곳에 걸린 다리는 구부린다. 제일 먼저 두 다리를 구부린 아이는 군수 또는 평양감사가 되고 다음은 차례로 좌수 사령 개 돼지 주인이 되고 맨 나중까지 남은 아이는 도둑이 된다. 도둑이 돼지를 훔치면 개가 짖고 주인이 군수에게 고발하면 군수는 사령에게 도둑을 잡으라고 명하는 식의 놀이이다. 다리를 세는 소리는 지역마다 다르다.

화디 '등잔걸이'의 평북 방언.

사기방등 사기로 만든 등잔불. '방등'은 '등잔'의 평북 방언.

홍게닭 '새벽닭'의 평북 방언.

텅납새 '추녀(처마끝)'의 평북 방언.

동새 '동서同壻'의 평북 방언.

무이징게국 새우에 무를 썰어넣어 끓인 국. '징게'는 새우의 방언이다.

「여우난골족」 해설

이 시는 백석 시의 개성이 마음껏 발휘된 문제작이다. 시적인 언어와 표현, 그리고 형식이 매우 낯설어서 독자들을 새롭고 경이적인 시의 세계로 안내한다. 이 시는 백석 시 형식의 여러 줄기 가운데 하나를 가장 집약적으로 보여줌으로써 그의 초기 대표작의 하나로 꼽힌다.

우선 제목이 눈길을 끄는데 '여우난골'은 산골마을의 토속적인 지명이며, '족族'은 친족이라는 뜻이다. 그러니까 '산골마을의 친족' 정도의 의미를 지닌 제목인 셈이다. 여우가 나온 골짜기라는 의미를 지닌 이 지명은 그곳이 매우 깊숙한 산골임을 느끼게 한다. 또 순우리말의 정감 어린 토속지명은 우리의 전통이 고스란히 살아 있는 곳일 거라는 느낌을 준다. 제목이 함축하는 그러한 의미들이 작품의 내용구성에 그대로 반영되어 있다. 이 작품은 '여우날골족'이 지내는 우리의 전통적인 명절풍속을 그린다.

시의 시작은 유년의 '나'가 명절날 아침 엄마와 아빠를 따라 큰집으로 나서는 것으로부터 출발한다. 이어 큰 집에 도착한 후 일가친척들이 모두 모여 풍성하게 장만한 음식을 먹고 엄마와 아이들이 제각기 이야기꽃을 피우고 장난을 치며 재미있게 놀다가 다음 날 아침까지 잠을 자는 일들을 차례대로 진술한다. 이 시는 아침부터 저녁과 밤을 지나 다음 날 아침까지 이어지는 시간적인 진행 속에 여러 인물들이 펼치는 구체적인 삶의 행위들이 진술되고 있다는 점에서 다분히 '서사적'이다.

그런데 이 시의 '서사'에서 눈에 띄는 것은 각각의 장면에 대한 진술들이 반복과 나열과 부연을 통해 장황하게 진술되고 있다는 점이다. 1연에서는 엄마와 아빠와 나와 개가 행렬을 이루며 큰집으로 나들이를 떠나는 장면을 반복적인 어구로 진술하고, 2연에서는 큰집의 안방에 일가친척들이 한데 모여 있는 장면을 장황하게 진술하고, 3연에서는 그 안방에 음식물이 풍성하게 마련된 장면을 장황하게 진술하고, 마지막 4연에서는 전반부엔 저녁을 먹은 후에 아이들이 밖에 나가서 흥겨운 놀이를 하는 장면을 장황하게 진술하고, 후반부는 밤이 되어서 엄마들과 아이들이 이야기꽃을 피우며 재미나게 노는 장면을 장황하게 진술한다. 이 시는 이 다섯 개의 장면에 대한 장황한 진술이 모여서 한 편의 시를 형성한다. 각각의 장면은 시간적인 질서에 맞춰 구성됨으로써 서사적인 진행과정을 보이지만, 시의 초점은 '서사적인 전개과정'에 놓여 있는 것이 아니라, 각 장면의 장황한 진술이 환기하는 의미와 정서에 맞춰져 있다.

이러한 독특한 '서사형식'은 우리의 전통문학인 '판소리 사설'

이 지닌 언어와 형식에 깊이 접맥되어 있는 것이라고 할 수 있다. 판소리 사설이 지닌 '엮음'의 표현형식과 미학이, 이 시의 형식과 미학의 뿌리를 이루고 있다고 할 수 있다. 판소리 사설의 진술방식인 '엮음'의 표현형태는 우리나라 전통시가에서 두루 구사되었던 것 중의 하나이다. '엮음'이란 본래는 전통적인 음악의 창법 가운데 하나를 지칭하는 것이다. "길게 꺾어 넘어가지 않고, 말을 한꺼번에 몰아붙이어 엮어나가는 가락, 즉 음악적인 리듬이 촘촘한 것"을 '엮음'의 가락, 혹은 '휘몰이'라고도 한다.[1] 그런데 이러한 '엮음'의 가락에선 대체로 글자 수가 많고, 거의 말에 가까운 리듬을 보여서 음악성보다는 말의 특성이 강화되는 현상을 보인다. 따라서 이 '엮음'은 말을 길게 늘어놓는 언어표현을 지칭하는 것으로도 쓰이며, 이 경우 '사설'이란 명칭과 같은 뜻으로 쓰인다. '엮음', 또는 '사설'의 표현형태는, '엮음아라리', '사설시조', '사설난봉가', '휘모리잡가' 등 '엮음', '사설', '휘모리' 등의 접두어가 붙어 있는 시가에서 공통적으로 발견된다. 이들 시가에 나타난 엮음의 표현형태는 반복, 나열, 부연적 수식의 형식으로 어떤 사실이나 정황을 줄줄이 엮어나가는 특징을 보인다. '엮음'의 표현형태는 말이 연속적으로 엮어지기 때문에 흥미와 속도감을 유발한다. 이러한 '엮음'의 표현형태는 판소리 사설에서 절정을 이룬다. 판소리 사설에서는 '엮음'의 표현형태가 매우 강력하고도 세련되게

1) 장사훈, 『국악대사전』(세광출판사, 1984), 360쪽.

구사되어 뛰어난 문학성을 발휘하게 된다.

판소리 사설에서 '엮음'의 표현형태가 깊이 있게 구사된 것은 판소리의 문학적 지향과 관련이 있다. 판소리의 양식적 원리는 이야기 속의 여러 상황이 지닌 의미와 정서를 강화 · 확장하여 부분이나 상황의 독자적인 미와 쾌감을 추구하는 지향이 있다.[2] 바로 이러한 판소리의 지향에 따라 '엮음'의 표현형태가 강력하게 구사된 것이다. 즉, 부분적 상황의 의미와 정서의 강화 · 확장을 위해 반복과 나열과 부연으로 점철된 엮음의 표현형태가 구사된 것이다. 이에 따라 판소리는 전체가 하나의 이야기면서, 동시에 '부분의 독자성'을 가지며 개별 장면이나 상황의 정서와 의미가 극대화되고, 자체적인 흥을 간직하게 된다.

시 「여우난골족」의 진술방식과 형식이 지닌 미학은, 바로 이러한 판소리의 미학과 유사하다. 이 시는 명절날의 '이야기'이긴 하지만, 그 이야기의 전개보다는 반복, 나열, 부연으로 이루어진 '엮음'의 표현방식을 통해 이야기 속의 개별 장면들의 의미와 정서가 크게 강화 · 확장되어 있다. 이 시의 내용을 요약하면 명절날 아침 큰집에 가서 일가친척들이 가득 모인 가운데 풍성하게 장만한 음식을 먹고 즐겁게 이야기하며 놀다가 잤다 정도가 될 것이다. 이러한 간단한 이야기를 '엮음'의 표현방식으로 장면별로 크게 확장시켜, 각 장면의 의미와 정서를 극대화시키고 있다. 즉, '엮음'의 표

2) 김흥규, 「판소리의 서사적 구조」, 『판소리의 이해』(창작과 비평사, 1988), 116쪽.

현방식으로 큰집으로 나들이를 떠나는 흥겨운 장면, 일가친척들이 모두 모여 북적거리는 장면, 음식물들이 풍성하게 장만되어 있는 장면, 저녁술을 놓고 아이들이 밖에서 즐겁게 노는 장면, 밤이 돼서 엄마와 아이들이 방 안에서 즐겁게 노는 장면 등이 극대화되고, 각 장면의 정서가 크게 강화되고 있다. 그리하여 명절날의 풍속을 그대로 보여주는 것은 물론, 그 풍속 안에 깃든 들뜨고, 북적거리고, 풍성하고, 흥겨운 정취까지도 한껏 살려내고 있다.

한편 이 시는 평북 방언이 많이 구사되어 있다. 그동안 시에서의 방언구사는 대체로 서술어에 집중되거나, 어형의 일부를 변화시킨 것들이었는데, 백석 시의 경우 서술어는 정확히 표준어를 쓰면서 사물을 지칭하는 용어를 방언으로 구사하고 있어, 낯선 어휘들이 많이 등장하고, 방언구사의 농도도 훨씬 짙게 느껴진다. 그런데 이 시의 화자는 유년이고, 유년시절에 경험했던 고향에서의 경험 세계를 있는 그대로 생생히 말하고 있다. 따라서 이 시에서 어린 화자가 고향의 언어로서 방언을 구사하고 있는 것은 오히려 고향 체험의 현장감을 생생히 환기시키는 역할을 한다. 그리고 평북지방의 토속적인 풍속이나 풍물과 관련된 어휘들에 많이 집중된 이 시의 방언구사는 우리의 전통적인 풍속과 순우리말의 어휘들이 지닌 아름다움을 발굴해내는 의미도 갖는다. 뿐만 아니라 평북 방언으로서의 순우리말이 지닌 낯선 미감은 이 시를 신선한 언어예술품으로 승화시키는 역할도 한다. 가장 전통적인 토착어로 생소하고 낯선 언어의 구사가 지닌 생소화의 효과를 거두고 있는 것이다. 백석이 활동하던 1930년대, 일군의 모더니즘 시인들은 외래어의 구사로 시어의 낯선 효과를 겨냥한 바 있는데, 백석은 오히려 변방의 순우리말로 그런 효과를 십분 발휘한 셈이다. 백석은 시의 형식은 물론이고 시어의 구사에서도 이처럼 의표를 찌르면서 독창적인 시의 세계를 일궈나갔다.

흰밤

녯성城의 돌담에 달이 올랐다

묵은 초가지붕에 박이

또 하나 달같이 하이얗게 빛난다

언젠가 마을에서 수절과부 하나가 목을 매여 죽은 밤도 이러한 밤이었다

「흰밤」 해설

이 시는 시골 달밤의 풍경을 그리고 있는데, 3행까지는 달밤의 풍경에 대한 묘사이고, 마지막 한 행은 달밤에 일어난 사건에 대한 서술이다. 풍경을 묘사하더라도, 사건의 서술을 결합시키는 백석 시 특유의 표현방식이 나타나 있다.

달밤의 배경을 이루고 있는 '녯성의 돌담'은, 매우 낡고 오래된, 그러면서 역사적 운치가 감도는 느낌을 준다. '묵은 초가지붕' 역시 시골의 초라하고 예스러운 느낌을 풍긴다. 고풍스러운 운치와 초라한 기운이 감도는 시골마을의 풍경을 배경으로 달이 떠오른다. 그 달빛은 초가지붕 위의 하얀 박을 비춘다. 초가지붕 위의 박이 '또 하나 달' 같이 하얗게 빛날 정도면, 하늘 위의 달은 매우 밝은 보름달일 것이다. 지금 시골마을의 밤하늘에는 두 개의 보름달이 떠올라 하얀 빛을 뿜어내고 있다.

쇠락한 역사의 기운이 감도는 시골마을을 배경으로 그려지는 환한 보름달의 밤풍경은, 마지막 행의 사건 서술로 특별한 정서를 부여받는다. 그런 달밤에 수절과부가 목을 매여 죽었다는 사건이 그것이다. '수절과부'는 우리의 오랜 인습의 하나이다. 그 이미지는

'녯성의 돌담'과 '묵은 초기지붕'이 간직한 쇠락한 역사의 이미지를 구체화시킨다. 그리하여 이 시의 풍경을 더욱 예스럽고 기괴하게 만든다. 수절과부의 자살은, 또 한편으로 '달밤'이 간직한 원형적, 신화적 상징을 구체화시킨다. 교교한 빛을 흐뭇하게 흘리는 달은 여성의 상징이며, 성적인 기운의 상징이다. 수절과부의 자살은 그 달빛의 성적인 밀도와 분위기를 더없이 끈적끈적하게 만든다. 수절과부를 죽음으로 몰아낸 그 달빛 환한 시골마을의 밤풍경은 매우 성적이면서, 또 한편으론 죽음을 가져오는 공포를 주기도 한다.

성적인 기운과 죽음의 공포가 교차하는 기괴한 달밤의 분위기, 쇠락한 역사의 기운 속에서 여전히 수절과부가 목을 매어 죽는 인습이 벌어지는 예스러운 시골마을의 서사적 풍경이 이 시 안에서 펼쳐지고 있는 것이다. 시인은 그런 달밤을 '흰밤'이라고 명명하고 시의 제목으로 부여한다. 창백한 느낌을 불러일으키는 '흰밤'의 색채 이미지는 성과 죽음의 정서를 더욱 밀도 있게 만든다.

이 시는 이용악의 시 「달있는 제사」와 여러모로 비교된다. 훨씬 후기에 발표된 이 시는 백석의 「흰밤」의 정황과 비슷한데, 시적인 태도는 상이하다. 이 두 편의 영향관계는 두 시인의 기저에 깔려 있는 시적 태도의 상이함을 상징적으로 보여준다.

달빛 밟고 머나먼 길 오시리

두 손 합쳐 세 번 절하면 돌아오시리

어머닌 우시어

밤내 우시어

하이얀 박꽃 속에 이슬이 두어 방울

— 이용악의 「달있는 제사」 전문

'달밤'과 '박'으로 이루어진 시의 배경 설정이 매우 유사하다. 그런데 백석은 그런 달밤의 풍경을 한 마을의 서사적인 풍경으로 다루고 있는데 반해, 이용악은 다분히 개인적인 서정의 세계로 다룬다. '오시리', '우시리' 등에서 환기되는 소리의 울림, 달빛에 비친 하얀 박 대신에 '하얀 박꽃'을 선택해서 제사지내는 어머니의 소복에 대한 객관적 상관물로 다루고 있는 점, 그리고 그 박꽃에 맺힌 이슬로 어머니의 눈물을 느끼게 하는 등의 기법은 전통적인 한시의 세계에 접맥되어 있는 것이다. 백석이 그려낸 우리의 전통적인 달밤 풍경은 용악 시에 가서 전통적인 서정의 세계로 이어지고 있다.

고야古夜

아배는 타관 가서 오지 않고 산山비탈 외따른 집에 엄매와 나와 단둘이서 누가 죽이는 듯이 무서운 밤 집 뒤로는 어느 산山골짜기에서 소를 잡어먹는 노나리꾼들이 도적놈들같이 쿵쿵거리며 다닌다

날기멍석을 져간다는 닭보는 할미를 차 굴린다는 땅아래 고래같은 기와집에는 언제나 니차떡에 청밀에 은금보화가 그득하다는 외발 가진 조마구 뒷산山 어늬메도 조마구네 나라가 있어서 오줌누러 깨는 재밤 머리맡의 문살에 대인 유리창으로 조마구 군병의

타관 타향.

노나리꾼 소를 밀도살하는 사람.

날기멍석 난알(탈곡하지 않은 곡식의 알)을 널어 말릴 때 쓰는 멍석. '날기'는 '난알'의 평북 방언이다.

날기멍석을 져간다는 날기멍석을 짊어서 등에 얹고 간다는.

니차떡 '찰떡'의 평북 방언. 인절미.

청밀 꿀.

조마구 조막. 조무래기를 비유적으로 이르는 말.

재밤 한밤.

새까만 대가리 새까만 눈알이 들여다보는 때 나는 이불속에 자즈러붙어 숨도 쉬지 못한다

또 이러한 밤 같은 때 시집갈 처녀 막내고무가 고개너머 큰집으로 치장감을 가지고 와서 엄매와 둘이 소기름에 쌍심지의 불을 밝히고 밤이 들도록 바느질을 하는 밤 같은 때 나는 아룻목의 샷귀를 들고 쇠든밤을 내여 다람쥐처럼 밝어먹고 은행여름을 인두불에 구어도 먹고 그러다는 이불 우에서 광대넘이를 뒤이고 또 누어 굴면서 엄매에게 웃목에 두른 평풍의 새빨간 천두의 이야기를 듣기도 하고 고무더러는 밝는 날 멀리는 못 난다는 뫼추라기를 잡어

샷귀 갈대를 엮어서 만든 자리의 가장자리. '샷'은 '샷자리', 곧 갈대를 엮어서 만든 자리를 의미한다.

쇠든밤 새들새들해진 밤. 말라서 생기가 없어진 밤.

밝어먹고 발라먹고. 겉껍데기를 베끼어 속 알맹이를 빼어 먹다.

은행여름 은행나무 열매. '여름'은 '열매'의 평북 방언.

광대넘이를 뒤이고 물구나무를 섰다 뒤집으며 노는 모습을 말한다.

천두 천도복숭아.

달라고 조르기도 하고

내일같이 명절날인 밤은 부엌에 쩨듯하니 불이 밝고 솥뚜껑이 놀으며 구수한 내음새 곰국이 무르끓고 방안에서는 일가집 할머니가 와서 마을의 소문을 펴며 조개송편에 달송편에 죈두기송편에 떡을 빚는 곁에서 나는 밤소 팥소 설탕 든 콩가루소를 먹으며 설탕 든 콩가루소가 가장 맛있다고 생각한다

나는 얼마나 반죽을 주무르며 흰가루손이 되여 떡을 빚고 싶은지 모른다

뫼추라기 메추라기. 몸의 길이는 18cm 정도이며 누런 갈색과 검은색의 가는 세로무늬가 있다. 몸은 병아리와 비슷하나 꽁지가 짧다. 날 때는 날개를 빠르게 움직여 일직선으로 나는데 멀리 날지 못하고 약 50㎝ 정도 날아간다.

쩨듯하니 환하게.

소 송편이나 만두 따위를 만들 때, 맛을 내기 위하여 익히기 전에 속에 넣는 여러 가지 재료.

선달에 냅일날이 들어서 냅일날밤에 눈이 오면 이 밤엔 쌔하얀 할미귀신의 눈귀신도 냅일눈을 받노라 못 난다는 말을 든든히 녀기며 엄매와 나는 앙궁 우에 떡돌 우에 곱새담 우에 함지에 버치며 대냥푼을 놓고 치성이나 드리듯이 정한 마음으로 냅일눈 약눈을 받는다

이 눈세기물을 냅일물이라고 제주병에 진상항아리에 채워두고는 해를 묵여가며 고뿔이 와도 배앓이를 해도 갑피기를 앓어도 먹을 물이다

냅일날 납일臘日. 예전에, 민간이나 조정에서 조상이나 종묘 또는 사직에 제사 지내던 날. 동지 뒤의 셋째 술일戌日에 지냈으나, 조선 태조 이후에는 동지 뒤 셋째 미일未日로 하였다.

냅일눈 납일에 내리는 눈. 납일에 내린 눈을 받아 녹인 납설수臘雪水는 약용으로 썼다. 납설수로 장을 담그면 구더기가 생기지 않는다 하여 이것을 받아두었다가 환약을 만들 때나 장을 담글 때 사용하였고, 납설수로 눈을 씻으면 안질에도 걸리지 않으며 눈이 밝아진다고 믿었다.

곱새담 짚으로 지네처럼 엮은 이엉을 얹은 담. '곱새'는 '용마름'(짚으로 지네처럼 엮은 이엉)의 평북 방언.

함지 나무로 네모지게 짜서 만든 그릇. 운두가 조금 깊으며 밑은 좁고 위는 넓다.

버치 자배기보다 조금 깊고 아가리가 벌어진 큰 그릇.

대냥푼 큰 양푼.

눈세기물 눈이 섞인 물. 즉 눈이 녹아서 생긴 물.

제주병 제사 때 쓰는 술병.

진상항아리 허름하고 보잘것없는 항아리.

갑피기 이질.

「고야」 해설

이 시는 「여우난골족」에 이어 백석 시의 서사지향적인 특성이 다시 한 번 강력하게 드러난 작품이다. 이 시는 어린시절의 밤에 겪었던 체험세계를 진술한다. 이 시 역시 여러 인물들이 펼치는 삶의 행위가 서술되고 있어서 서사적인 특성을 드러내고 있는데, 각 연은 사건의 인과적인 질서에 따라 놓여 있지 않다. 각 연은 독립된 '서사'의 성격을 띠고 있다. 유년 화자가 한밤중에 겪은 서로 다른 이야기를 조합하여 한 편의 시를 구성하고 있는 것이다. 일종의 모자이크 형식에 해당하는 이러한 서사적 구성은 각 장면을 확대 · 강화시키면서 부분적 상황의 정서와 의미를 중시하는 백석 시의 독특한 서사구조의 특성을 여실히 보여주는 것이다.

어린시절의 밤에 겪었던 여러 추억들을 다섯 편의 일화로 짜 모은 이 시의 첫 번째 사연은, 한밤의 집 안에서 느꼈던 공포감에 대한 이야기다. 어린 시인이 사는 산비탈의 외따른 집은 밤이 되면 주변에 불빛 하나 보이지 않고 칠흑같이 어둡다. 아버지는 타향으로 일보러 가서 오늘 밤은 돌아오지 않을 것이 분명하고 집에는 엄마와 단둘이만 있다. 그러한 상황은 안 그래도 밤이 되면 공포감을 많이 느끼는 어린 화자에게 더욱 무서운 느낌을 가져다준다. '누가 죽이는 듯이'나 '도적' 같은 단순한 비유는 오히려 어린 화자가 느끼는 공포감을 절실히 드러낸다. '죽음'과 '도적'은 아이들 세계에선 가장 끔찍한 것 중의 하나인 것이다.

2연도 밤에 느꼈던 공포감에 대한 사연인데, 이 일화에는 유년 화자만이 가질 수 있는 순진하고 해맑은 상상과 경험이 담겨 있어 동화 같은 느낌을 준다. 어린시절의 세계에는 전설과 신화가 많이 떠돌며, 그걸 진실이라고 믿는다. 아직 세상의 경험이 넓지 못한 아이들은 전설과 신화의 신기하고 흥미로운 세계에 깊이 빠져들고, 그 허구의 세계를 현실과 구분하지 못한다. 아이들은 허구와 현실 사이를 오가며 살고 있다. 2연에서 유년 화자의 마음속에 들어와 있는 전설은 '외발가진 조마구'의 이야기다. 그는 날기멍석을 짊어서 들고 가고, 닭보는 할미를 차 굴리기도 한다. 도둑질과 어른에 대한 난폭한 행동은 유년의 눈으론 아주 못되고 무서운 일인 것이다. 그런데 그는 땅 아래 궁전 같은 집에 온갖 음식과 보물들을 쌓아놓고 지낸다. 훔친 물건들을 모두 지하에 숨겨놓으면서 지하에서 거대한 자기들만의 세계를 꾸미고 있는 것이다. 그런 조마구 나라는 땅 아래뿐만 아니라 뒷산 어딘가에도 있다고 한다. 눈에 보이지 않는 은밀한 곳에 숨어 지내는 존재는 더욱 두렵다. 언제 어디서 어떻게 출몰하여 괴롭힐지 모르기 때문이다. 어느 날 어린 화자는 오줌 누러 한밤중에 깨어났는데 유리창으로 그 외발가진 조마구가 들여다보는 것을 보곤 그만 기겁을 한다. 전설 속의 조마구가 실제로 나타났을 리는 없을 텐데, 어린 화자가 본 조마구는 과연 누구인가? 머리맡의 문살에 대인 유리창으로 조마구의 새까만 대가리와 새까만 눈동자가 들여다본다고 했으니까, 그 형체는 유리에 바짝 붙어 있는 것이다. 그것은 바로 어린 화자가 오줌 누러 한밤중에 깨어나 바로 머리맡에 있는 유리창을 쳐다볼 때 자기 모습이 반사되어 비친 것이다. 조마구와 어린 화자는 비슷한 연령층이므로 덩치도 비슷하다. 어린 화자가 한밤에 깨어나 유리창을 쳐다볼 때 자신의 형체가 유리창으로 비친 것인데, 평소 마음속에 조마구에 대한 공포심이 상존했기 때문에 그 형체가 자기 모습인 줄 모르고, 조마구가 마침내 나타난 것으로 착각하면서 기겁을 한 것이다. '이불속에 자즈러붙어 숨도 쉬지 못한다'는 진술은, 어리고 연약한 화자가 한밤에 공포를 느낄 때 드러내는 순진무구한 행위를 생생히 보여준다. 어린시절 유년 화자의 천진한 상상으로 펼쳐지는 이 동화 같은 사연은 반복과 나열로 짜여진 엮음의 표현 형태를 통해 박진감 넘치게 전달되고, 경험세계가 극대화되면서 한결 흥미로운 이야기로 전달된다.

1, 2연이 밤에 겪었던 무서운 이야기인데 반해, 3연과 4연에서는 그 반대로 따뜻하고 흥겨웠던 사연을 말한다. 밤에는 늘 무섭지만, 또 한편으로 따뜻하고 흥겨운 일도 생긴다. 무서운 밤을 따뜻하고 흥겨운 밤으로 바꿔놓는 것은 집에 일가친척들이 찾아올 때이다.

엄마와 단둘이 무서운 밤을 보내는데 일가친척이 찾아오면 마음이 든든해진다. 게다가 경사스런 일로 찾아오는 것이라면 집안 분위기는 한결 훈훈해진다. 3연은 바로 그런 밤의 이야기를 전한다. 시집갈 막내고모가 치장감을 가지고 와서 엄마와 둘이 불을 밝히며 바느질을 할 때 유년의 마음은 더없이 따뜻해진다. 전깃불이 들어오지 않던 그 옛날 등잔불 밑에서 바느질을 하시는 어머니와 함께 있는 시간은, 외롭고 적막한 유년시절의 밤을 따뜻하게 덥히는 가장 행복한 순간이다. 그런데 어머니뿐만 아니라 막내고모까지 가세해서 바느질을 하게 되면 유년의 마음은 한없이 훈훈해진다. 이 풍경에는 가족 간의 깊은 우애가 주는 따뜻함까지 묻어 있다. 우리의 전통적인 가족질서에서 시누이와 올케 사이는 특별한데, 손위의 올케가 막내시누이의 결혼준비를 도와주는 풍경은 각별하게 사랑이 넘치는 화목한 집안임을 느끼게 한다. 따뜻한 사랑이 감도는 한밤의 집안 분위기 속에서 유년 화자는 한껏 신이 나 장난치며 논다. 삿귀에 있는 쇠든밤을 꺼내 발라먹는다든가, 은행열매를 인두불에 구워먹는 유년 화자의 모습은 들뜬 마음이 식욕으로 이어져 밤참의 미각으로 흥겨움이 더욱 고조되는 상태를 보여준다. 엄마가 윗목의 병풍에 있는 새빨간 '천두' 이야기를 들려주는 풍경은, 요즘처럼 영상매체가 없었던 지난 시절 엄마가 들려주는 옛날이야기로 긴 밤을 즐겁게 보냈던 옛풍속을 잘 보여준다. '천도天桃'는 이름 그대로 하늘의 과일, 또는 '선도仙桃'로 지칭되면서 숱한 이야기를 가지고 있다. 엄마는 마침 윗목의 병풍에 그려져 있는 천도를 소재로 한 옛날이야기를 들려줌으로써 아이에게 한결 실감나게 전하는 것이다. 어린 화자가 고모에게 메추라기를 잡아달라고 조르는 행위에서도 옛풍속을 엿볼 수 있다. 메추라기는 날개도 짧아 나는 동작이 어설프고, 실제로 멀리 날지도 못한다. 그 메추라기는 북쪽 지역에서 흔히 볼 수 있는 새로 알려져 있다. 어린 화자가 그 메추라기를 잡아달라고 조르는 데서, 메추라기 사냥이 이 지역의 즐거운 놀이 가운데 하나였음을 짐작하게 한다. 음식과 이야기와 장난이 어우러지는 이 한밤의 풍경은, 역시 반복과 나열의 엮음형태로 그려짐으로써 그 장면이 한껏 고조되어 정겹고 흥겨운 한밤의 놀이풍경이 더욱 극적으로 전달된다.

4연은 명절 전날 밤의 따뜻하고 정겨운 사연을 전한다. 이러한 사연은 그야말로 오랫동안 우리나라 전역에서 전해져오는 전통적인 풍속인데, 유년 화자의 투명한 시선과 감각적인 묘사, 그리고 엮음의 표현방식으로 생생하게 전달된다. 먼저 명절 전날 음식을 준비하는 부엌 안의 풍경이 다채로운 시각과 후각으로 묘사되어 명절의 잔치 분위기를 감각적으로 환기한다. 이어서 할머니가 이야기꽃을 피우며 송편을 빚는 방 안의 잔치준비 장면이 묘사된다. 여기서 '조개송편', '달송편', '죈두기송편', '밤소', '팥소', '설탕 든 콩가루소' 등 길게 나열된 음식물들은, 할머니가 마을의 소문을 편다는 진술과 떡을 빚는다는 진술의 중간에 들어가 있다. 그래서 이 음식물에 대한 나열은 입 밖으로 무수히 마을의 소문을 펴내는 할머니의 입담을 떠올리게 하고, 동시에 할머니가 빚어내는 송편 하나하나를 지칭하는 의미의 역할을 한다. 그리하여 할머니가 이야기를 하고, 송편을 빚는 것이 따로 떨어진 행동이 아니라, 할머니가 송편을 하나하나 빚으면서 쉬지 않고 이야기꽃을 피우는 흥겹고 떠들썩한 음식준비 장면을 영상처럼 보여준다. 이어 그 옆에서 입맛을 다시고, 할머니와 함께 떡을 빚고 싶어하는 유년 화자의 투명한 마음을 진술한다. 어른들의 흉내를 내며 음식을 직접 만들어보고 싶어하는 유년시절의 절실한 마음이 '얼마나' 라는 부사의 특별한 쓰임과 '흰가루손' 이라는 비유어를 통해 생생히 드러나고 있다.

마지막 5연에서는 '냅일날' 밤의 사연을 전한다. 그 사연은 속신의 세계에 지배되어 있는 삶의 이야기이다. '냅일날' 은 동지 뒤의 셋째 술일, 또는 미일을 말하는데, 이날 밤에 눈이 오면 눈귀신도 이 눈을 받느라고 나타나지 않는다고 한다. 그만큼 이 눈은 특별하고 귀중하다는 것을 말하는 것이다. 눈귀신이 나타나지 않으니 어린 화자는 밤의 공포감에서 벗어나게 된다. 그래서 어린 화자는 엄마와 둘이서 마음놓고 한밤에 그 특별하고 귀중한 눈을 받는다. '앙궁', '떡돌', '곱새담' 등 눈을 받는 장소와 그 위에 얹어놓는 '함지', '버치', '대냥푼' 등의 그릇들을 줄줄이 나열하는 엮음의 표현형태는 장면 극대화와 속도감을 불러일으켜 집 앞의 여기저기에 그릇을 놓고 냅일날에 내리는 그 특별한 눈을 받아내는 장면을 생동감 있게 전한다. 이어 그 눈이 섞인 물인 '냅일물'이 질병의 치료에 쓰인다는 민간요법을 전하면서 냅일날 밤에 경험한 어린시절의 추억을 마감한다. 속신의 세계에 지배되어 있는 이 밤의 사연은 우리의 전통적인 생활풍속이 가장 짙은 농도로 응축되어 있는 이야기라고 할 수 있다.

어린시절의 밤에 겪었던 이 다섯 조각의 사연에는 우리의 전통적인 풍속이 많이 담겨 있다. 유년의 마음을 휘어잡고 있는 전설의 세계가 있고, 전통적인 가족질서가 있으며, 먹거리와 놀이의 풍속이 있고, 잔칫날의 풍속이 있으며, 심지어는 미신과 민간요법의 풍속까지도 담겨 있다. 이 점에서 '고야古夜'라는 제목 설정이 돋보인다. 그 말은 어린시절의 추억 속의 밤이란 의미와 옛날의 삶의 모습을 간직한 밤이라는 의미가 동시에 추론된다. 또 '옛 밤'이란 순우리말보다 '고야古夜'라는 한자어가 옛날의 풍속을 간직한 오랜 시절의 밤이란 의미를 드러내는 데 더욱 적합하다.

이 시는 제목이 함축하듯 유년의 시점으로 지나간 유년시절의 밤의 추억을 투명하게 그려내면서, 자연스럽게 우리의 전통적인 풍속의 세계를 전하고 있다. 그리고 전통적인 풍속의 세계를 엮음의 표현형태를 통해 바로 눈앞에 보이는 장면처럼 생동감 있게 펼쳐내고 있다.

가즈랑집

승냥이가 새끼를 치는 전에는 쇠메 든 도적이 났다는 가즈랑고개

가즈랑집은 고개 밑의

산山너머 마을서 도야지를 잃는 밤 즘생을 쫓는 깽제미 소리가 무서웁게 들려오는 집

닭 개 즘생을 못 놓는

멧도야지와 이웃사춘을 지나는 집

쇠메 쇠로 만든 메. 망치와 유사한 모양이나 훨씬 크다.

깽제미 징.

멧도야지와 이웃사춘을 지나는 집 멧돼지와 이웃사촌을 지내는 집. 멧돼지와 이웃사촌으로 지낼 정도로 멧돼지가 많이 출몰한다는 뜻이다. 백석 시에서 '지내다'는 의미는 '지나다'로 표기된다. 이런 용례는 '일가친척들과 서로 모여 즐거이 웃음으로 지날 것이연만'(「두보나 이백같이」) 같은 구절에서도 발견된다. 백석 시에는 '내리다', '때리다' 등도 '나리다', '따리다' 등으로 표기되며, '약재'는 '약자'로, 꼭대기는 '꼭다기' 등으로 표기된다. '애' 소리가 '아' 음으로 표기되는 것은 당시의 일반적인 표기법인데, 백석 시에는 이 점이 더 두드러진다.

예순이 넘은 아들 없는 가즈랑집 할머니는 중같이 정해서 할머니가 마을을 가면 긴 담뱃대에 독하다는 막써레기를 몇대라도 붙이라고 하며

간밤엔 섬돌 아래 승냥이가 왔었다는 이야기
어느메 산山골에선간 곰이 아이를 본다는 이야기

나는 돌나물김치에 백설기를 먹으며
녯말의 구신집에 있는 듯이
가즈랑집 할머니
내가 날 때 죽은 누이도 날 때
무명필에 이름을 써서 백지 달어서 구신간시렁의 당즈깨에 넣어 대감님께 수영을 들였다는 가즈랑집 할머니

정해서 반듯하고 깨끗해서.
막써레기 담배 이파리를 썰어놓은 것.
섬돌 집채의 앞뒤에 오르내릴 수 있게 놓은 돌층계.

언제나 병을 앓을 때면
신장님 단련이라고 하는 가즈랑집 할머니
구신의 딸이라고 생각하면 슬퍼졌다

토끼도 살이 오른다는 때 아르대즘퍼리에서 제비꼬리 마타리 쇠조지 가지취 고비 고사리 두릅순 회순 산山나물을 하는 가즈랑집 할머니를 따르며

나는 벌써 달디단 물구지우림 둥굴네우림을 생각하고
아직 멀은 도토리묵 도토리범벅까지도 그리워한다

구신간시렁 귀신을 모셔놓은 곳의 선반. '구신간'은 '귀신이 있는 곳' 즉 '귀신을 모셔놓은 곳'을 말한다. 백석 시에는 '간'이 장소를 나타내는 의미로 쓰인 말들이 많이 나온다. 절간, 연자간, 뒷간, 곡간, 웃간, 아르간, 안간, 대문간, 외양간 등의 어휘들이 백석 시에서 산견된다. '시렁'은 '선반'이다.

당즈깨 '도시락'의 평북 방언. 고리버들이나 대오리를 길고 둥글게 결은 작은 고리짝. 점심밥 등 음식을 넣어가지고 다니는 그릇으로 씀.

대감 무당이 굿할 때에, 집이나 터, 나무, 돌 따위에 붙어 있는 신이나 그 밖의 여러 신을 높여 이르는 말.

뒤울안 살구나무 아래서 광살구를 찾다가

살구벼락을 맞고 울다가 웃는 나를 보고

밑구멍에 털이 멫자나 났나 보자고 한 것은 가즈랑집 할머니다

찰복숭아를 먹다가 씨를 삼키고는 죽는 것만 같이 하로종일 놀지도 못하고 밥도 안 먹은 것도

가즈랑집에 마을을 가서

당세 먹은 강아지같이 좋아라고 집오래를 설레다가였다

수영 수양收養. 다른 사람의 자식을 맡아서 제 자식처럼 기름.

신장님 신장神將, 귀신 가운데 무력을 맡은 장수신.

단련 '단련', 시달림.

신장님 단련 귀신에게 받는 시달림.

아르대 아래쪽.

즘퍼리 축축이 젖어 있는 땅.

제비꼬리 제비꼬리고사리. 식용 산나물의 일종.

마타리 마타릿과의 여러해살이풀. 연한 순은 나물로 먹고 전초는 소염, 어혈이나 고름을 뺄 때에 약으로 쓴다.

쇠조지 식용 산나물의 한 가지.

가지취 참취나물.

물구지우림 물구지는 '무릇'(백합과의 여러해살이풀. 파, 마늘과 비슷한데 봄에 비늘줄기에서 마늘잎 모양의 잎이 두세 개가 난다)을 의미함. '물구지우림'은 무릇의 뿌리를 물에 우려내서 엿처럼 고아낸 음식.

둥굴네우림 '둥굴레'는 백합과에 속하는 다년초. 전분을 채용하여 식용도 함. 둥굴레 뿌리를 여러 날 물에 담가 풀물을 우려낸 것. 찌거나 삶으면 빛이 시커멓게 되면서 단맛을 낸다.

광살구 잘 익은 살구.

당세 '당수', 우리나라 전래음식의 하나로 곡식을 물에 불려 간 가루나 마른 메밀가루에 술을 조금 넣고 물을 부어 미음같이 쑨다.

집오래 집에서 가까운 부근.

설레다 가만히 있지 아니하고 자꾸만 움직이다. '설레다'가 이런 뜻으로 쓰인 또 다른 용례는 '뚜물같이 흐린 날 동풍東風이 설렌다'(「쓸쓸한 길」)가 있다.

「가즈랑집」 해설

이 시는 시인이 어린시절 '가즈랑 할머니집'에 놀러가서 즐겁게 지냈던 경험세계를 그리고 있다. 이 시에도 유년 화자와 할머니의 두 인물이 벌이는 여러 가지 삶의 행위들이 서술되고 있고, 또 반복과 나열로 이루어진 엮음의 표현형태가 시도되고 있어 백석 시 특유의 '서사적인 시형식'을 드러내고 있는 작품인데, 이 시에는 특별히 우리말의 구문에 대한 새로운 활용이 시도된다.

먼저 1연에서는 '가즈랑고개'에 대해 진술한다. '승냥이가 새끼를 치'고, '전에는 쇠메 든 도적이 났다'는 진술은 이 '가즈랑고개'가 매우 깊숙한 산골에 있는 곳임을 알려준다. '가즈랑고개'라는 말로 미루어서, '가즈랑'은 고개이름이며, '여우난골'처럼 그 지방에서 불리던 토속지명임을 짐작하게 한다. '가즈랑'이라는 말은 투박한 어감에다 꼬불꼬불하고 굴러가는 느낌을 담고 있어 지명에서도 깊은 산골에 위치한 고개라는 느낌을 준다.

2연은 그 '가즈랑고개' 밑에 있는 '가즈랑집'에 대해 진술한다. '멧도야지와 이웃사촌을 지나는 집'에서 '지나는'은 '지나가다'는 말이 아니고 '지내다', 즉 '사이좋게 지내다'라고 말할 때의 '지내다'와 같은 의미를 갖는 말이다. 그러니까 '멧도야지와 이웃사춘을 지나는 집'은 멧돼지와 이웃사촌을 지낼 만큼 멧돼지가 많이 출몰한다는 뜻이다. 그래서 그 집에는 닭이나 개와 같은 짐승을 놓아두지 못한다. 또 그 집의 산 너머 마을에서는 '도야지'를 자주 잃어버리고, 그런 밤이면 짐승을 쫓아내기 위해 울려대는 '깽제미'(징) 소리가 무섭게 들려오기도 한다. 깽제미로 쫓아내려는 짐승 역시 멧돼지일 것이다. 2연은 '가즈랑집'이 멧돼지가 자주 출몰해서 집에 짐승도 놓아기르지 못할 정도의 깊숙한 고개 안에 위치해 있음을 묘사하고 있는 것이다.

3연과 4연은 그 가즈랑집에 사는 할머니에 대해 진술한다. 먼저 3연에서는 가즈랑집 할머니에 대한 인상과 삶의 모습을 묘사한다. 육십이 넘도록 아들이 없는 가즈랑집 할머니를 중같이 정하다고 표현하고 있는데, 그 비유는 아들없는 가즈랑집 할머니가 중처럼 평생을 독신으로 살아오면서 정갈하고 꼿꼿한 태도를 견지하며, 세상살이의 너저분한 일과 물질로부터 벗어나 있는 생활을 하고 있음을 느끼게 해준다. 그 가즈랑집 할머니는 마을에 놀러가면 긴 담뱃대에 독하다는 막써레기를 몇 대씩 붙이라고 하는데, 그런 행동은 가슴에 많은 앙금을 남기며 쓰라린 세월의 굴곡을 넘어온 할머니의 거친 인생역정과 강인한 성격을 느끼게 한다. 그러한 할머니의 삶의 인상 역시 중의 모습에서 유추할 수 있다. 중은 정갈하고 꼿꼿한 모습을 하지만, 또 한편으론 삶의 고통을 안으로 삭이면서 종교적으로 승화시키는 수행자로서의 고행을 안고 있는 사람이며, 그런 이미지에서 강인함이 풍겨나기도 한다. 이 점에서 '중같이 정한 모습'은 정갈하면서도 강인하고 꼿꼿하면서도 힘들게 살아가는 '가즈랑집 할머니'의 인상과 생활모습을 매우 적절히 드러내는 비유라고 할 수 있다. 그런가 하면 '가즈랑'이라는 말의 어감에서도 그런 느낌을 받게 된다. 앞서 '가즈랑'은 꼬불꼬불하고 굴러가는 어감이 있어 고개의 지명에 잘 어울린다고 했는데, 할머니라는 말과 어울리면서 카랑카랑하고 강인한 어감이 유추되기도 한다.

'가즈랑집 할머니'에 대한 묘사에 이어 간명하게 진술되는 두 개의 이야기는 가즈랑집 할머니가 들려주는 이야기이다. 그 이야기는 전설이라기보다는 깊숙한 산골마을에서 실제로 벌어지는 이야기라고 할 수 있다. 할머니에 대한 묘사 다음에 첨가된 그 이야기는 가즈랑집 할머니가 전설과 같은 신비한 이야기가 실제로 벌어질 만큼 세속 너머의 깊숙한 산골에 산다는 것을 다시 한 번 일깨운다. 또 전설 같은 재미있는 이야기를 들려주는 전형적인 옛 할머니의 모습을 보여준다. 옛날의 할머니는 이야기의 전수자였다. 옛날에 할머니는 아이들에게 육성으로 재미있고 신기한 이야기를 들려줌으로써 책과 볼거리가 없는 문화적 빈자리를 거뜬히 채워주셨다. 산골 깊숙한 마을에 사는 '가즈랑집 할머니'는 세속 너머의 중같이 정한 모습을 하면서도, 또 한편으론 즐거운 이야기를 전해주는 전형적인 할머니의 모습을 간직함으로써, 늘 호기심 많고 즐거움을 찾는 유년 화자가 놀러가고 싶어하는 할머니라는 인상을 전해준다.

그리하여 이제 그 다음 연에서는 가즈랑집 할머니의 집 안으로 들어가서 본 할머니의 인상과 생활모습이 묘사된다. 가즈랑집 할머니는 나와 죽은 누이가 태어날 때 무명필에 이름을 쓰고 백지를 달아 '구신간 시렁의 당즈깨', 즉 귀신을 모셔놓은 곳의 선반 위에 있는 그릇에 넣어 신께 양자로 들여보냈다. 신께 바쳐 신의 가호 아래 무병장수하기를 기원하는 것이다. 그런 가즈랑집 할머니는 병을 앓을 때면 언제나 '신장님 단련', 즉 신이 괴롭히는 것이라고 말하곤 한다. 여기서 가즈랑집 할머니가 '무당'이라는 사실을 알게 된다. 2연에서 '중'에 비유된 할머니의 특별한 인상과 태도는 바로 '무당'이라는 특수한 신분으로 살아온 할머니의 모습이었던 것이다.

무당으로서의 생활모습을 묘사하고 있는 2연에서 우리는 구문의 특별함에 주목하게 된다. 무당집과 무당의 의식에 대한 묘사가 모두 '가즈랑집 할머니'라는 명사 앞에서 수식구의 형태로 이루어져 있고, 그 '가즈랑집 할머니'가 종결어가 되는 구문을 구사하고 있다. 이러한 구문이 2연에서 세 번 반복되고 있다. '가즈랑집 할머니'가 종결어가 되고, 그를 수식하는 어구들이 반복적으로 구사됨으로써, '가즈랑집 할머니'에 대한 인상이 특별히 강조된다. '수식절+명사형 종결어'의 형태를 지닌 이런 구문은, 그 앞의 1, 2, 3연에서 '가즈랑고개', '가즈랑집', '가즈랑집 할머니의 이야기' 등을 묘사할 때에도 동일하게 구사된다. 이 시는 1~4연까지 카메라가 원경에서 근경으로 줌인하듯이 점차로 장소를 좁히며 가즈랑 할머니집을 향해 들어가고 있는데, 매연이 '수식절+명사'의 구문으로 진술되어 카메라 렌즈가 향하는 장소와 그 안의 인물이 각별히 조명된다. 그리고 그러한 진술방식은 '가즈랑집 할머니'의 생활모습에서 크게 강조되어, 무당으로 살아가는 '가즈랑집 할머니'에 대한 인상을 한층 뚜렷하게 각인시킨다. 그러니까 카메라가 멀리서 안으로 좁혀들어가며 카메라가 조명하는 장소와 인물을 구문의 활용으로 강조해나감으로써 궁극적으로 무당으로 살아가는 할머니에게 시선을 집중시켜, 할머니에 대한 인상을 극대화시키고 있는 것이다.

이제 6연과 7연에선 '가즈랑 할머니' 집에 놀러간 유년 화자가 할머니와 함께 즐거운 시간을 보내는 과정을 생동감 있게 진술한다. 6연에선 산나물을 캐는 할머니를 따라다니며 미각에 대한 그리움으로 들뜨는 유년 화자의 동심을 보여준다. 산나물들을 길게 나열하는 엮음의 표현형태로 장면을 극대화시키며 다양한 산나물을 캐내는 풍성하고 흥겨운 느낌을 생동감 있게 드러낸다. 그런데 여기서도 길게 나열된 수식은 '가즈랑집 할머니'를 수식하여, 역시 '가즈랑집 할머니'가 강조된다. 이 구문은 어린 화자가 '가즈랑집 할머니'를 뒤에서 졸졸 따라다니는 모습을 연상시켜준다. 그런 모습은 '가즈랑집 할머니'가 어린 화자에게 즐거움과 신뢰를 주는 커다란 존재임을 느끼게 해준다.

7연은 가즈랑집 할머니와 유년 화자 사이의 놀이 속에서 벌어지는 투명한 사랑과 해맑은 마음을 보여준다. 유년 화자는 살구나무 아래에서 잘 익은 살구를 찾다가, 살구나무에서 무수히 떨어지는 살구를 맞는다. 살구벼락을 맞은 아픔에 눈물을 흘리다가, 살구를 얻은 기쁨에 이내 웃음을 지어 보인다. 이에 가즈랑집 할머니는 울다가 웃으면 밑구멍에 털이 난다는 속설을 말하면서 아이를 놀린다. 그런가 하면 유년 화자는 찰복숭아를 먹다가 맛있게 먹는 데 정신이 팔려 그만 씨를 삼키고 만다. 유난히 큰 복숭아씨는 어린 화자의 목에 걸려 죽을 것만 같아 밥도 먹지 못하고 놀지도 못한다. 어린시절에 누구나 한번쯤 겪었을 티 없이 맑은 동심과 할머니의 투명한 사랑이 생생히 그려지고 있다. 그런데 주목되는 것은 여기서도 이러한 놀이행위의 긴 서술이 '가즈랑집 할머니'와 그 할머니 '집 근처'를 수식하는 구문으로 진술되고 있다는 점이다. 여기서는 특별히 '분열문'[3]을 구사함으로써 가즈랑집 할머니와 또 그 집 근처에서 놀았다는 사실을 특별히 강조시키고 있다. 할머니

---

3) 분열문이란 전형적으로 "It is ~that"에 의해 분열된 문장을 말한다. 이정민, 배영남 공저, 『언어학 사전』(박영사, 1987), 173쪽. 분열문은 'that' 이하의 문장 수식을 받는 'It is' 다음에 오는 말이 강조되는 특성이 있다.

와의 흥겨운 놀이를 생생히 그려내면서, 궁극적으로는 그런 놀이를 제공해준 가즈랑집 할머니와 그 집을 각별히 부각시키고 있는 것이다.

이 시는 가즈랑집 할머니 집에 가서 놀았던 어린시절의 추억을 말하고 있는데, 가즈랑 할머니와 그 집이 특별히 강조되는 구문을 사용하여, 무당으로서의 신비함을 간직하며 한없이 인자하고 투명한 마음으로 커다란 사랑을 보내주었던 그 할머니가 시인의 마음속에 각별하게 자리잡고 있음을 환기시킨다. 그래서 시의 제목도 '가즈랑집'이라고 되어 있다. 이 시는 유년 화자와 가즈랑집 할머니 사이에 벌어지는 투명한 삶의 행위들을 구체적으로 진술하여 이야기의 흥미를 주면서, 구문의 묘미를 활용하여 가즈랑집 할머니와 그 집에 대한 이미지를 각별히 환기시켜주는 인상적인 문체의 작품이다.

오금덩이라는 곳

어스름저녁 국수당 돌각담의 수무나무 가지에 녀귀의 탱을 걸고 나물매 갖추어 놓고 비난수를 하는 젊은 새악시들

—잘 먹고 가라 서리서리 물러가라 네 소원 풀었으니 다시 침노 말아라

벌개눞녘에서 바리깨를 뚜드리는 쇳소리가 나면

국수당 국사당國師堂. 성황당城隍堂으로 불리기도 한다.

돌각담 ①돌을 모아놓은 큰 돌무더기 ②다듬지 않은 돌로 쌓아올린 담.

수무나무 스무나무. '시무나무'라고도 한다. 느릅나무과의 낙엽 교목. 높이는 20미터 정도이며, 잎은 어긋나고 톱니가 있다. 산기슭 양지 및 개울가에서 자란다.

녀귀 여귀厲鬼, 제사를 받지 못하는 귀신. 못된 돌림병으로 죽은 사람의 귀신.

탱 탱화幀畫. 부처, 보살, 성현들을 그려서 벽에 거는 그림.

나물매 이것저것 맵시 있게 진설해놓은 나물. '나물매'에서 '매'는 명사 뒤에 붙어 '생김새' 또는 '맵시'의 뜻을 더하는 접미사.

비난수 귀신에게 비는 소리.

벌개눞녘 벌건 빛깔의 늪 방향. '벌개'는 '벌겋어(빨간)'가 줄어 변한 말. '눞'은 '늪'의 평북 방언. '녘'은 '방향', '쪽'.

누가 눈을 앓어서 부증이 나서 찰거마리를 부르는 것이다

마을에서는 피성한 눈숡에 저린 팔다리에 거마리를 붙인다

여우가 우는 밤이면

잠없는 노친네들은 일어나 팥을 깔이며 방뇨를 한다

여우가 주둥이를 향하고 우는 집에서는 다음날 으레히 흉사가 있다는 것은 얼마나 무서운 말인가

바리깨 주발(놋쇠로 만든 밥그릇)의 뚜껑.

피성한 피가 성한.

눈숡 눈시울. '숡'은 피륙이나 바느질감 헝겊의 가장자리를 의미한다.

여우가 우는 밤이면 민간의 속신에서 여우의 울음은 죽음을 의미하였고, 또 밤에 여우가 울면 불길하다고 하였다.

팥을 깔이며 팥을 뿌려서 땅 위에 깔리는 상태를 말한다. 민간의 속신에서 팥은 흉사를 막고 악귀를 쫓아내는 액막이의 구실을 하던 상징물이다. 흉사가 있을 때 팥이나 팥죽을 뿌리는 행위가 오래전부터 전해져오고 있다.

방뇨를 한다 오줌도 팥과 마찬가지로 흉사를 막고 악귀를 쫓아내는 액막이의 구실을 하던 상징물이다. 방뇨를 한다는 것은 팥을 뿌리는 행위와 마찬가지로 민간의 속신을 쫓아서 흉사를 막으려는 행위이다.

「오금덩이라는 곳」 해설

'오금덩이'는 지명으로 보인다. 백석 시에는 지명을 제목으로 따온 작품들이 많은데, 이 작품에선 지명 뒤에 특별히 '~라는 곳'이라는 말을 붙이고 있다. 그리하여 그곳이 매우 특별한 곳이라는 암시를 준다. 제목에서부터 시적 긴장을 주며, 독자들의 호기심을 불러일으킨다. 긴장된 제목에 걸맞게 시의 내용은 '오금덩이라는 곳'에서 벌어지는 매우 이색적인 생활풍경을 보여준다. 그 풍경들은 속신의 세계에 밀착되어 있는 우리나라의 전통적인 생활풍습을 담고 있다. 이 시에 그려져 있는 속신의 세계는 매우 농밀하다.

세 가지의 속신의 풍경을 보여주고 있는 이 시의 1연에선 민간신앙의 풍속을 보여준다. '국수당'은 '성황당'으로 불리기도 하는 것으로, 마을 입구나 고갯마루, 산록 등의 길가에 위치해 있는 토속신앙의 대상을 말한다. '국수당'은 보통 돌무더기로 되어 있는데, 그 외에 신목神木의 형태로 되어 있거나, 당堂의 형태로 되어 있는 것도 있으며, 신목과 돌무더기, 신목과 당이 함께 있는 경우도 있다. 이 시에서는 신목과 돌무더기가 함께 있는 것으로 보인다.[4] 어스름 저녁 돌각담에 있는 스무나무 가지에 여귀의 탱화를 걸어놓고 젊은 새악시들이 제사를 지내며 소원을 빈다. '녀귀'는 자식 없이 죽어 제사를 받지 못하는 불만으로 원한이 사무쳐 세상에 보복을 가하는 귀신으로 알려져 있다. 그래서 마을의 젊은 새악시들이 제삿상을 차려놓고 귀신을 진정시키는 의식을 거행한다. '잘 먹고 가라 서리서리 물러가라 네 소원 풀었으니 다시 침노 말아라'라고 외치는 '비난수'는 제삿상을 받지 못하는 여귀의 원한을 풀어 마을의 안녕을 기원하는 목소리이다. 해가 지는 어스름 저녁의 국수당 풍경은 으스스한 느낌을 준다. 거기에 죽은 귀신이 그려진 불화를 걸어놓고 젊은 새악시들이 비난수를 하는 이 민간신앙의 토속적 풍경은 원시적이고 야생적인 정취를 물씬 풍긴다.

2연은 민간요법에 관한 풍습이다. 거머리는 동의보감에 어혈과 적취, 즉 피가 맺혀 있거나 덩어리가 진 증상을 다스리는 데 효과가 있다고 기록되어 있다.[5] 이 시에서 눈을 앓아 부증이 나서 찰거머리를 부르고, 피가 성한 눈기슭이나 저린 팔다리에 거머리를 붙이는 것은 거머리를 통해 치료를 하는 민간요법을 보여주는 것이다. 거머리의 침에는 마취성분이 있어 흡혈시 통증이 덜하다는 이야기도 있다. 거머리는 논이나 연못 등에 많이 산다. '벌개눞녁에서' 주발뚜껑을 뚜드리며 거머리를 부르는 것은 늪지에서 거머리

4) 이종철 · 박호원, 『서낭당』(대원사, 1994), 53쪽.

5) 한국정신문화연구원, 『한국민족문화대백과사전 1』(한국정신문화연구원, 1991), 669쪽.

를 잡는 행위나 의식과 관련이 있는 것으로 보인다. '거머리'로 상처부위를 치료하는 모습은 국수당에서 비난수를 하는 풍경보다 더욱 더 강렬하게 원시적 자극을 준다.

3연은 속신에 매여 있는 민간풍속이다. 민간의 속신에서 여우의 울음은 죽음을 의미한다. 밤에 여우가 우는 것은 매우 불길한 정조이다.[6] '여우가 주둥이를 향하고 우는 집에서는 다음날 으례히 흉사가 있다는 것은 얼마나 무서운 말인가'란 진술은 민간 속신에 묻혀 지내는 생활에서 느끼는 공포감을 그대로 드러낸 말이다. 그래서 여우가 우는 밤이면 잠 없는 노친네들이 일어나 팥을 깔이며 방뇨를 하는데, 이 역시 민간의 속신행위에 해당한다. 민간의 속신에서 팥은 흉사를 막고 악귀를 쫓아내는 액막이의 구실을 한다. 흉사가 있을 때 팥이나 팥죽을 뿌리는 행위가 전국 각지에서 오래전부터 전해져오고 있다.[7] '팥을 깔이며'는 팥을 뿌려서 땅 위에 깔리는 상태를 말하는 것이다. '오줌'도 민간 속신에서 흉사를 막고 악귀를 쫓아내는 액막이의 구실을 한다.[8] 그러니까 '팥을 깔이며 방뇨를 한다'는 것은 바로 여우가 우는 불길한 날 잠 없는 노친네들의 벽사辟邪 행위를 보여주는 것이다. 전적으로 속신의 세계에 속하는 이 풍경은 가장 농밀한 전통풍속을 보여준다.

---

6) 한국문화상징사전편찬위원회, 『한국문화상징사전 1』(동아출판사, 1992), 472쪽.
7) 한국문화상징사전편찬위원회, 위의 책, 400쪽.
최대림(역해), 『동국세시기』(홍신문화사, 1989), 119~120 쪽.
8) 한국문화상징사전편찬위원회, 위의 책, 534쪽.

매우 이색적인 우리의 민간풍속을 전하고 있는 이 시는 청각이미지가 이 토속정취의 원시성을 더욱 더 강렬하게 자극한다. 1연에서 들려오는 젊은 새악시들의 '육성', 2연에서 울려퍼지는 벌개눞녘에서의 바리깨 뚜드리는 소리, 3연에서 밤하늘에 울리는 여우의 울음소리 등이 그렇다. 인간과 사물과 동물들을 망라하고 있는 이 울부짖음은 원색적인 음성들이다. 그 원색의 목소리들이 이 토속풍경의 원시적 정취를 더욱 더 강렬하게 자극시킨다.

원시적 야생성이 물씬 배어 있는 이 토속풍경은 미신의 세계에 갇혀 있는 것인데, 그것들은 모두가 생활 속에 뿌리 박혀 있는 것들이다. 그들의 속신행위에는 모두가 흉사를 벗어나려는 간절한 염원이 담겨 있다. 그래서 이 시의 토속적 풍경은 마냥 신비로운 느낌만을 주는 것이 아니라 애틋한 연민을 동반하기도 한다. 원색의 토속적 풍경이 주는 강렬한 느낌과 간절한 염원이 담긴 생활풍경이 환기하는 애틋한 연민이 뒤섞이면서 이 시는 묘한 매력을 발산한다.

정문촌旌門村

주홍칠이 날은 정문旌門이 하나 마을 어구에 있었다

'효자노적지지정문孝子盧迪之之旌門'—몬지가 겹겹이 앉은 목각木刻의 액額에
나는 열살이 넘도록 갈지자字 둘을 웃었다

아카시아꽃의 향기가 가득하니 꿀벌들이 많이 날어드는 아츰
구신은 없고 부헝이가 담벽을 띠쫗고 죽었다
기왓골에 배암이 푸르스름히 빛난 달밤이 있었다
아이들은 쪽재피같이 먼길을 돌았다

주홍칠이 날은 주홍칠이 바랜. 백석 시에서 '낡은'이라는 의미로 쓰였을 때에는 현대어 표기법 그대로 '낡은'이라고 표기되거나 또는 '날근'으로 표기된다.
띠쫗고 치쪼다. 위를 향해 쪼다.
쪽재피 '쪽제비'의 강원도 방언.

정문旌門집 가난이는 열다섯에

늙은 말꾼한테 시집을 갔겄다

말꾼 말몰이꾼. 짐을 싣는 말을 몰고 다니는 것을 직업으로 하는 사람.

「정문촌」 해설

'정문旌門' 이란 충신, 효자, 열녀 등을 표창하기 위해 그 집 앞에 세우던 붉은 문이다. '정문촌' 은 그런 정문이 있는 마을이라는 뜻이다. '정문' 은 유교문화를 함축해서 보여주는 상징물이라고 할 수 있다. 시인은 우리의 정신적 문화유산이 깃든 정문촌의 풍경을 그려내는데, 시인의 눈이 집중적으로 머물고 있는 것은 '정문집' 이다. 그 정문집은 매우 낡고 퇴락했다. 어린시절 시인의 눈에 포착된 낡고 퇴락한 정문집의 풍경이 생생하게 그려진다.

먼저 '정문' 이 묘사된다. '주홍칠이 날은' 에서 '날은' 은 '낡은' 이라는 뜻이 아니고 '날아간' 즉, 바랜이라는 뜻이다. 백석은 '낡은' 이라는 뜻으로 쓸 때에는 '낡은' 이라는 현대어 표기 그대로 쓰거나, 또는 '날근' 이라고 표기했다. '낡은 질동이에는 갈 줄 모르는 늙은 집난이같이 송구떡이 오래도록 남어 있었다' (「고방」), '낡은 나조반에 흰밥도 가재미도 나도 나와 앉어서' (「선우사」), '녯 장수 모신 날근 사당의 돌층계에 주저 앉어서' (「통영」) 등에서 그 예를 찾을 수 있다. '주홍칠이 날은' 이란, 정문에 채색된 주홍칠이 오랜 세월이 지나 날아가서 희미하게 없어진 것을 말한다. 그 말은

'낡은' 이라는 말보다 정확한 언어사용이다. '낡은' 은 물건이 오래된 것을 의미할 때 쓰인다. 정문에 채색된 '주홍칠' 은 '색' 이다. 그것은 '바랠' 수는 있어도 '낡을' 수는 없다. 또 '날은' 은 '벗겨진' 보다 세월의 풍화작용을 깊게 전해준다. '벗겨진' 것은 단시간에 이루어질 수도 있다. 정교하고 감각적인 언어사용으로 주홍칠이 채색된 정문의 색이 희미하게 다 바래버린 느낌을 감각적으로 전달하면서, 그 정문이 매우 오래되고 낡아버린 것임을 느끼게 해준다.

'정문' 에는 '효자노적지지정문' 이라고 새겨져 있다. 현판의 글자로 미루어서, 그 정문이 '노적지' 라는 사람의 효성을 표창하기 위해 세운 것임을 알 수 있다. 목각으로 새겨진 현판의 액에는 먼지가 겹겹이 앉아 있다. '액' 이란 목각 현판에 도드라져 있는 글자를 말한다. 거기에 먼지가 잔뜩 쌓여 있다는 것은, 그 정문집이 낡았을 뿐만 아니라 퇴락한 집임을 느끼게 한다. 그 정문집은 한때는 효자를 길러낸 존경받는 집안이었지만, 지금은 관리되지 않을 정도로 퇴락한 집안이 되어버린 것이다. '나는 열살이 넘도록 갈지자 둘을 웃었다' 는 진술은, 정문의 액에 목각으로 새겨진 글자 가운데 '之' 자가 연달아 쓰여진 글자 배열을 보고 웃음이 나왔다는 뜻이다. 어린시절 특이한 모양을 보고 웃음을 터뜨리곤 하는 동심이 배어 있는 구절이다. 목각에 새겨진 글자인 '孝子盧迪之之旌門' 중에서 다른 한자들은 모두 획수가 복잡한데, '之之' 자만 간단하게 생겨서 어린 아이의 눈에 유난히 잘 각인되었을 것이고, 그 모양이 마치 오리가 걸어가는 모습을 띠고 있어 재미난 느낌을 주었을 것이고, 그런 모양이 두 개씩이나 새겨져 있는 것이 신기해서 나온 웃음일 것이다. '之' 자가 두 개 겹쳐진 한문문장은 쉽게 나오기 어려운데, 위의 문구에는 사람 이름의 끝이 '之' 로 끝나서 발생한 현상이다. 자주 보지 못했던 한문문장의 생소함으로 유년 화자는 볼 때마다 웃음이 나왔던 것이다. 효자를 기리는 목각의 액을 보면서, 신기하게 생긴 모양의 글자를 보고 웃음을 짓는 풍경은, 그 정문집의 몰락을 간접적으로 드러내기도 한다. 그 풍경에는 효자를 길러낸 그 집안이 무심하게 방치되어 있고, 그저 가난한 집 가운데 하나에 불과한 평범한 집으로 취급받고 있다는 느낌이 묻어 있다.

퇴락한 정문집의 묘사는 3연과 4연에서 보다 심화된다. 3, 4연은 정문촌의 어느 집을 묘사하고 있는데, 시의 문맥상 바로 그 정문집에 대한 묘사로 보는 것이 자연스럽다. '아카시아꽃의 향기가 가득하니 꿀벌들이 많이 날어드는 아침' 은 정문촌의 자연배경에 대한 묘사이다. 마을에 심어져 있는 아카시아꽃나무는 여전히 향기를 발산하고 꿀벌들은 아카시아꽃을 찾아 변함없이 모여든다. 아카시아꽃은 꿀벌들의 훌륭한 밀원이어서, 아카시아꽃이 만개하는 5월경이면 벌치는 사람들은 아카시아꽃의 군집지로 모여들기도 한다. '아침' 은 활발하게 움직이는 자연의 생명력을 더욱 활기차게 보여주는 이미지이다. 자연은 언제 어디에서나 스스로의 생명력을 구가한다. 정문촌 주변의 자연들도 변함없이 생명력을 구가하는데, 정문집의 자연만은 죽음의 색채를 띠고 있다. '부헝이가 정문집의 담벽을 띠쫒' 다가 죽어 있는 풍경은, 퇴락한 정문집의 몰락을 을씨년스럽게 그려낸다. 변함없이 진행되는 자연의 약동과 정문집의 담벽을 띠쫒다 죽어버린 부엉이 사이의 극적인 대비는, 정문촌의 몰락을 선명하게 각인시킨다. 모든 자연들이 변함없이 약동하고, 정문촌의 마을도 여전히 지탱되고 있지만, 정문집만이 눈에 띄게 몰락해 있는 것이다. '구신은 없고' 라는 표현은, 그래도 그 정문집이 완전히 폐가가 된 집은 아니라는 것을 암시한다. 그 집은 노가盧家의 후손들이 살고 있으면서, 가계만이 몰락해가고 있음을 보여준다.

4연은 3연에서 묘사된 정문집의 몰락을 더욱 심화시킨다. '기왓골에 배암이 푸르슴히 빛난 달밤' 의 풍경은 담벽을 쪼다 죽은 부엉이의 풍경과 함께, 몰락한 정문집의 분위기를 한층 으스스하게 만든다. 그래서 아이들은 밤에는 그 집 앞을 지나지 못하고, 먼길로 돌아가기도 한다. 이런 유년 화자의 행동은 정문집의 몰락을 한층 극적으로 전해준다.

이제 마지막 5연에선 몰락한 정문집의 생활풍경을 보여준다. 몰락한 정문집의 후손은 가난이가 되어 있고, 그 아이는 열다섯의 어린 나이에 늙고 가난한 말꾼한테 시집을 갔다. 이 시는 1~4연까지는 정문집의 풍경을 묘사하다, 마지막 5연에 가서 그 정문집에 사는 인간의 행위를 서술해낸다. 또 2연과 4연에서도 아이의 행동에 대한 서술이 구사된다. 이런 행위의 서술을 통해, 정문집의 퇴락한 풍경이 더욱 생생히 환기된다. 또 정문집의 몰락한 풍경을 정물화처럼 그려내는 것이 아니라, 실제로 그곳에 사는 사람들의 생활현장을 보여줌으로써 삶의 몰락이 주는 현실세계를 생생히 느끼게 해준다.

이 시는 정확하고 감각적인 언어에 의한 묘사와 행위의 서술을 결합시키는 시적 표현방법으로 우리의 전통마을에서 보게 되는 '정문집'의 퇴락한 삶의 풍경을 생생히 그려낸다. 시인이 그려낸 퇴락한 정문집의 풍경을 통해, 우리는 한 가계의 몰락을 서글프게 느끼고, 우리의 전통문화의 빛도 바래져가는 것을 슬프게 느끼게 된다.

여우난골

박을 삶는 집
할아버지와 손자가 오른 지붕 위에 한울빛이 진초록이다
우물의 물이 쓸 것만 같다

마을에서는 삼굿을 하는 날
건넌마을서 사람이 물에 빠져 죽었다는 소문이 왔다

노란 싸리잎이 한불 깔린 토방에 햇츩방석을 깔고
나는 호박떡을 맛있게도 먹었다

어치라는 산山새는 벌배 먹어 고읍다는 골에서 돌배 먹고 아픈 배를 아이들은 띨배 먹고 나었다고 하였다

한울 하늘.
삼굿 삼의 껍질을 벗기기 위해 수증기로 삼[大麻]을 익히는 과정.
한불 한 무리. 하나 가득. 백석 시에서 '불'은 '무리'나 '횟수'를 지칭하는 단위명사로 쓰인다.

햇츩방석 햇칡방석. 그 해에 새로 나온 칡덩굴을 엮어서 만든 방석.

어치 까마귓과의 새. 몸의 길이는 34cm 정도이며, 포도색이고 이마와 머리 위는 붉은 갈색이다. 다른 새들의 소리를 잘 흉내낸다.**벌배** 벌배나무(=팥배나무)의 열매. 팥알 모양의 타원형으로 생긴 이과梨果로 10월에 익는다. 술로 담가 마시기도 하며 피로회복에 효과가 크다.

돌배 산이나 들에서 제멋대로 자라는 야생종으로, 크기는 능금 정도이며 큰 자두만 한 것도 있다. 이 배는 야생상태로 그냥 먹기보다 항아리에 그대로 넣거나 겨 또는 쌀에 섞어 놓은 다음 2~3주 정도 저장해서 완전히 익힌 후 물에 씻어서 껍질을 벗기지 않고 먹는다.

떨배 떨괭이. 떨광나무의 열매로 맛이 시고 달콤하며 식용하거나 약재로 쓰인다. 떨광나무는 '아가위나무' 의 평북 방언이다.

「여우난골」 해설

'여우난골'은 여우가 나오는 골짜기라는 의미를 지닌 토속적인 지명이다. 앞서 「여우난골족」이라는 시에서는 그 마을에 사는 친족들의 명절풍속을 그린 바 있었다. 이제 이 작품에선 '족'이라는 말을 빼고, 마을 이름만으로 제목을 삼아 토속적인 마을에서 벌어지는 삶의 풍경들을 그려낸다. 이 시에선 보다 간명하고 정제된 진술로 우리 전통마을의 풍경들을 그려내어, 그 풍경에 담겨 있는 인상과 여운을 오래 느끼게 만든다.

1연에선 박을 삶는 풍경을 진술한다. 2행에서 할아버지와 손자가 지붕 위로 올라가는 것으로 보아서, 이 박은 땅에서 기르는 박이 아니라 「흥부전」에서 흥부가 캐던 박과 같이 지붕 위에 넝쿨로 기르던 박임을 알 수 있다. 백석의 다른 시인 「흰밤」에서는 하얀 보름달에 비치는 이 흰 박의 특별한 이미지를 그려낸 바 있다. 이 시에서는 지붕 위에 있는 그 박을 삶는 풍경을 보여준다. 셋째 행의 구절로 미루어서, 박을 삶는 것은 바가지를 만드는 과정으로 보인다. 바가지를 만들기 위해선 우선 캐낸 박을 반으로 쪼개 속을 전부 긁어낸 다음, 바가지를 가마솥에 삶아가지고 햇빛에 말려야

한다. 박을 삶고 말리는 과정을 거쳐야 비로소 오그라들지 않는 단단한 바가지로 탄생하는 것이다.[9] 그렇게 만든 바가지는 여러 용도로 쓰이는데 가장 흔하게 사용하는 것은 물을 뜰 때일 것이다. 그래서 화자는 그 박을 삶는 것을 보면서, 그 바가지로 떠먹을 우물의 물을 생각하며, 우물물이 쓸 것만 같다는 느낌이 든다. 박을 삶는 특별한 과정을 지켜보며, 그렇게 만들어진 바가지로 물을 떠먹으면 그 물이 쓰지 않을까 생각해보는 것이다.

2연은 삼〔大麻〕을 찌는 풍경이다. '삼굿'이란 삼의 껍질을 벗기기 위해 수증기로 삼을 익히는 과정을 말한다. 황해도 · 평안도의 민속을 조사한 한 보고서에 인용된 삼굿과정을 자세히 소개하면 다음과 같다.

> 7월에 삼을 거두어 한아름씩 묶은 삼단을 밭에 세워놓았다가 곧 삼굿 예정일자를 택하고 나면 대개 시냇가에 너비 서너발 길이 약 대여섯 발가량 되게 구덩이를 파 그 반 정도에 많은 장작을 넣고 그 위에 큰 돌과 주먹만 한 돌을 무덤 모양으로 높이 올려쌓고 나서 불을 질러 돌을 벌겋게 되도록 가열시킨다.
>
> 이번엔 나머지 빈 구덩이에 삼단을 높이 쌓고 나서 수증기의 허비를 막기 위해 풀로 삼단을 덮고 그 위에 다시 흙을 덮는다.

---

9) 박을 삶아 바가지를 만드는 과정은 전경욱과 유한수의 대담에서 참고했음. 전경욱(외), 『양주의 구비문학 2』(박이정, 2005), 593~594쪽.

이 작업이 끝나면 가열된 흙을 덮은 뒤 간격을 맞춰 구멍을 뚫어 그 속에 물을 부으면 굉장한 수증기가 생겨 열칸에 들어 있는 삼 껍질이 익는데 그 과정을 삼굿이라고 한다. 마을 장정들이 나서서 합동작업을 벌이는데 물을 부을 때면 가열된 돌이 튕기는 소리와 물 끓는 소리가 뒤범벅이 되어 요란한 소리가 나면 "물이야" 하는 고함소리를 하며 물통을 들고 이리저리 뛰며 흥겨워한다. 한편 이날 마을 어린이들은 벌겋게 가열된 돌에 옥수수를 구워먹고 놀며 이 작업이 끝나면 일꾼들이 모여 앉아 음식을 나누어 먹으며 즐겁게 논다.[10)]

장황함을 무릅쓰고 자세히 인용한 것은 삼굿이 단순히 한 집안의 일이 아니라, 마을사람들이 모두 참여해서 벌어지는 한바탕의 축제 성격을 지니고 있음을 보여주기 위해서이다. 그래서 1연에서는 '박을 삶는 집'이라고 표현했지만, 2연에서는 '마을에서 삼굿을 하는 날'이라고 표현한 것이다. 박을 삶는 것은 '집'안 일이지만, 삼굿은 '마을'의 일이며, 특별한 '날'인 것이다. 그 특별한 날 건너마을서 사람이 물에 빠져 죽었다는 소문이 들려온다는 것은 두 가지의 풀이가 가능하다. 하나는 건너마을서 사람이 물에 빠져 죽었다는 소문이 들려오는 것에도 아랑곳하지 않고 삼굿의 축제가

10) 문화공보부 문화재관리국 문화재 연구소, 『한국민속종합조사보고서(황해 · 평안남북)』(서울신문사 출판국, 1980), 308쪽.

벌어질 만큼, 그 축제가 성대하고 중요하게 열린다는 것을 강조하는 것이라고 풀이할 수 있다. 또 하나는 한쪽에서는 마을사람들이 모여 한바탕 축제가 벌어지고, 다른 한쪽 마을에서는 사람이 물에 빠져 죽는 일이 벌어지는 시골마을의 원색적인 풍경을 보여주는 것으로 해석할 수 있다. 삼굿이나, 사람이 물에 빠져 죽는 일이나, 모두 도회지에선 흔히 볼 수 있는 일이 아니다. 끓는 물에 삼이 익혀지는 것이나 사람이 물에 빠져 죽는 것이나 모두 물속에서 벌어지는 특별한 풍경들이다. 물로 뒤범벅된 그 시골마을의 풍경은 상승과 하강, 희열과 질식, 뜨거움과 차가움, 그리고 삶과 죽음으로 구성된 지상의 삶의 풍경을 매우 원색적으로 보여준다. 2연의 진술에서 우리는 흥겹고도 섬뜩한 우리들 삶의 근원적인 풍경을 강렬히 느끼게 된다.

3연에서는 시인의 개인적 삶의 풍경으로 돌아온다. 즐겁고도 어두웠던 마을의 풍경묘사에서 평안한 자리에 앉아 맛있는 음식을 먹는 한때의 평화로운 정경묘사로 이동한다. '노란 싸리잎'과 '토방'과 '햇츩방석'과 '호박떡'은 모두 황토색 계열로 이루어져 있어 밝고 평화롭고 토속적인 느낌을 준다. 색과 맛이 어우러져 해맑고 평화로운 느낌이 길고 넓게 번져나간다.

4연에서는 자연의 풍경이다. '어치'라는 산새에 대해 묘사하고 있는데, 산새의 울음소리와 어린아이들의 생활풍경이 절묘하게 결합되어 있다. '어치라는 산새는'이라는 주어 다음의 구문들은 의미와 소리의 작용이 두드러진다. '벌배'는 벌배나무의 열매로 피로회복에 효과가 큰 것으로 알려져 있다. '돌배'는 야생 배로서 익혀서 먹어야 한다. '띨배'는 약재로 쓰인다고 알려져 있다. 그러니까 이 구절은 약효가 있는 벌배를 먹어서 얼굴이 고와진다는 이 마을에선 아이들이 야생인 돌배를 그냥 먹어 배앓이를 하기도 하는데, 그럴 때 약효가 있는 띨배를 먹고 낳기도 한다는 것이다. 일종의 이 마을의 생활풍속을 전하는 것이며, 그 안에는 아이들의 천진한 모습이 담겨 있기도 하다.

그런데 이 구절에는 선행 연구자의 지적대로 말소리의 반복에 의한 언어유희가 담겨 있다.[11] 우선 '벌배', '돌배', '띨배'는 소리가 같거나 유사하며, 여기에 '아픈 배'에서의 '배'가 첨가되어 또 한 번의 반복이 이루어진다. 그런가 하면 '고읍다', '골에서', '먹고', '나었다고' 등의 어휘에선 연속적으로 '고'라는 소리가 반복된다. 그러니까 '벌배'와 '고'의 소리가 반복되는 언어유희가 나타나는 것이다. 그것은 아이들의 말놀이를 연상시키기도 한다. 그런데 이 문장은 고스란히 '어치라는 산새는 …… 하였다'의 구문 안에 들어가 있다. 그러니까 그 문장의 말을 '어치라는 산새'가 하였다는 뜻이다. '어치'는 다른 새들의 소리를 잘 흉내내는 것으로 알려져 있다. 그 점을 염두에 두면, 어치라는 산새가 아이들의 생활

11) 이숭원, 「백석 시의 난해 시어에 대한 연구」, 『인문논총 8』(서울여대 인문과학연구소, 2001), 45쪽.

풍속이 담긴 말놀이를 흉내내고 있다는 것을 말하는 것이 된다. 그렇게 흉내내는 말은 '벌배'와 '고'음의 반복 변주로 이루어져 있다. '벌배'와 '고'의 소리가 변주되며 이루어지는 발성은 새소리를 연상시키기도 한다.

이렇게 볼 때 4연은 아이들의 생활풍속을 언어유희로 표현하여 아이들의 생활풍속과 아이들의 말장난 놀이를 함께 환기해내고, 또 그것을 어치라는 산새가 흉내내면서 지저귀는 소리로 표현해내고 있는 것이다. 4연은 우리의 생활풍속에 대한 집요한 천착과 뛰어난 언어감각, 그리고 여기에다 우리말의 구문이 지닌 미묘한 의미작용을 적절히 활용하는 백석의 시적 태도가 집약적으로 용해된 명구라고 할 수 있다.

연자간

달빛도 거지도 도적개도 모다 즐겁다
풍구재도 얼럭소도 쇠드랑볕도 모다 즐겁다

도적괭이 새끼락이 나고
살진 쪽제비 트는 기지개 길고

홰냥닭은 알을 낳고 소리치고
강아지는 겨를 먹고 오줌 싸고

도적개 도둑개.
풍구재 풀무. 불을 피울 때에 바람을 일으키는 기구.
얼럭소 얼룩소
쇠드랑볕 쇠스랑볕. 쇠스랑 모양의 창살로 볕이 들어오는 모양
홰 새장이나 닭장 속에 새나 닭이 올라앉게 가로질러놓은 나무막대.
홰냥닭 홰에 올라앉은 닭.
겨 벼, 보리, 조 따위의 곡식을 찧어 벗겨낸 껍질을 통틀어 이르는 말.

개들은 게모이고 쌈지거리하고

놓여난 도야지 둥구재벼 오고

송아지 잘도 놀고

까치 보해 짖고

신영길 말이 울고 가고

게모이고 개들이 침을 흘리며 정신없이 모여드는 모습을 표현한 것으로 보인다. 평북 방언에서 '게게'란 '무엇에 정신이 팔리거나 단정치 못한 얼굴로 입을 맥없이 벌리고 침을 흘리는 모양을 일컫는다.

둥구재벼 오고 둥구잡혀 오고, 두멍잡혀 오고. '둥구'는 '두멍'의 평북 방언이다. '두멍'이란 물을 많이 담아 두고 쓰는 큰 가마나 독을 말한다. 그러니까 '둥구재벼 오고'는 돼지가 물통처럼 들려오고 있는 모습을 표현한 것이다.

보해 뽀해. '뽀해'는 '뻔질나게'의 평북 방언.

신영 친영親迎. 친영이란 일반적으로 신랑이 신부의 집에 가서 신부를 직접 맞이하는 의식을 말한다. 그런데 평안북도에서는 신랑이 장가드는 날에 말이나 소에 예장을 바리 싣고 신부집으로 가는 것을 말한다.

장돌림 당나귀도 울고 가고

대들보 위에 베틀도 채일도 토리개도 모도들 편안하니
구석구석 후치도 보십도 소시랑도 모도들 편안하니

장돌림 여러 장으로 돌아다니면서 물건을 파는 장수.
채일 '차일', 햇볕을 가리기 위하여 치는 포장.
토리개 '씨아'의 평북 방언. 목화의 씨를 빼는 기구.
후치 '극젱이'의 방언. 땅을 가는 데 쓰는 농기구. 쟁기와 비슷하나 쟁깃술이 곧게 내려가고 보습 끝이 무디다.
보십 '보습'. 쟁기의 술바닥에 맞추어 땅을 갈아 흙덩이를 일으키는 데 쓰는, 삽 모양의 쇳조각.
소시랑 쇠스랑. 땅을 파헤쳐 고르거나 두엄, 풀무덤 따위를 쳐내는 데 쓰는 갈퀴 모양의 농기구.

「연자간」 해설

'연자간' 은 연자맷돌, 즉 말이나 소로 끌어 돌려서 곡식을 찧는 맷돌을 차려놓은 방앗간이다. 농촌의 생활풍경이 물씬 묻어나는 이 연자간은 농경사회의 필수적인 공간이자, 또 농민들이 자주 이용해야 하는 곳이어서 대체로 마을의 근처에 위치해 있다. 백석의 다른 작품인 「마을은 맨천 구신이 돼서」라는 시를 보면, 대문 밖의 '밭 마당귀' 에 이 연자간이 놓여 있다. 마을의 온갖 사물에 붙어 있는 귀신들을 열거하며 속신의 세계에 묻혀 지내는 우리의 전통 생활을 그려내고 있는 「마을은 맨천 구신이 돼서」라는 작품에서 '연자간' 에는 '연자망구신' 이 붙어 있다. 귀신이 붙어 있는 것은, 그 사물이 그만큼 생활 속에 밀착되어 있다는 것을 의미한다. 이 시는 우리의 전통적인 농촌생활에서 가장 친근한 장소의 하나인 '연자간' 의 풍경을 운율의 묘미를 통해 생생히 그려냄으로써 농촌 생활의 풍경과 정취를 한껏 느끼게 해준다.

이 시에서 가장 먼저 눈에 띄는 것은 정제된 운율이다. 백석의 시는 엮음의 문체를 기저로 길게 늘어지는 진술을 일삼거나, 아니면 극도로 간명하게 진술된 시들이 주류를 이루는데, 이 시는 예외적으로 일반적인 시의 형식을 유지하며 정형화된 운율을 시도한다. 특히 2행 1연의 시 형식에 3음보와 4음보의 전통적인 율격을 드러내고 있는 것이 눈길을 끈다. 이런 시 형식은 소월이나 지용이 시도한 바 있는데, 백석은 여기에 운까지 정밀하게 맞추는 정형의 형태를 시도한다. 이러한 새로운 율격의 실험으로 백석은 '연자간'의 풍경을 매우 생기 있게 그려낸다.

우선 3음보와 4음보로 구성된 이 시의 율격을 보자. 총 7연으로 되어 있는 이 시에서 2~6연까지는 3음보의 율격단위로 나누어지며, 1연과 7연은 5음보와 6음보의 율격단위로 나누어진다. 3음보가 동적인 율격이라면, 4음보는 정적인 율격이다. 5음보와 6음보는 길게 늘어짐으로써 강제할 수 있는 뚜렷한 특징이 있다고 말하긴 어렵다. 하지만 5음보는 3음보와 2음보가 결합된 형태를 지님으로써 동적인 율격체계에 넣을 수 있으며, 6음보는 4음보와 2음보가 결합된 형태를 지녀 정적인 율격체계에 넣을 수 있다. 이런 율격체계는 이 시의 의미와 긴밀히 호응하면서 '연자간'의 풍경에 힘찬 생명과 호흡을 불어넣는다.

먼저 1연은 연자간을 둘러싸고 있는 온갖 자연물들, 즉 동물과 농구와 그들을 비치는 달빛과 쇠드랑볕들을 나열하면서 그것들 모두가 즐겁다고 말한다. 연자간의 풍경에서 흥취를 느끼는 것인데, 그 흥취는 동적인 느낌을 조성하는 5음보의 율격을 통해 솟아난다. 5음보의 동적인 율격이 시의 의미에 활력을 불어넣는 것이다.

이어 2~6연까지는 1연에서 띄운 연자간의 흥취를 펼쳐보인다. 연자간 앞에는 갖가지의 동물들이 부산하게 움직인다. '동물動物' 이라는 말 뜻 그대로 움직이면서 살아 있음을 드러내보이는 동물들의 갖가지 본능적인 동작들이 활기차게 펼쳐진다. 뿐만 아니라 연자간 앞으로 행사나 생업의 수단으로 동원되는 동물들이 소리를 지르며 지나가기도 한다. 집 앞의 밭마당 귀퉁이에 있는 연자간 앞은 마을의 가축과 야생동물들이 모여서 활개치는 자유로운 공터이며, 마을의 생활 움직임이 한눈에 포착되는 요지이다. 농촌생활에서 가장 친근하게 오가는 연자간 앞의 풍경은 농촌의 생활풍경이 집약되어 있다. 그런 농촌의 생활풍경이 3음보의 동적인 율격을 통해 매우 역동적으로 그려지는 것이다. 이어 마지막 7연에서는 연자간 안의 풍경을 묘사한다. 연자간의 대들보와 바닥의 구석구석에 놓여 있는 농기구들을 하나하나 나열하면서 시를 마무리한다. 갖가지의 농기구들이 놓여 있는 연자간 '안' 의 풍경은 연자간 '밖' 의 풍경과는 대조적으로 매우 편안하다. 그런 '편안한' 느낌은 바로 안정적이고 정적인 6음보의 율격을 통해 적절히 조절된다.

운을 맞춰가며 두 행이 짝을 이루는 시 형식은 이러한 농촌의 정경을 한층 더 팽팽한 감각으로 만든다. 중간운과 각운을 맞춰가며 3음보의 율동에 따라 두 행이 의미론적 짝을 이루면서 진행되는 시 형식은, 마치 둘씩 짝을 지으며 여기저기서 흥겨운 놀이를 벌이는 듯한 느낌을 불러일으킨다. 그러다 마지막 연에 가서는 6음보의 안정된 율격으로 짝을 맞춰 농구들이 모두 편안하게 놓여 있는 연자간의 평화롭고 고즈넉한 느낌을 조성하며 시를 끝맺는다. 시의 종결을 서술어로 완결시키지 않고 '편안하니' 라는 여운을 지닌 소리의 부사어로 끝맺음으로써 연자간 안에서 감도는 고요하고 안정된 느낌을 고스란히 전해준다.

이 시는 운의 효과와 3음보와 4음보의 변주를 통한 율격의 효과를 이용하여 연자간 밖의 역동적인 풍경과 연자간 안의 정적인 풍경을 생동감 있게 그려내어, 활기차면서도 평화롭고, 소란스러우면서도 고즈넉한 농촌 특유의 정경을 생생히 전해준다.

국수

눈이 많이 와서

산엣새가 벌로 나려 멕이고

눈구덩이에 토끼가 더러 빠지기도 하면

마을에는 그 무슨 반가운 것이 오는가보다

한가한 애동들은 어둡도록 꿩사냥을 하고

가난한 엄매는 밤중에 김치가재미로 가고

마을을 구수한 즐거움에 사서 은근하니 흥성흥성 들뜨게 하며

이것은 오는 것이다

산엣새 산에 있는 새. 백석은 '산새'와 '산엣새'를 구별해서 썼다.

나려 내려와.

멕이고 '메기고'로 추정된다. 이에 대해서는 최정례의 견해가 제시된 바 있다. '메기다'는 두 편이 노래를 주고받고 할 때 한편이 먼저 부르는 것을 말한다. 따라서 '메기고'는 '주고 받으며 지저귀고' 정도로 풀이할 수 있다. 이런 용례로 '해변벌에선 얼마나 너이들이 욱자짓걸하며 멕이기에'(「오리」)가 있다. 백석 시에는 '메기고'가 '멕이고'로 표기되는 것처럼, 분철의식이 강력하게 표출된다.

나려 멕이고 내려와 주고받으며 지저귀고.

이것은 어늬 양지귀 혹은 능달쪽 외따른 산옆 은댕이 예데가리밭에서
하로밤 뽀오햔 흰김 속에 접시귀 소기름불이 뿌우현 부엌에
산멍에 같은 분틀을 타고 오는 것이다
이것은 아득한 녯날 한가하고 즐겁든 세월로부터
실 같은 봄비 속을 타는 듯한 녀름볕 속을 지나서 들쿠레한 구시월 갈바람 속을 지나서
대대로 나며 죽으며 죽으며 나며 하는 이 마을 사람들의 으젓한 마음을 자나서 텁텁한 꿈을 지나서
지붕에 마당에 우물둔덩에 함박눈이 푹푹 쌓이는 여늬 하로밤

김치가재미 겨울철에 김치를 묻은 다음에 얼지 않게 그 위에 지푸라기나 수수깡 따위로 만들어놓은 움막.
은댕이 언저리.
예데가리밭 쓰고 남은 귀퉁이 밭. 예재餘在는 쓰고 남은 물건임. 예데가리밭은 '예재 쪼가리 밭' 이라는 뜻으로 보인다
산멍에 산몽애. 뱀의 한 종류인 '산무애뱀' 의 고어.
분틀 국수틀.

아배 앞에 그 어린 아들 앞에 아배 앞에는 왕사발에 아들 앞에는 새끼사발에 그득히 사리워 오는 것이다

이것은 그 곰의 잔등에 업혀서 길여났다는 먼 녯적 큰마니가

또 그 집등색이에 서서 자채기를 하면 산넘엣 마을까지 들렸다는

먼 녯적 큰 아바지가 오는 것같이 오는 것이다

아, 이 반가운 것은 무엇인가

이 히수무레하고 부드럽고 수수하고 슴슴한 것은 무엇인가

겨울밤 쩡하니 닉은 동티미국을 좋아하고 얼얼한 댕추가루를 좋아하고 싱싱한 산꿩의 고기를 좋아하고

집등색이 짚등석. 짚과 등나무 줄기로 짜서 만든 자리. 백석 시에서 '짚' 이 '집' 으로 표기되는 경우가 많다. '집신', '집검불' 등의 예가 그러하다.
댕추가루 당춧가루. 고춧가루.

그리고 담배 내음새 탄수 내음새 또 수육을 삶는 육수국 내음새 자욱한 더북한 삿방 쩔쩔 끓는 아르굳을 좋아하는 이것은 무엇인가

이 조용한 마을과 이 마을의 으젓한 사람들과 살틀하니 친한 것은 무엇인가

이 그지없이 고담枯淡하고 소박素朴한 것은 무엇인가

탄수 내음새 식초냄새.
아르굳 아랫목.

「국수」 해설

이 시는 백석 시의 음식물 선호를 가장 상징적으로 보여주는 작품이다. 그의 시에는 수많은 음식물이 등장하지만 음식이름을 시의 제목으로 삼고, 단일 음식 하나를 시의 제재로 삼아 쓴 시는 이 작품이 유일하다. 뿐만 아니라 이 시는 음식물을 형상화시키는 그의 시적 태도가 집약되어 있는 작품이다. 이 시는 시인이 어린시절 고향의 어머니가 만들어 주신 '국수'를 먹은 기억을 바탕으로 쓴 작품이다. 시인의 생장지인 '정주'는 평양에서 멀지 않은 곳에 있다. 따라서 시인이 어린시절에 먹은 이 국수는 우리가 흔히 '평양냉면'이라고 부르는 음식으로 볼 수 있다. 이 시에는 그 평양냉면의 육수를 장만하는 것에서부터 시작해 국수틀에서 국수를 뽑아내, 한겨울날 쩔쩔 끓는 아랫목에서 국수를 먹는 정취에 이르기까지 옛부터 고향마을에서 이어져오던 평양냉면의 음식문화가 고스란히 진술된다. 평양냉면에 들어가는 음식재료 등도 언급되고 있어 오늘날 가장 인기 있는 전통음식의 하나인 평양냉면의 본래 모습을 엿볼 수 있기도 하다. 그렇다고 이 시가 평양냉면의 미각과 정취를 겨냥하고 있는 것은 아니다. 그것은 이 시를 이루고 있는 최소의 의미단위이고, 이 시 감상의 이삭일 뿐, 이 시의 본령은 음식문화 속에 담겨 있는 우리의 깊숙한 생활정서이며, 그 정서는 민족과 역사의식으로까지 뻗어 있다.

시의 서두는 눈 내린 겨울의 낭만적 정취로 시작된다. 눈이 와서 산에 있는 새들이 벌판으로 내려와 지저귀고, 눈구덩이에 토끼들이 빠지기도 하며, 한가한 아이들이 꿩사냥을 하는 눈 내린 시골마을의 풍경은 더없이 아름답고 평화롭다. 세상이 순백의 빛으로 채색되고, 순결한 대지 위에 지상과 천상의 동물들이 내려와 뒹구는 풍경을 보는 순간은 축복과 은총의 시간이다. 그러므로 시인이 마을에 그 무슨 반가운 것이 올 것 같다고 말하는 것은 자연스럽다. 상서로움을 느끼게 하는 눈 내리는 날의 반가운 일이란 다름 아닌 '국수'이다. 서설의 반가운 일이, 생활의 기본적이고 절실한 욕망인 음식이라는 점이 이 시의 남다른 점이다. 백석은 낭만적인 서정을 환상적인 세계 너머로 끌고가지 않고, 인간이 숨 쉬고 땀 흘리며 사는 구체적인 생활현장 속으로 밀어넣음으로써 인간의 호흡과 체취가 느껴지는 끈적끈적한 시의 세계로 만들고 있다.

엄마가 김치가재미로 가는 것은 서설의 반가운 일을 충족시켜주는 첫 걸음이다. 김치가재미를 향한 엄마의 발걸음은 정확히 말하면 동치미 국물을 뜨기 위한 것이다. 평양냉면의 육수는 동치미 국물과 육수의 혼합으로 만든다. 엄마는 이제 '국수'를 만들기 위해 첫발을 내딛은 것이다. 엄마의 국수 장만에 가족뿐만 아니라 마을 전체가 반갑고 들뜨는 것은 우리 옛 마을의 공동체의식이 반영된 것이다. 모두가 혈연으로 맺어진 우리 옛마을의 구성원들은 전체가 하나의 가족과 같은 공동체의식을 갖고 있다. 혈연에 바탕을 둔 공동체의식이 반영되어 있는 '마을'이라는 단어가 이 시에는 다섯 번이나 나온다. 음식에 대해 말하는 이 시가 개인의 미각이 아니라 의미 있는 의식의 일단을 겨냥하고 있음을 짐작하게 한다. 김치가재미로 가는 엄마의 발걸음에 이어 국수의 면의 재료를 장만하여, 부엌에서 국수틀로 국수를 뽑아내는 장면을 진술한다. 국수가 '외따른 산옆 은댕이 예데라기밭에서' 온다는 진술은 국수의 면발인 메밀의 경작지를 지칭하는 것이면서, 우리의 전통음식인 국수가 우리의 대지 위에서 생성된 토착음식이라는 것을 함축한다. 전통음식은 그 전통의 땅 위에서 생성된 것이고, 땅은 그 위에 발 딛고 사는 사람들의 마음을 반영한다. 땅은 사람의 내면이자 의식이다. 그리하여 전통음식에는 그것을 먹는 사람들의 마음과 의식이 담겨 있다. 토착적인 재료로 만든 국수의 맛에는 우리 민족의 마음과 의식이 투영되어 있는 것이다. 시인은 이 점을 국수에 대한 미각을 진술하면서 구체적으로 드러낸다.

내 고향땅에서 자란 메밀을 재료로 국수틀에서 직접 국수를 뽑아낸 후, 그 국수를 사발에 담아 가족들 앞에 가져오는 장면이 진술된다. 그런데 이 장면은 아주 길게 진술된다. 국수틀에서 뽑은 국수를 사발에 담아 가져오는 장면만 진술하지 않고 아주 오랜 옛날부터 이 마을사람들이 국수를 먹어왔다는 사실을 길게 서술하면서 마지막에 아버지와 아들 앞에 그 국수가 장만되어 오는 것을 진술한다. 이것은 말할 것도 없이 국수와 함께 지내온 이 마을의 오랜 역사를 말한다. 시인은 이 마을사람들이 오랫동안 그 토속음식을 먹어왔다는 것을 말하고 있지만, 그 말 속에 담긴 진정한 뜻은 우리나라 마을의 오랜 역사성이며, 그것은 곧 우리 민족의 오랜 역사성을 의미한다. 그 역사는 지금 아버지에서 아들로 대를 이어 계속된다. 부자지간의 겸상은 역사의 계승을 보여주는 아주 구체적이고 실질적인 장면이다. 국수를 통해 우리 민족의 오랜 역사성을 말하는 이 긴 서술에는 평화와 즐거움으로 가득 찼던 우리 역사의 시원도 담겨 있고, 의젓한 마음과 텁텁한 꿈을 지닌 우리 민족의 심성도 담겨 있다. 시인은 우리 민족이 오랫동안 한가한 마음으로 즐겁게 먹던 국수에 대한 이야기를 하면서, 그 토속음식과 더불어 진행되어온 우리나라의 역사와 민족의 근원적인 심성을 말하고 있는 것이다. 그것은 할머니와 할아버지에 대한 전설적인 이야기의 진술을 통해 다시 한 번 강조된다. 전설은 늘 별난 이야기이고, 그 별난 이야기의 전래는 오랜 역사의 존재와 밀접히 관련된다. 역사가 오랜 곳에서는 늘 전설이 따르며, 역으로 전설은 오랜 역사가 있었던 곳에서만 존재한다. 국수가 이러한 이야기처럼 온다는 것은, 바로 국수를 먹는 이 고장의 역사, 더 나아가 우리나라의 역사가 그만큼 오래고 길다는 것, 즉 우리나라 역사의 깊이와 폭의 광대함을 웅변하는 것이다.

이러한 시의 의미는 독특한 어법과 구문의 활용을 통해 한층 효과적으로 환기된다. 이 시는 전체적으로 나열과 반복의 어법으로 길게 서술된다. 특히 오랜 옛날부터 국수를 먹어왔다는 것을 서술하면서 아버지와 아들 앞에 국수가 사리워 오는 것을 진술할 때 그러한 어법은 더욱 완강해진다. 반복과 나열로 구문들을 엮어내며 길게 서술하는 이 표현법은 이 마을과 우리 민족의 오랜 역사성을 드러내는 데 효과적으로 기여한다. 길게 엮어지는 문체는 그 자체로 오랜 시간적 경과를 드러낸다.

서술구문도 매우 주목되는 점이다. 엄마가 김치가재미로 가서 국수를 만들어 내오기까지의 장면은 '이것은 ~것이다' 라는 구문으로 서술된다. 이 구문은 '명사1은 명사 2이다' 라는 전형적인 '~이다' 구문이다. '~이다' 구문은 기본적으로 명제에 대해 정의를 내리는 '정언' 의 의미를 지니는데, '이것은 ~것이다' 라는 서술구문은 그러한 '정언' 의 의미가 매우 뚜렷하게 드러나는 구문이다. 국수의 제조와 국수와 더불어 지내온 우리 민족의 오랜 역사성이라는 이 시의 전언이 정언의 의미를 드러내는 구문에 실려 전달됨으로써 하나의 명제에 대해 정의를 내리는 것처럼 인식되어 매우 단호하고 엄숙한 진리의 선언처럼 들리게 한다. 음식이라는 가벼운 소재에서 우리 민족의 근원적 심성과 역사를 드러내는 무거운 주제를 환기해내는 이 시의 의미구조가 정언의 서술구문을 통해 효과적으로 뒷받침되고 있는 것이다.

'이것은 ~것이다' 라는 서술구문에서 '것' 을 수식하는 '온다' 라는 말도 주목된다. 여기서 '온다' 란 말은 '이것은' 을 지칭하는 '국수' 를 의인화시킨 말로서, 국수가 '나온다', 국수가 '만들어진다' 의 뜻도 지니면서, 토속음식으로서 그 국수가 오랜 옛날부터 '온' 것이라는 의미도 환기시킨다. '온다' 는 말이 우리 민족의 오랜 역사성을 환기시키는 데 적절히 기여한다고 할 수 있다. 그 '온다' 는 말이 네 번이나 반복되면서, 긴 시간성과 역사성은 더욱 극대화된다. 그리고 그 '온다' 는 말의 마지막 네 번째 진술에서는 '사리워온다' 로 끝맺는다. 여기서 '사리다' 라는 말은 '국수사리' 에서 온 말이다. 이런 점을 생각하며 '사리워온다' 는 말을 읽으면 긴 국수사리가 사발에 가득 담겨 나오는 장면이 눈에 선하게 떠오른다. 여기서 '긴 국수사리' 는 바로 오랜 시간성과 역사성의 이미지를 함축한다.

이제 2연에서는 장만되어 온 국수를 먹는 장면이 진술된다. 국수의 모양과 미각이 섬세하게 제시되고, 국수에 들어가는 재료들이 하나하나 나열되며, 겨울날 쩔쩔 끓는 아랫목에서 시원한 국수를 먹는 평양냉면 본래의 식사 정취가 생생히 묘사된다. 2연에서 우리는 한국의 대표적인 전통음식인 평양냉면의 맛과 멋을 그대로 느낄 수 있다. 여기서도 구문의 활용이 눈에 띈다. '아, 이 반가운 것은 무엇인가' 라는 구문은 자문자답의 의미를 지닌 구문으로서 이미 알고 있는 것을 다시 한 번 강조하는 효과를 나타낸다. 우리 토속음식의 맛과 멋을 자문자답의 구문으로 서술하여 잊혀져가는 우리 전통문화의 정취를 새삼 일깨우는 효과를 낸다.

마지막 3연에서는 이 국수가 평화로운 마을과 의젓한 사람들의 마음이 반영된 음식임을 다시 환기시키면서 시상을 끝맺는다. 이 시를 끝맺는 문장인 '枯淡하고 素朴한 것'은 국수의 미각이면서 우리 민족의 심성을 말하는 것이다. 그것을 자문자답의 구문으로 말하는 시인의 마음속에는, 우리의 소중한 전통과 우리 민족의 근원적 심성에 대한 깊은 애정과 각성이 짙게 담겨 있는 것이다.

이 시는 목월의 시 「적막한 식욕」에 영향을 미쳤다. 우선 단일 음식을 소재로 삼은 작품은 「국수」가 최초이며, 그 이후 목월의 시 「적막한 식욕」이 바로 뒤를 잇고 있다. 「적막한 식욕」은 '메밀묵'을 제재로 쓴 작품이다. 시의 착상의 유사함 이외에도, 시상의 전개와 이미지의 구사, 사투리의 구사 등에서 유사한 점을 보인다. 하지만, 「적막한 식욕」은 「국수」와는 다른 시의 언어와 형태를 보이며, 무엇보다 생에 대한 깊은 관조를 보이면서 잔잔한 서정의 경지를 펼치고 있다. 백석의 「국수」는 목월의 「적막한 식욕」에 영향을 미치면서 또 하나의 새로운 명편을 탄생시킨 것이다.[12)]

---

12) 백석의 「국수」와 박목월의 「적막한 식욕」과의 영향관계에 대한 보다 자세한 설명은 졸고, 「백석의 '국수'」(『시안』, 1999년 봄호) 참조.

물총새가 된 아이들

주막酒幕

고방

오리 망아지 토끼

초동일初冬日

하답下畓

외가집

개

넘언집 범 같은 노큰마니

동뇨부童尿賦

마을은 맨천 구신이 돼서

주막酒幕

호박잎에 싸오는 붕어곰은 언제나 맛있었다

부엌에는 빨갛게 질들은 팔八모알상이 그 상 우엔 새파란 싸리를 그린 눈알만 한 잔盞이 뵈였다

아들아이는 범이라고 장고기를 잘 잡는 앞니가 빠드러진 나와 동갑이었다.

붕어곰 붕어를 오래 곤 국. 또는 오래 곤 붕어.
질들은 '길들은'의 평북 방언.
팔八모알상 테두리가 팔각 모양으로 만들어진 상.
빨갛게 질들은 팔八모알상 빨간 칠을 한 팔각 모양의 상이 길이 잘 들어 반짝반짝한 모양.
장고기 잔고기. 조그마한 물고기.

울파주 밖에는 장꾼들을 따라와서 엄지의 젖을 빠는 망아지도 있었다.

울파주 '울바자'의 평북 방언. '울바자'는 '울타리'를 의미한다.
엄지 짐승의 어미.

「주막」 해설

옛날 시골마을의 주막 풍경과 정취가 추억의 흑백사진처럼 아련하게 인화되어 있다. 성인 화자의 시선이 아닌 유년 화자의 순박한 시선으로 촬영되어 시골 주막의 정경이 한층 투명하게 드러난다. '주막'은 시골의 길가에서 밥이나 술을 팔고, 나그네에겐 잠자리를 제공했던 곳이다. 시골의 어린아이들에겐 새로운 음식을 맛볼 수 있는 곳이고, 낯선 손님들을 만날 수 있는 곳이고, 흥청거리는 재미가 있는 곳이다. 새롭고 신기한 것이 많으며 북적거리는 곳을 아이들은 본능적으로 선호한다. 이 시는 유년 화자의 눈에 비친 그런 주막의 정경을 생생히 묘사한다.

'주막'이란 제목 아래 대뜸 먹는 이야기가 나온다. 군더더기 없는 간결하고 단호한 문장은 미각의 여운을 강렬하게 전달한다. 동시에 생활현장으로서의 주막의 이미지를 단적으로 드러낸다. 이어서 부엌으로 카메라가 이동한다. 음식의 맛에 대한 느낌에 이어, 그 음식이 만들어진 장소로 시선이 이동하는 것은 극히 자연스럽다. 게다가 여러 종류의 식기와 생활의 잡동사니들로 가득 찬 부엌은 호기심 많은 아이들에겐 신비한 요술나라와 같은 곳이다. 빨간 색상의 팔각 모양의 상과 그 위에 놓여 있는 새파란 싸리를 그린 눈알만 한 잔이 아이의 눈에 신기하게 비친다. 팔각상의 빨간 색상과 술잔에 그려진 싸리의 새파란 색상이 주는 강렬한 원색대비가 아이에겐 특히 인상적으로 비쳐진다. 이어서 그 주막집의 아이에 대한 묘사가 이루어진다. 아이들이 먹을 것에 대한 욕망 다음에 관심이 가는 것은 친구이다. 이 주막은 자기 또래의 친구, 그것도 동갑인 친구가 있어서 친근한 곳이다. '범이라고' 라는 말은 주막집 아들의 이름을 지칭하는 듯하다. 동물의 범을 연상시키는 이름의 그 친구와 잔고기를 잘 잡는 '나' 는 동물친화적인 시골정서로 한데 묶이며, 여기에 빼드렁니를 지닌 나의 촌스럽고 친근한 용모가 겹치면서, 그들은 시골 한동네의 따뜻한 식구가 된다. 마지막으로 주막 울타리 밖의 동물에 시선이 간다. 장사하는 나그네들이 말을 몰고 오가는 주막의 풍경에서 어린 화자는 장군을 따라온 말의 새끼가 어미의 젖을 빠는 모습에 시선을 보낸다. 어린 화자는 어미젖을 빠는 망아지에서 자신의 모습을 보고 있을 것이다. 시 「오리 망아지 토끼」에는 장날 아침에 행길로 어미 따라 가는 망아지를 내놓으라고 아버지에게 조르는 어린 화자의 투정이 진술된다. 특별한 놀이가 없는 시골생활에서 망아지는 어린 시인의 장난감이자 친구였고 분신이었던 것이다. 그리하여 어린 시인은 나그네가 말을 끌고 오가는 주막의 풍경에서도 망아지에게 특별히 시선이 갔을 것이다.

주막의 음식 맛에서 부엌의 신기한 풍경으로, 그리고 그 주막집의 동갑친구에서 주막의 울타리 밖에 있는 장군을 따라온 망아지로 이어지는 이 주막집 안팎의 풍경은 시골의 사람 사는 냄새가 물씬 묻어나는 곳이다. 시골사람들의 그 애틋한 생활정서가 유년 화자의 투명한 시선에 의해 따뜻하고 정겹게 그려지고 있다.

이 아련한 작품은 신경림 시인의 눈과 마음을 사로잡았다. 그는 전쟁 직후 동대문의 헌 책방에서 우연히 『사슴』을 구해서 읽곤 열 권의 장편 소설을 읽은 것보다 더 큰 감동을 받았다고 술회한 적이 있다. 이 시집에서 그가 가장 감동받은 작품이 「주막」, 「모닥불」, 「산비」 같은 시들이었는데, 그중에서도 가장 인상적인 작품으로 「주막」을 꼽고 있다. 그는 이 시를 읽으며 나중에 자신이 자란 장터와 장꾼들을 시로 써야겠다고 생각했다고 말하고 있다.[13] 이 작품이 「농무」와 「파장」과 같은 작품을 잉태시킨 원천이 된 것이다. 그러고 보면, 「주막」에서 '아들아이는 범이라고 장고기를 잘 잡는 앞니가 빠드러진 나와 동갑이었다' 와 같은 진술은 예사롭지 않다. 그 구절은 「파장」의 인상적인 표현인 '못난 놈들은 서로 얼굴만 봐도 흥겹다' 라는 말을 떠올리게 한다. 어쩌면 이 시가 분이 얼룩진 얼굴로 농무를 추는 무리들의 얼굴을 '우리' 라는 농민 화자로 내세운 신경림 시의 창조적인 문법의 모태가 된 것인지도 모른다.

---

13) 신경림, 「백석의 시집 『사슴』」, 『한국인』, 91년 4월호, 62~64쪽.

고방

낡은 질동이에는 갈줄 모르는 늙은 집난이같이 송구떡이 오래도록 남어 있었다

오지항아리에는 삼춘이 밥보다 좋아하는 찹쌀탁주가 있어서

삼춘의 임내를 내어가며 나와 사춘은 시큼털털한 술을 잘도 채어 먹었다

제삿날이면 귀머거리 할아버지 가에서 왕밤을 밝고 싸리꼬치에 두부산적을 께었다

질동이 질흙으로 빚어서 구워 만든 동이

집난이 시집간 딸.

송구떡 송구지떡. 소나무의 속껍질을 물에 여러 날 담가서 송진을 우려낸 후 두들겨서 솜같이 만들어 떡을 할 때 섞어 넣는다.

오지항아리 오짓물을 발라 만든 항아리. '오짓돌' 이란 흙으로 만든 그릇에 발라 구우면 그릇에 윤이 나는 잿물.

임내 흉내.

손자아이들이 파리떼같이 모이면 곰의 발 같은 손을 언제나 내어 둘렀다

구석의 나무말쿠지에 할아버지가 삼는 소신같은 짚신이 둑둑이 걸리어도 있었다

녯말이 사는 컴컴한 고방의 쌀독 뒤에서 나는 저녁 끼때에 부르는 소리를 듣고도 못 들은 척하였다

밝고 '바르고'의 평북 방언. '바르고'는 '껍질을 벗기어 속에 들어 있는 알맹이를 집어내고'라는 뜻이다.

말쿠지 '말뚝'의 평북 방언.

삼는 짚신이나 미투리 따위를 만드는.

소신같은 소의 신 같은.

둑둑이 수두룩히.

고방 고방庫房. 광.

「고방」 해설

어린시절 집 안에서 맴도는 아이들에게 언제나 호기심과 즐거움을 안겨주던 장소가 두 군데 있다. 하나는 다락이고, 또 하나가 광(고방)이다. 어둠침침하여 숨기에도 안성맞춤인 그곳에는 신기하고 재미난 물건들이 잔뜩 쌓여 있고, 먹을 것들이 적지 않게 저장되어 있다. 별 다른 놀이가 없던 옛시절 다락과 고방은 아이들의 놀이터였고, 남몰래 식욕을 충족시켜주던 곳이었다. 이 시는 어린 시절의 추억이 잔뜩 묻어 있는 '고방'의 세계를 다룬다. 어린시절 고향집의 고방에서 보았던 신기한 잡동사니들과 음식들, 그리고 그 속에 파묻혀 놀았던 동심의 경험세계를 있는 그대로 생생히 보여준다.

총 6연으로 구성된 이 시는 매 연마다 고방에서 겪었던 일들을 한 장면씩 서술한다. 각 장면의 서술은 서로 인과성을 가지고 있지는 않아서 일종의 모자이크 형식을 띠고 있다고 할 수 있다. 이 점에서 앞서 살펴본 작품인 「고야」의 시적 구성과 매우 흡사한데, 시의 진술면에선 커다란 차이를 보인다. 이 시는 매 장면이 매우 간명하게 서술되어 있다. 이 간명한 진술에서 눈에 띄는 것은 비유의 신선함이다. 간명한 진술에는 백석 시 특유의 비유적인 표현이 구사되어 있고, 이를 통해 고방의 풍경과 정서가 깊이 있게 환기된다. 여기에 백석 시의 전매특허인 경험의 생생한 재현이 보태져서, 고방에서의 경험세계가 눈앞에서 상연되는 영상처럼 생생하게 펼쳐진다.

1연은 고방 안에서 가장 흔하게 볼 수 있는 질동이 안의 떡에 대한 묘사이다. 언제나 그늘이 지고 선선한 온도를 유지하는 고방은 떡을 오래 보관하기엔 안성맞춤의 장소이다. 그래서 고방 안의 질동이에는 떡이 오랫동안 남아 있기 마련인데, 동심의 화자는 이를 두고 '갈줄 모르는 늙은 집난이' 같다고 말한다. 그 옛날 출가한 딸이 친정에 놀러오는 것은 거의 유일한 외출이었고, 또 마음 편하게 쉴 수 있는 거의 유일한 일이었으며, 오랜만에 친정부모와 함께 보낼 수 있는 거의 유일한 시간이었다. 그래서 출가한 딸이 친정에 오면 집으로 돌아갈 생각을 않고, 오래도록 머물고 싶어했으며, 또 며칠 묵을 생각으로 친정에 놀러오기도 했다. 그 '출가한 딸'이 나이 든 여자라면 친정집에 머무는 기간은 더욱 길어진다. 어린시절 그런 모습을 늘 보아왔던 화자는 고방 안에 오랫동안 남아 있는 떡을 바로 그런 '늙은 집난이'에 비유하고 있는 것이다.

2연에서는 고방 안에서 흔하게 볼 수 있는 또 하나의 음식인 '찹쌀탁주'에 대한 묘사이다. 쌀을 주식으로 하는 우리의 음식문화 속에서 탄생한 술인 '찹쌀탁주', 즉 찹쌀로 막든 막걸리는 '술'이면서 '밥' 이다. 밥보다 그 찹쌀탁주를 더 좋아한다는 시인의 삼촌은 지난날의 우리 생활에서 흔하게 볼 수 있는 이웃이다. 그 '밥' 은 아이들에게도 종종 식사대용으로 간주되곤 했다. 허기진 아이들은 종종 찹쌀탁주를 몰래 들이키며 굶주린 배를 달랬고, 때론 간식삼아 먹는 경우도 있었다. '술' 은 어른들의 음식이어서, 찹쌀탁주를 들이키는 순간에는 어른이 되었다는 느낌까지 받는 즐거움도 얻는다. 찹쌀탁주를 사촌형제들과 함께 '삼촌의 임내' 를 내어가며 들이키는 어린 화자의 행동에는 바로 그런 투명한 동심이 짙게 묻어 있는 것이다.

3연과 4연은 고방 안의 풍경에서 밖으로 나아간다. 3연은 제삿날에 음식준비하는 풍경이다. 고방 안에서 보았던 '떡' 과 '찹쌀탁주' 는 모두 우리의 전통음식들이다. 그것들을 구경하며, 또 먹어보기도 했던 추억의 회상이 자연스럽게 그런 전통음식이 올라오는 제삿날의 풍경에 대한 추억을 떠올리게 만든 것이라고 할 수 있다. 여기서는 귀머거리 할아버지 옆에서 왕밤을 바르고 싸리꼬치에 두부산적을 꿰는 등 제삿상을 마련하는 데 한몫을 거들고 있는 유년의 모습이 진술된다. 어른들의 제삿상 준비에 끼어들어 직접 음식을 만들어보기도 하는 것은 자기 손으로 무언가 직접 해보고 싶은 동심의 본능적 행위이다. 그 안에는 어른처럼 행동하고 싶은 마음이 깔려 있는 것이기도 하다. '귀머거리 할아버지' 는 귀가 먹을 정도로 매우 늙은 할아버지임을 드러내는 표현이다. 그 할아버지와 함께했던 회상은 4연의 진술로 이어진다. 4연은 그 할아버지 주위로 몰려드는 손자들과 그들을 내두르는 할아버지의 몸짓을 묘사한다. 대가족제도하의 삶의 풍경의 하나를 진술하고 있는 이 구절에서 할아버지에게 몰려드는 손자아이들은 '파리떼'에, 성가신 그들을 내어두르는 할아버지의 손은 '곰의 발'에 비유되어 있다. '파리떼'는 할아버지 주위로 날렵하게 날아서 가득히 모여드는 손자아이들의 모습을 잘 드러내며, '곰의 발'은 늙은 할아버지의 두툼하고 커다란 손 모양과 느린 동작을 잘 드러낸다. 손자와 할아버지가 모두 동물들에 비유됨으로써 인간과 동물들이 어울려 사는 토속적인 생활정취를 풍기는 데 일조한다.

5연부터는 다시 고방 안의 세계로 돌아온다. 5연에선 고방 안의 나무말뚝에 수두룩하게 걸려 있는 짚신을 묘사한다. '할아버지가 삼는 소신'에 비유된 짚신은, 허름하고 낡은 짚신의 모양과 느낌을 잘 드러낸다. 짚신을 보고 '소가 신는 신' 같다고 생각하는 것에는 순진하면서도 핍진한 동심이 짙게 묻어 있다.

지금까지는 고방 안에 보관되어 있는 사물들에 대해 묘사하였는데, 마지막 6연에 가서는 고방 안의 정취에 대해 묘사한다. '녯말이 사는 컴컴한 고방'이라는 표현은 옛날이야기가 많이 있는 컴컴한 고방이라는 말이다. 고방은 으슥하고 숨기에도 좋은 곳이어서, 고방과 관련된 실제의 일화들이 언제나 많다. 그런가 하면 컴컴한 공간에 여러 잡동사니들이 잔뜩 보관되어 있는 그 기묘한 공간은 귀신이야기를 비롯해서 여러 가지 전설들이 많이 떠돈다. 신기한 이야기들을 유난히 좋아하는 아이들에게 그런 공간은 더없이 흥미로운 장소인 것이다. 그래서 어린 화자는 그곳에 숨어들어 흥미진진한 '전설의 공간'에 계속해서 머물고 싶어한다. 저녁 끼니때에 부르는 소리를 듣고도 못 들은 척하는 어린 화자의 행동은 '유년 시절의 아지트'로서 고방이 갖는 의미를 여실히 보여준다. 어린 화자가 고방 안에 숨어 머물고 있는 것으로 마감하는 이 시의 종결구조에는, 어린시절의 추억 속에 머물고 싶어하는 성인 화자의 마음이 짙게 투영되어 있다.

오리 망아지 토끼

오리치를 놓으려 아배는 논으로 나려간 지 오래다

오리는 동비탈에 그림자를 떨어트리며 날어가고 나는 동말랭이에서 강아지처럼 아배를 부르며 울다가

시악이 나서는 등뒤 개울물에 아배의 신짝과 버선목과 대님오리를 모다 던져버린다

장날 아츰에 앞 행길로 엄지 따러 지나가는 망아지를 내라고 나는 조르면

오리치 평북 지방의 토속적인 풍물로서 동그란 갈고리 모양으로 된 오리를 잡는 도구이다.

아배 아버지.

동비탈 동쪽의 비탈.

동말랭이 동쪽의 등성이. '말랭이'는 '마루'(등성이를 이루는 지붕이나 산 따위의 꼭대기)의 평북 방언이다.

시악 시악恃惡. 악한 성미로 부리는 악.

엄지 짐승의 어미.

아배는 행길을 향해서 크다란 소리로

— 매지야 오나라

— 매지야 오나라

새하려 가는 아배의 지게에 치워 나는 산山으로 가며 토끼를 잡으리라고 생각한다

맞구멍난 토끼굴을 아배와 내가 막어서면 언제나 토끼새끼는 내 다리 아래로 달어났다

나는 서글퍼서 서글퍼서 울상을 한다

매지 망아지(말의 새끼)의 평북 방언.

새하다 '나무하다'의 평북 방언. '나무하다'란 '땔감으로 쓸 나무를 베거나 주워 모으다'라는 뜻이다.

맞구멍 마주 뚫린 구멍.

「오리 망아지 토끼」 해설

이 시는 어린시절 아버지와의 생활체험 속에 아로새겨진 즐거운 사연을 세 가지로 나누어 진술한다. 각각의 사연은 서로 다른 배경에서 이루어진 별개의 이야기이며, 그러한 세 조각의 사연이 모여서 한 편의 시를 이룬다. 시 「고야」나 「고방」에서와 마찬가지로 모자이크 형식을 띠면서, 백석 시 특유의 서사적인 형식이 다시 한 번 시도된 작품이다.

세 조각의 사연의 중심에는 동물들이 자리잡고 있다. 요즘처럼 특별한 놀이기구가 없고 자연에 묻혀 지냈던 지난날 동물들은 아이들의 놀이기구이자 친구와 같은 존재였다. 특별한 놀이가 없기는 어른들도 마찬가지여서 동물은 어른들에게도 즐거운 놀잇감의 하나였다. 이 시에서는 그중에서도 오리와 망아지와 토끼가 등장한다. 각 동물에 얽힌 사연들을 하나의 연으로 처리하고, 세 동물의 이름을 그대로 시의 제목으로 삼고 있다. 그리하여 동물과 친근하게 지내며 살았던 지난날의 농촌생활에서 이 세 동물이 차지하는 비중을 부각시키고, 세 동물이 아이들에게 특히 꿈과 즐거움을 안겨주던 애완동물이었음을 상기시킨다. 세 동물들은 모두 귀엽고 앙증맞게 생긴 조그만 동물들인데, 이것들이 연달아 세 번 열거됨으로써 귀엽고 앙증맞은 정서가 극대화되고 있다. '오리 망아지 토끼' 라는 말은 순우리말로서 순박하고 정겨운 어감을 가지고 있어 시의 의미내용과도 적절히 호응한다. 이런 점들에 비추어서, 이 시의 제목 설정은 평이하면서도 돋보이는 언어구사라고 할 수 있다.

1연에선 오리를 잡기 위해 논으로 내려간 아버지가 오랜 시간이 지나도 돌아오지 않자 투정부리는 어린 화자의 모습이 진술된다. '동비탈에 그림자를 떨어트리며' 라는 말은 오랜 시간의 경과를 보여주는 표현이다. 동쪽 비탈에 떨어지는 그림자는 해가 서쪽으로 기울고 있음을 떠올리게 한다. 그것은 '논으로 나려간 지 오래다' 라는 첫 행의 진술을 시각적 영상으로 펼쳐내는 운치 있는 묘사이다. 아버지와 멀리 떨어져 있는 동쪽의 등성이에 서 있는 유년 화자는 오랜 시간이 지나도 돌아오지 않는 어버지를 부르며 울다가, 그만 화가 나 등뒤 개울 속으로 아버지가 벗어놓은 신짝과 버선목과 대님오리를 모두 던져버린다. 유년 화자의 이 철없는 행동 속에는 아버지를 향한 애틋한 사랑이 짙게 묻어 있다. 아버지가 오랜 시간을 들여 잡으려는 오리는 어린 화자에게 건네주기 위한 것임이 틀림없다. 드러나 있진 않지만 아버지의 사랑도 짙게 묻어 있는 것이다. 아주 평명한 언어로 일관하면서도 농촌의 정겨운 생활풍경 속에 펼쳐지는 유년 화자와 젊은 아버지의 투명한 사랑이 수채

화처럼 그려져 있다.

망아지에 얽힌 사연을 담은 2연은 장날 아침에 행길로 엄지를 따라 자나가는 망아지를 보고 갖고 싶다고 조르는 어린 화자의 투정이 진술된다. 귀여운 동물의 새끼를 보면 갖고 싶어서 안달하는 것은 유년의 마음속에 보편적으로 내재되어 있는 본능이다. 이에 아버지는 '매지야 오나라' 라고 두 번 소리치는데, 그러한 아버지의 목소리에는 어린 아들의 순수한 마음을 달래면서, 너그럽고 깊은 사랑을 보내는 속 깊은 부성이 짙게 담겨 있다. 평북 사투리로 토로되는 육성의 표출은 그런 속 깊은 아버지의 묵직하고도 정겨운 정서를 그대로 느끼게 해준다.

3연에서는 아들을 향한 아버지의 사랑이 보다 직접적으로 표출된다. 이 시는 서로 다른 경험세계를 진술하고 있지만, 조금만 눈여겨보면 각 경험의 조합이 치밀한 기획 아래 조직되어 있음을 알게 된다. 농촌의 생활풍경 속에서 벌어지는 부자 사이의 순박한 놀이와 사랑은 매 연마다 단계별로 서로 다른 연기를 펼치면서, 둘 사이의 애틋한 생활풍경과 사랑의 교류가 극대화된다. 우선 1연에서는 아버지와 어린 화자는 서로 떨어져 있고, 아버지를 향한 어린 화자의 울음소리와 행동이 전면에 부각된다. 이를 통해 아버지를 향한 아들의 애틋한 사랑이 드러난다. 2연에서는 아버지와 어린 화자가 가까이 있으면서 아들을 향한 아버지의 목소리가 드러난다. 둘 사이가 근접해 있으면서, 이번에는 아들을 향한 아버지의 사랑이 부각되는 것이다. 그리고 그 사랑은 아버지의 육성을 통해 보다 육감적으로 드러난다. 특히 1연에서 떨어져 있던 아버지가 2연에서는 아들의 바로 옆에 서서 속 깊은 사랑이 담긴 육성을 내보냄으로써 그 울림이 더욱 커진다. 아버지의 육성은 이 시 전체를 통해 여기서 딱 한 번만 울림으로써 아버지의 목소리가 지닌 육중한 무게를 한층 크게 만든다.

이제 3연에서는 아버지와 아들은 신체적으로 매우 밀착되어 있고, 대신에 두 사람의 목소리는 억제되어 있다. 아버지가 산으로 나무하러 가는 지게에 아들을 태우고 올라가고 아들은 그 지게 위에 올라앉아 토끼를 잡을 생각을 하며, 산 위에 올라가선 아버지와 아들이 토끼를 잡으며 같이 노는 행위에는 일체의 대화 없이 신체적 접촉만이 담겨 있지만, 여기에는 혈육으로서 부자지간에 오가는 애틋한 정과 사랑이 짙게 흐르고 있다. 말이 필요 없고, 신체적 접촉만으로 느껴지는 사랑의 교류는 가장 높은 경지의 것이다. 이 장면은 말이 필요 없는 부자지간의 애틋한 혈육의 정과 사랑을 여실히 보여줌으로써 부자지간에 흐르는 가장 높은 경지의 사랑을 전해주고 있다.

이처럼 이 시는 서로 다른 장면을 모자이크하고 있지만, 그 조합에 일정한 단계를 설정해 부자지간의 사랑의 농도를 점점 가속화시켜 전해줌으로써 감동의 전달을 극대화시키고 있다.

초동일初冬日

흙담벽에 볕이 따사하니
아이들은 물코를 흘리며 무감자를 먹었다

돌덜구에 천상수天上水가 차게
복숭아낡에 시라리타래가 말러갔다

물코 콧물이 늘 흐르는 코. 또는 물기가 많은 코.
무감자 고구마.
돌덜구 돌절구. '덜구'는 '절구'의 평북 방언.
천상수天上水 하늘 위의 물이란 뜻으로, 빗물을 이르는 말.
시라리타래 시래기를 길게 엮은 타래.

「초동일」 해설

이 시의 제목은 초겨울의 하루이다. 시인은 초겨울의 하루를 몇 개의 풍경을 통해 그린다. 백석 시의 풍경묘사가 대체로 그렇듯이 이 시 역시 자연풍경이 아니라 사람의 생활냄새가 물씬 풍기는 풍경이다. 이 시의 풍경묘사에 담겨 있는 생활정서는 음식을 통해 환기된다. 음식은 옷과 집과 함께 생활의 기본요소이지만, 그 가운데서도 생활의 체취와 인간의 마음이 가장 짙게 반영되어 있다. 음식을 먹고 음식을 장만하는 행위 속에는 일반적인 노동행위에서 느끼지 못하는 깊고 아득한 정서가 담겨 있다. 사람이 먹을 것을 입에 넣는 모습에는 인간의 원초적 순수성과 애틋함이 배어 있고, 그 음식을 장만하는 행위 속에는 인간의 정성과 사랑이 듬뿍 담겨 있다. 밥 먹는 입을 뜻하는 '식구食口'라는 단어가 같이 생활을 영위하는 '가족'과 동의어로 쓰이는 것은, 음식이 구체적인 생활현장에 가장 깊숙이 밀착되어 있는 것임을 단적으로 보여준다. 백석은 우리의 생활에 아득히 연결되어 있는 음식을 매개로 생활의 애틋한 정경과 체취를 그려낸다. 이 소품은 그런 백석 시의 특징을 단적으로 보여주는 작품이다.

음식을 먹는 애틋한 순간의 묘사 이전에 그 음식을 먹는 장소가 묘사된다. '흙담벽'은 볕을 받으면 더 따뜻해진다. 흙이 볕을 받아 훈훈한 온기를 발산하기 때문이다. 양달의 따사로운 흙담벽은 마땅히 갈 곳 없는 가난한 옛시절의 아이들에게 안성맞춤의 쉼터이다. 그곳에서 물코를 흘리며 무감자를 먹는 아이들의 모습은 행복하면서도 처연해 보인다. 따뜻한 양달에서 허기를 채우는 순간은 인간의 가장 본능적 욕구인 식욕의 충족에 따른 행복이 느껴지는 시간이지만, 흙담벽과 물코와 무감자로 장식된 초라한 식사풍경은 쓸쓸하고 처량하다.

두 번째 연에서는 돌절구에 고인 빗물과 복숭아나무에 걸린 시래기 타래가 말라가는 풍경을 묘사한다. 돌절구와 시래기 타래는 모두 음식에 연관된 사물이다. 곡식을 빻거나 떡을 치기도 하는 돌로 된 절구는 음식을 만드는 생활도구이며, 초겨울의 김장 뒤에 남은 배춧잎이나 무청을 말린 시래기는 가난했던 지난날의 겨울 밥상에서 빼놓을 수 없는 음식이다. 그 시래기 타래가 복숭아나무에 걸려 말라가는 누추한 풍경은 궁핍하고 초라한 초겨울의 생활현장을 처연하게 보여준다. 음식을 만드는 절구에 빗물이 고여 그 역할이 멈춰진 채 방치된 풍경 역시 궁핍한 생활현장의 처연함을 드러낸다.

초겨울의 궁핍한 생활현장을 처량하게 보여주는 이 간명한 스케치에는 섬세한 감각의 대비가 존재한다. 첫 연의 '흙담벽'과 '볕'

의 이미지가 따사롭고 밝은 느낌을 주는 데 비해, 둘째 연의 '돌절구'와 '빗물'과 '시라리타래'의 이미지는 차고 어두우며 음산한 느낌을 준다. 이러한 대비는 첫 연의 '물코'와 '무감자'가 환기하는 물컹물컹한 느낌과 두 번째 연의 '돌절구'나 '시라리타래'가 환기하는 딱딱하고 마른 느낌과 대응되기도 한다. 이러한 감각의 대비는, 초겨울의 날씨와 대기, 그리고 생활감각을 반영한다. 가을의 끝이자 겨울의 초입인 초겨울은 볕의 따사로움이 마지막으로 남아 있는 시간이면서 어둡고 음산한 추위가 닥쳐오는 시간이다. 초겨울의 대기는 온기와 냉기가 공존하며, 초겨울의 생활은 활동과 칩거가 공존한다. 이 간명한 스케치는 생활현장에 대한 감각은 물론이고, 초겨울의 계절감각까지도 섬세하게 드러낸다. 이 점에서 '초겨울의 하루'라는 의미의 '초동일初冬日'이라는 제목 설정은 매우 절묘하다.

이 간명한 스케치의 시는 박용래의 명시 「그 봄비」에 깊숙이 드리워져 있다.

오는 봄비는 겨운 묻혔던 김칫독 자리에 모여 운다

오는 봄비는 헛간에 엮어 단 시래기 줄에 모여 운다

하루를 섬섬히 버들눈처럼 모여 서서 우는 봄비여

모스러진 돌절구 바닥에도 고여 넘치는 이 비천함이여

―「그 봄비」 전문

하답夏畓

짝새가 발뿌리에서 닐은 논드렁에서 아이들은 개구리의 뒷다리를 구어먹었다

게구멍을 쑤시다 물쿤하고 배암을 잡은 눞의 피 같은 물이끼에 햇볕이 따그웠다

돌다리에 앉어 날버들치를 먹고 몸을 말리는 아이들은 물총새가 되었다

짝새 뱁새. 한여름 우리나라에서 흔히 볼 수 있는 텃새로 조그맣고 귀엽게 생겼다.

발뿌리 발부리.

닐은 '일어나는'의 고어. 백석은 '닐은'과 '날아가는'을 구별해서 썼다. '닐은'이 '일어나는'으로 쓰인 용례는 '흙꽃니는 일은봄의 무연한벌을'(「광원曠原」)이 있다.

물쿤 물큰. 연하고 부드러운 느낌이 날 정도로 물렁한 모양.

「**하답**」 해설

한여름 무논가에서 노니는 아이들의 티 없는 모습이 생생하게 그려져 있다. 다채로운 감각의 묘사로 시골 무논의 풍경 속에 아로새겨진 사물과 그 안에서 자연의 생물들과 뒤섞여 노니는 시골아이들의 천진한 모습이 생동감 있게 펼쳐진다.

1연에서 시인은 시골 논가의 가장 인상적인 풍경의 하나를 감각적으로 포착한다. 짝새는 시골에서 흔히 보게 되는 작고 귀여운 새다. 그 앙증맞은 새가 논두렁 위에 앉아 있다 화자의 발걸음에 놀라 날아가는 모습을 두고, 짝새가 발부리에서 일어난다고 표현한 것은 지극히 섬세한 감각의 포착이다. 시인의 섬세한 촉수로 짝새와 아이가 어울려 수놓는 시골 논가의 풍경이 눈부시게 아름답고 평화롭게 인화된다.

짝새가 발부리에서 일어나는 눈부신 풍경 속에서 아이들은 개구리의 뒷다리를 구워먹는다. 아이들의 개구리 식용은 군것질거리 없는 시골아이들의 궁핍한 허기가 반영된 것이다. 하지만, 이 구절이 반드시 이러한 사회적 의미만을 드러내는 것은 아니다. 그것은 자연에 묻혀 사는 시골아이들의 천진한 놀이를 드러낸다. 놀이와 식욕은 본질적으로 동일한 문화적 욕구의 표출인데, 별다른 놀이가 없는 시골아이들에게 그 둘은 더욱 밀착되어 있다. 시골아이들에게 노는 것과 먹는 것은 거의 구별되지 않는다. 개구리의 뒷다리를 구워먹는 것은 시골아이들의 순박하고 천진한 놀이를 고스란히 드러내는 것이다. 논두렁에서 노니는 아이들의 발끝에서 작고 귀여운 짝새가 일어나 날아가고, 그 속에서 개구리의 뒷다리를 구워먹으며 노는 이 시골의 풍경화는 세상의 때가 조금도 묻지 않은 순박한 아름다움과 한없는 평화로움을 내뿜는다.

논두렁에서 개구리의 뒷다리를 구워먹은 아이들은 이제 2연에서 무논 안으로 들어가 장난치며 논다. 무논 안에서 게를 잡으려고 게구멍을 쑤시는데, 게 대신에 물컹물컹한 뱀이 잡혔을 때의 감촉이 선명하게 그려진다. 그 불쾌하고 놀란 감정은 무논 안에 일렁이는 물이끼를 '피'에 비유하는 것으로 이어진다. '피'는 아이들에게 가장 놀랍고 징그러우며 무서운 느낌을 주는 물질이다. 뱀에 놀란 아이들은 늪 속에서 홍조를 띠며 일렁이는 물이끼가 바로 '피' 같이 보였던 것이다. 이어지는 또 하나의 감각적 표현인 '햇볕이 따그웠다'는 진술은 햇볕이 작열하는 여름의 무논 가에서 장난치며 노는 현장감을 생생히 전달한다. 한여름이라도 움직이며 놀 때 햇볕의 따가움은 유난히 강하게 느껴진다.

이제 3연에서 아이들은 무논 밖으로 올라온다. 아이들은 돌다리에 앉아 날버들치를 잡아먹고 노는데, 이때의 '돌다리'는 무논의 어느 자리에 듬성듬성 놓여 있는 징검다리일 것이다. 아이들은 물에 바짝 근접한 안전지대인 징검다리 위에서 물속의 날버들치를 잡아먹고 있으며, 그런 아이들의 노는 모습이 물고기를 낚아채는 '물총새'에 비유된다. 날버들치를 잡아먹는 아이들의 모습이 물고기를 낚아채는 '물총새'에 비유됨으로써 아이들은 완전히 아름다운 자연 속의 풍경화로 박힌다.

이 시는 여름의 무논가에서 자연의 생물들과 뒹굴며 노는 시골 아이들의 천진한 모습을 아름다운 풍경화로 인각한다. 여름의 무논가에서 아이들은 그대로 자연의 일부가 되어 아름다운 풍경화 속에 박힌다. 그 풍경화는 정물적인 그림이 아니라 살아 움직이는 역동적인 필름으로 펼쳐진다. 또 시각적인 영상에만 치중하지 않고 미각과 시각과 촉각 등이 두루 구사되어 아이들의 놀이 속에 묻어 있는 생활의 체취까지 느끼게 한다. 백석은 다양한 감각의 시적 언어로 생활의 체험을 아름답고도 생생한 영상으로 만들어내고 있다.

외가집

내가 언제나 무서운 외가집은

초저녁이면 안팎마당이 그득하니 하이얀 나비수염을 물은 보득지근한 복쪽재비들이 씨굴씨굴 모여서는 쨩쨩 쨩쨩 쇳스럽게 울어대고

밤이면 무엇이 기와골에 무리돌을 던지고 뒤울안 배낢에 쩨듯하니 줄등을 헤여달고 부뚜막의 큰솥 적은솥을 모주리 뽑아놓고 재통에 간 사람의 목덜미를 그냥그냥 나려 눌러선 잿다리 아래로 처박고

보득지근하다 보드득거리는 듯하다.
복쪽재비 복福족제비. 복을 가져다주는 족제비.
기와골 기왓고랑.
무리돌 우박돌. 우박과 같이 잘게 부서진 것이 무리를 지어 있는 돌.
쩨듯하니 환하게.
헤여달고 켜 달고. '혀다'는 '(불을)켜다'의 고어.
재통 변소.
나려 내려.
잿다리 재통(변소)의 다리. 재래식 변소에 걸쳐놓은 두 개의 나무.

그리고 새벽녘이면 고방 시렁에 채국채국 얹어둔 모랭이 목판 시루며 함지가 땅 바닥에 넘너른히 널리는 집이다

고방 고방庫房, 광.
시렁 물건을 얹어놓기 위해 방이나 마루 벽에 두 개의 긴 나무를 가로질러 선반처럼 만든 것.
모랭이 함지 모양의 작은 나무그릇.
넘너른히 여기저기에 마구 널려 있는.

「외가집」 해설

이 시는 어린시절 외가 집에 놀러가서 보고들은 경험을 진술한다. 어린시절 집을 떠나 멀리 있는 다른 집에서 하룻밤을 묵게 되면 여러 가지 낯선 체험들을 많이 하게 되고, 색다른 풍경에서 오는 기이함으로 무서움을 느끼게 되는 경우가 많다. 그것은 아직 세상물정을 폭넓게 경험하지 못한 천진한 유년의 시선에서 비롯되는 것이다. 낯선 풍경의 기이함에서 오는 공포는 한낮의 시간보다는 저녁이나 밤, 그리고 새벽의 시간대에 더 커진다. 그 시간대는 본질적으로 무서운 시간일뿐만 아니라, 낯선 풍경을 더욱 많이 비치는 시간이다.

이 시 역시 바로 그 시간대에 비치는 낯선 풍경의 공포감을 진술한다. 외가집에 놀러간 유년 화자는 초저녁이 되자 안팎마당에 그득히 몰려들어 울어대는 족제비들을 보고 놀란다. 해가 기울어져 세상의 사물들이 어둠의 빛을 띠기 시작하는 스산한 시간에 나비수염을 달고 기묘한 모양의 얼굴을 한 족제비들이 시끄러운 소리로 울어대는 풍경은 어린 화자에게 섬뜩한 느낌을 준다.

강렬하고 기이한 풍경의 공포를 안고 밤이 깊어가는데, 누군가가 지붕 위로 우박돌을 던지는 무서운 소리가 난다. 우박이 오듯 잘게 부서지며 조그만 돌들이 던져지는 이 소리가 실제의 돌 소리는 아닐 것이다. 밤늦게 누군가가 그런 우박과 같은 잘고 무수한 돌들을 뿌릴 수도, 뿌릴 일도 없을 것이다. 그 소리는 우리의 전통적인 목조건축 양식의 특성과 관련되어 있다. 목조건물인 우리의 전통한옥은 이음새를 나무못으로 연결시켜 기온의 변화에 따라 이완과 수축을 하기 때문에 밤이면 온도변화에 따라 나무가 수축될 때 마찰을 일으키며 소리가 난다. 그런가 하면 옛 한옥의 지붕에는 빈 공간이 있는데, 그 사이로 쥐 같은 동물들이 자주 돌아다니고, 그 소리는 밤이면 더 크게 들린다. 바로 이런 소리들이 겹쳐서 마치 우박돌이 던져지는 것과 같은 소리로 들린 것이다. 세상물정을 잘 모르는 아이의 시선에 비친 천진한 공포감이라고 할 수 있다.

또 밤이면 하루 종일 밥을 하느라고 아궁이에 놓여 있던 솥들을 모두 빼놓게 되는데, 그때 아궁이의 큰 구멍들이 휑하게 드러나게 된다. 이 광경을 처음 보게 되는 아이는 갑자기 뻥 뚫린 구멍이 여기저기 나 있는 기이한 부엌풍경에 놀라게 된다. 아궁이의 솥을 모두 빼놓는 것은 보통 잠자리에 들기 전의 늦은 밤이기 때문에 아이들은 평소에 이 광경을 집에서 보기 어렵다. 그러다 외갓집에 놀러가 여유롭고 자유로운 분위기에서 밤늦게까지 집 안의 여기저기를 돌아다니다 이 광경을 보곤 평소와는 다른 부엌의 기이한 풍경에 흠칫 놀라게 된다. 자신을 삼킬 듯이 입을 크게 벌리고 있는 아궁이들이 여기저기 널려 있는 풍경은 아이에게 커다란 공포로 느껴진다.

시골의 재래식 화장실은 아이들에겐 늘 공포의 대상이고, 그래서 아이들 사이에선 화장실에 가면 누군가가 잿다리 아래로 누른다는 전설이 항상 떠돈다. 자신의 집이 아닌 다른 마을의 낯선 외갓집에선 그 전설이 더욱 무섭게 들린다.

잠자리가 바뀐 낯선 집에선 이른 새벽에 잠에서 깨는 경우가 많다. 평소 집에서는 잠에 빠져 있을 새벽녘에 깨어난 아이는 역시 평소에 보지 못했던 새로운 광경을 본다. 새벽녘엔 그릇을 닦고 아침밥을 준비하기 위해 고방에 쌓아놓았던 식기들을 전부 땅바닥에 늘어놓게 되는데, 잠에서 막 깨어난 아이는 마당 위에 정신없이 흐트러져 있는 이 광경을 보곤 밤중에 누군가가 침입해 한바탕 집안을 들쑤셔놓은 것으로 생각하며 공포를 느낀다.

이렇듯 이 시는 천진한 아이가 낯선 생활공간에서 하룻밤을 묵으며 평소 집에서 보지 못했던 기이한 광경을 보며 놀란 기억을 진술한 작품이다. 이 시의 '외가집'이 특별히 무서운 주변환경과 건축구조로 되어 있는 집은 아니다. 외갓집이란 우리의 옛 시골생활에서 어린 화자가 자주 다니며 하룻밤을 묵을 수 있는 거의 유일한 '낯선 집'인 것이다. 이 시에서의 '외가집'이란 바로 유년시절의 체험에 친근하게 뿌리박혀 있는 '낯선 집'에 해당하는 것이다. 바로 그 '낯선 집'의 새로운 체험에서 오는 기이한 풍경에 대한 공포가 유년 화자의 천진스러운 시선으로 진술되고 있는 것이다.

그런데 이 시에서 정말로 주목해야 될 것은 이러한 유년 화자의 체험을 진술하는 서술방식이다. 이 시는 외갓집에서의 낯선 체험에 대한 공포감을 말하고 있지만, 그 '무섭다'는 단어가 본문의 형용사나 서술어로 구사되고 있지는 않다. 이 시의 서술방식은 '~이다' 구문으로 되어 있다. '~이다' 구문은 '이것은 책이다'와 같은 예에서 보듯이 '명사 1은 명사 2+이다'의 형태를 지닌다. 이러한 '~이다' 구문은 서술어가 동사나 형용사로 되어 있지 않고, '명사+이다'로 되어 있어 화자의 의지나 바람이 중립화되며, 이에 따라 상대적으로 사태의 진술이 극대화되는 특성을 갖는다. 이 시에선 바로 이러한 '~이다' 구문의 특성이 잘 활용된다.

이 시는 '내가 언제나 무서운 외가집은 ~ 집이다'라는 '~이다' 구문으로 서술된다. '~이다' 구문을 통해 '무섭다'라는 형용사를 문장의 끝이 아닌 외갓집을 수식하는 주부로 이동시킨다. '무섭다'는 말이 문장의 끝에 서술어로 놓이는 것과 주부로 이동되는 것과는 커다란 차이가 있다. 서술어가 문장의 끝에 놓이게 되는 우리말의 문장구조에서 끝을 맺는 서술어는 독자들에게 강한 인상을 심어주기 마련이다. 만약에 이 시에서 '무섭다'는 말이 서술어로 쓰이면 무섭다는 느낌이 아주 강하게, 그리고 생경하게 환기될 것이다. 반면에 이 시에서처럼 '~이다' 구문에 의해 '무섭다'는 형용사를 주부로 이동시키고, 서술어는 화자의 의지나 바람이 중립화되는 '이다'로 종결시키면, 발화자의 느낌은 억제되고 그 안에 서술되어 있는 사태의 진술이 극대화되는 효과를 갖는다. 이 시는 그처럼 극대화되는 사태의 진술을 엮음의 언어로 자세히 묘사하고 서술함으로써 유년 화자의 체험을 생생히 드러내고 있는 것이다. 이 시에서 평명한 서술들이 하나하나 생기를 띠며, 묘사의 효과가 극대화되는 것은 바로 이러한 '~이다' 구문의 효과에 힘입은 것이다. '씨굴씨굴~쨩쨩쨩쨩', '쩨듯하니~그냥그냥', '채국채국~넘너른히' 등 서로 대구를 이루며 작품의 중간중간에 배치되어 있는 다채로운 의성어와 의태어들이 한층 감각적으로 울려퍼지며 낭송의 즐거움을 한껏 고조시키는 것도 사태의 진술이 도드라지는 '~이다' 구문의 특성에 크게 기인하는 것이다. 우리말의 서술구문에 대한 백석의 미학적 탐색이 예사롭지 않았음을 이 시에서 다시 한 번 확인하게 된다.

개

접시 귀에 소기름이나 소뿔등잔에 아즈까리 기름을 켜는 마을에서는 겨울밤 개 짖는 소리가 반가웁다

이 무서운 밤을 아래웃방성 마을 돌아다니는 사람은 있어 개는 짖는다

낮배 어니메 치코에 꿩이라도 걸려서 산山너머 국수집에 국수를 받으려 가는 사람이 있어도 개는 짖는다

아즈까리 아주까리, 피마자.
겨을 '겨울'의 평북 방언.
아래웃방성 방성榜聲. 예전에, 과거에 합격한 사람을 알리는 방꾼이 방을 전하기 위하여 크게 외치던 소리.
어니메 '어디'의 평북 방언.
치코 올가미.

김치가재미선 동치미가 유별히 맛나게 익는 밤

아배가 밤참 국수를 받으려 가면 나는 큰마니의 돋보기를 쓰고 앉어 개 짖는 소리를 들은 것이다

김치가재미 겨울철에 김치를 묻은 다음에 얼지 않게 그 위에 지푸라기나 수수깡 따위를 만들어 놓은 움막.
큰마니 할머니.

「개」 해설

'개' 라는 인상적인 제목의 이 시는 전통적인 우리 옛 마을의 밤의 정취를 '개 짖는 소리' 라는 청각 심상을 통해 아련하게 그려낸다. 밤 가운데서도 겨울밤은 유난히 깊고 공포감을 준다. 밤이 일찍 찾아와서 길게 이어질 뿐만 아니라, 추운 날씨에 돌아다니는 사람조차 드물어서 그럴 것이다. 전깃불이 들어오지 않고 등잔불로 밤을 밝히던 옛날의 겨울밤은 지금보다도 훨씬 으슥하고 무서웠다. 캄캄한 밤이 되면 거대한 굴속에 나 홀로 갇혀 있는 것 같은 생각이 들고, 사람들은 모두 다 나를 버려두고 어디론가 멀리 떠나간 느낌이 든다. 유년시절의 옛 시골 밤은 언제나 그렇게 다가온다. 그 무렵 캄캄한 어둠을 가르고 개 짖는 소리가 들려오면 그렇게 반가울 수 없다. 그 소리는 사람의 인적과 자취를 느끼게 해주는 따뜻한 목소리로 메아리친다. 비로소 내가 있는 이곳이 사람 사는 마을임을 느끼게 해준다. 안에서 그 소리를 듣고 있으면, 지금 그 사람이 어디에서 어디로 가고 있는지 사람들의 동선까지 그려진다. 머릿속으로 그 동선을 그려가다보면 마음속으로 마을의 지도가 펼쳐지고, 그 지도의 크기가 그려진다.

옛날 시골마을에서 밤중에 돌아다니는 사람은 대개 정해져 있다. 옛날의 시골생활에서 밤중에 돌아다녀야 할 일은 그리 많지 않다. 시인 백석의 고향마을에선 특히 꿩을 잡은 날 국수집에서 국수를 만들고, 밤참으로 그 국수를 받으러 가는 사람의 발길이 있는 것이 눈길을 끈다. 모밀국수로 보이는 그 국수는 앞서 살펴본 「국수」라는 명작에 생생히 그려져 있듯이, 시인의 고향마을에서 즐겨 먹던 한밤중의 밤참이었던 것이다. 동치미국과 꿩고기 육수를 섞은 물에 메밀로 만든 면을 말아 먹는 그 국수, 우리가 오늘날 평양냉면으로 불리는 그 국수는 시인의 고향인 정주 일대의 토속음식으로 알려져 있다. '김치 가재미선 동치미가 유별히 맛나게 익는 밤'이란 구절은, 겨울밤의 운치를 드러낸 것이면서, 동시에 그 동치미국이 들어간 '국수'의 미각이 입 안에서 솟아나는 느낌을 표현한 것이다. 아버지 역시 밤참으로 그 국수를 받으러 나서면서, 이제 유년의 겨울밤은 더없이 훈훈하고 넉넉해진다. 요즘 같이 시각매체는 말할 것도 없고 일체의 문화적 혜택이 없었던 지난날 밤중에 밤참을 먹는 것만큼 신나고 즐거운 놀이는 없었다. 그리하여 밤참 국수를 받으러가는 아버지의 인기척에 짖어대는 개 소리는 한밤에 무서움을 덜어주는 반가움을 뛰어 넘어 마냥 들뜨고 신나는 음악소리로까지 들리게 된다. 유년의 화자는 마냥 신이 나서 장난 기가 발동한다. 아버지가 밤참 국수를 받으러간 사이에 할머니의 돋보기를 써보는 것은, 바로 그런 들뜬 동심의 발로이다. 안경은 어른들의 물건이라, 늘 동경의 대상이다. 아이들은 어른들의 물건을 몰래 써보고, 어른들의 흉내를 내면서 어른으로 커간다. 특히 돋보기는 아이들에게 어른의 품위와 권위를 드러내주는 물건으로 비친다. 아버지가 밤참을 받으러간 사이, 할머니의 돋보기를 살짝 쓰고 앉아 있는 유년 화자의 마음에는 아버지가 없는 동안 잠시 아버지 같은 어른이 돼보고 싶은 심정이 깔려 있는 것이다. 이러한 장난기 어린 동심은 모두가 개 짖는 소리가 주는 훈훈한 겨울밤의 정서에서 비롯된 것이다.

5연으로 짜여진 이 시에서 1~4연까지는 종결어가 현재시제의 형용사와 동사, 그리고 명사형으로 끝맺고 있어, 개 짖는 소리의 울림과 그 소리에 대한 화자의 반응을 생생히 드러낸다. 그러다 마지막 5연에서는, 화자가 앞에서 한 말을 대상화시켜서 말하는 '~것이다' 구문으로 종결시켜 이 겨울밤의 정취를 추억의 세계로 만들어 독자들에게 한층 아련하고 애틋한 정서로 전달하고 있다. 백석 시에서 이 '~것이다' 구문은 「넘언집 범 같은 노큰마니」와 「동뇨부」, 그리고 「남신의주유동박시봉방」 같은 작품에서 보다 깊이 있고 세련되게 구사된다.

넘언집 범 같은 노큰마니

황토 마루 수무낡에 얼럭궁덜럭궁 색동헝겊 뜯개조박 뵈짜배기 걸리고 오쟁이 끼애리 달리고 소삼은 엄신 같은 딥세기도 열린 국수당고개를 멫번이고 튀튀 춤을 뱉고 넘어가면 골안에 아늑히 묵은 넝동이 무겁기도 할 집이 한채 안기었는데

집에는 언제나 센개 같은 게사니가 벅작궁 고아내고 말 같은 개들이 떠들썩 짖어대고 그리고 소거름 내음새 구수한 속에 엇송아지 히물쩍 너들씨는데

수무낡 스무나무. '시무나무'라고도 한다. 느릅나뭇과의 낙엽 교목. 높이는 20미터 정도이며, 잎은 어긋나고 톱니가 있다. 산기슭 양지 및 개울가에서 자란다.
뜯개조박 뜯어내거나 찢어낸 조각.
뵈짜배기 베쪼가리. '뵈'는 '베'의 옛말이다.
오쟁이 짚으로 엮어 만든 작은 섬(그릇).
끼애리 '꾸러미'의 평북 방언.
소삼은 소疏 삼다. 성글게 엮거나 짜다.
엄신 '엄짚신'. 상제喪制가 초상 때부터 졸곡卒哭 때까지 신는 짚신.
딥세기 '딮세기'. 짚신.

집에는 아배에 삼춘에 오마니에 오마니가 있어서 젖먹이를 마을 청능 그늘밑에 삿갓을 씌워 한종일내 뉘어두고 김을 매려 단녔고 아이들이 큰마누래에 작은마누래에 제구실을 할 때면 종아지 물본도 모르고 행길에 아이 송장이 거적뙈기에 말려나가면 속으로 얼마나 부러워하였고 그리고 깨때에는 부뚜막에 바가지를 아이덜 수대로 주룬히 늘어놓고 밥 한덩이 질게 한술 들여트려서는 먹였다는 소리를 언제나 두고두고 하는데

국수당 국사당國師堂. 성황당城隍堂으로 불리기도 한다. 알록달록한 헝겊조각을 매달고 닭의 모가지를 걸어 놓기도 한다. 길손의 안전을 돌봐주는 이 신은 돌을 좋아한다 하여 길손들이 당 앞을 지날 때엔 돌을 당에 던져 바치거나 나뭇가지 사이에 끼워놓기도 한다. 그렇게 하면 발덧이 안 난다고 믿었다. 국수당 앞으로 지날 때 당을 향해 '퉤퉤' 하고 침을 뱉고 넘어간다. '국수당' 은 보통 돌무더기로 되어 있는데, 그 외에 신목神木의 형태로 되어 있거나, 당堂의 형태로 되어 있는 것도 있으며, 신목과 돌무더기, 신목과 당이 함께 있는 경우도 있다.

넝동 영동楹棟. 기둥과 마룻대를 아울러 이르는 말.

센개 털빛이 흰 개.

일가들이 모두 범같이 무서워하는 이 노큰마니는 구덕살이같이 욱실욱실하는 손자 증손자를 방구석에 들매나무 회채리를 단으로 쪄다 두고 따리고 싸리갱이에 갓진창을 매여놓고 따리는데

내가 엄매 등에 업혀가서 상사말같이 항약에 야기를 쓰면 한창 퓌는 함박꽃을 밑가지채 꺾어주고 종대에 달린 제물배도 가지채 쪄주고 그리고 그 애끼는 게사니알도 두 손에 쥐어주곤 하는데

게사니 '거위'의 평북 방언.

벅작궁 고아내고 법석대며 떠들어대고. '벅작'은 '여러 사람이 어수선하게 떠드는 모양'을 나타내는 평북 방언. 평북 방언에 '벅작 고다'라는 용례가 있다.

엇송아지 아직 다 자라지 못한 송아지.

히물쩍 씰룩거리는 모양. '히물거리다'는 '씰룩거리다'의 평북 방언이다.

청능 청능靑陵. 푸른 언덕.

마누래 손님 마마. 천연두.

제구실 홍역.

종아지물본 세상물정이라는 말로 추정됨.

질게 반찬.

우리 엄매가 나를 가지는 때 이 노큰마니는 어늬 밤 크나큰 범이 한 마리 우리 선산으로 들어오는 꿈을 꾼 것을 우리 엄매가 서울서 시집을 온 것을 그리고 무엇보다도 내가 이 노큰마니의 당조카의 맏손자로 난 것을 다견하니 알뜰하니 기꺼히 녀기는 것이었다

노큰마니 노老 할머니.
구덕살이 구더기.
들매나무 들메나무. 물푸레나뭇과의 낙엽 활엽 교목. 나무껍질은 연한 회색이고 세로로 깊게 갈라진다. 목재는 무겁고 단단하며 무늬가 곱다.
싸리갱이 싸리깽이. 싸리나무.
갓진창 갓끈창. 갓에서 나온 말총으로 된 질긴 끈. '갓끈'의 고어는 '갇긴', '갓낀'이다. '갓진창'은 이 고어가 음운변화를 거친 말로 보인다.
상사말 생마. 즉 '야생마'의 평북 방언.
항약 악을 쓰며 대드는 짓. 흔히 애들이나 젊은 여인의 행위를 두고 말할 때 쓴다.
야기 주로 어린아이들이 불만스러워서 야단하는 짓.
종대 파, 마늘, 달래 따위에서 꽃을 달기 위하여 한가운데서 올라오는 줄기.
제물배 제물祭物로 쓰는 배.

「넘언집 범 같은 노큰마니」 해설

이 시는 어린시절 할머니 집에 놀러가서 겪었던 일들을 회상한 작품이다. 할머니는 어린시절의 세계에서 매우 큰 비중을 차지하고 있는 인물이다. 특히 대가족제도의 생활풍속이 유지되던 시절, 범같이 강인한 용모를 지녔으면서도 손자들에게는 언제나 푸근한 사랑을 베풀어주셨던 할머니는 가냘픈 아이들에겐 느티나무와도 같이 든든하고 푸근한 버팀목이었다. 그러기에 할머니와 같이 쌓았던 여러 추억들은 성인이 돼서도 마음 한켠에 영원히 지워지지 않는 애틋한 기억으로 남아 있다.

시의 시작은 어린 화자가 깊숙한 산골에 사는 할머니집으로 나들이를 가는 모습으로부터 시작된다. 고갯마루에는 국수당이 있고, 그 옆에 수무나무가 있으며, 나무 위에 알록달록한 헝겊 쪼가리들과 짚으로 만든 꾸러미들과 짚신들이 달려 있다. 일종의 속신에 따른 의식으로 나무 위에 어지럽게 걸쳐져 있는 갖가지의 시골 풍물들은 '걸리고', '달리고', '열려' 있다. 시인의 언어감각은 여기서도 예리하고 정확하게 구사된다. 고갯마루 위에 있는 국수당은 일종의 경계표 역할을 했다. 고갯마루를 넘는다는 것은 영역의 통과의식이 분명해지는 순간이다. 그래서 새로운 영역으로 넘어가면서 닥칠지도 모를 궂은일을 씻어내기 위해 고갯마루 위에 국수당을 세워놓고 그 위에 공물을 바치거나 침을 뱉는 등의 의식행위를 벌인 것이다.[14] 이 시의 첫 구절은 우리의 전통적인 풍속을 생생히 재현해내면서, 흥겹고 들뜬 마음으로 건너마을에 사는 할머니집으로 나들이를 떠나는 역동적인 장면을 보여준다. 멀리 기둥과 서까래가 무거워 보이는 집이 한 채 안기었다는 표현은 고개 위에 서 있는 어린 화자의 시선에 원경으로 포착되는 한국의 전형적인 고택의 모습을 잘 보여준다.

2연에서 그 유년 화자는 할머니집에 당도하여 집 안으로 들어간다. 시골 큰 집의 대문을 지나면 시야가 탁 트이면서 커다란 앞마당이 펼쳐지고 그 앞에서 온갖 가축들이 부산하게 움직이며 소란스럽게 울어댄다. 동물들을 유난히 좋아하는 유년의 시선에 그 풍경은 매우 인상 깊게 각인된다. '벅작궁', '떠들썩', '히물쩍' 등과 같은 평북 지방의 의성어, 의태어의 구사는 유년의 시선에 강렬하게 비친 동물들의 시끌벅적한 소리와 흥미로운 모양을 생생히 전해준다.

3연부터 5연까지는 유년 화자가 찾아간 할머니의 생활모습이 진술된다. 3연에서는 할머니가 고된 농촌생활에서 힘들게 아이들을 길러냈던 지난 시절이 진술된다. 여자도 농사일을 거들어야 되는

---

14) 이종철 · 박호헌, 『서낭당』(대원사, 1994), 23쪽.

시골생활의 고된 노동 속에서 육아까지 도맡아 하는 강인한 모성이 생생히 진술된다. 세상물정도 모르고[15] 천연두로 죽어나가는 아이를 부러워하였다는 진술에는 먹을 입이 하나라도 줄어들어 그만큼의 힘겨움이 덜어지는 것에 대한 안도감이 담겨 있는 것인데, 그 딱한 마음은 힘겨운 시골생활의 처절함을 역설적으로 보여준다. 할머니는 처절했던 자신의 지난 시절을 유년 화자에게 언제나 두고두고 말하는데, 여기서 할머니와 손자 사이의 남다른 친밀감을 느끼게 된다. 4연에서는 회초리로 손자들을 다스리는 할머니의 엄격한 훈육태도가, 5연에서는 떼쓰는 유년 화자에게 먹을 것을 쥐어주며 달래는 다정다감한 할머니의 사랑이 진술된다. 5연에서는 어머니가 새롭게 등장한다. 그토록 엄한 할머니가 떼쓰는 유년 화자를 달래며 속 깊은 사랑을 보낼 때, 유년 화자는 바로 어머니 등에 업혀 있었던 것인데, 여기서 할머니의 사랑이 유년 화자뿐만 아니라 '나의 어머니'에게까지도 미치고 있음을 느끼게 된다. 유년 화자인 '나'와 '나의 어머니'가 할머니에게 매우 각별한 혈연이라는 것이 5연의 진술에 암시되어 있다. 그러한 암시는 마지막 6연에 와서 표면 위로 드러나 집안 어른으로서의 할머니가 '나'와 '나의 어머니'에 대해 지극한 사랑과 자긍심을 갖고 있다는 것을 말하

---

15) '종아지물본도 모르고'는 '세상물정도 모르고'라는 뜻으로 추정된다. 이에 대해서는 김명인의 견해가 제출된 바 있다. 김명인, 『한국근대시의 구조 연구』(한샘, 1988), 145쪽.

면서 시를 끝맺는다.

이렇게 볼 때, 이 시는 유년 화자인 '나'가 할머니 집으로 나들이를 가서 보고들은 생활풍경과 가족 간의 혈연적 사랑을 일련의 서사적 풍경 안에 펼쳐놓고 있는 것인데, 이러한 시상전개에서 주목해야 할 것은 종결형태의 변화와 그에 따른 화자의 미묘한 전환이다.

1~5연까지는 매 연이 유년 화자인 '나'의 시각으로 진술되면서 '동작동사'로 종결되는데, 마지막 6연에서는 '~것이다'라는 서술어로 종결되면서 시를 끝맺는다. 1~5연까지의 종결형 서술어인 '안기었는데', '너들씨는데', '두고두고 하는데', '매여놓고 따리는데', '쥐어주곤 하는데' 등의 '동작동사'는 유년 화자의 시선에 포착된 서사적 풍경을 생동감 있게 드러낸다. 반면에 '~것이다'라는 서술구문은 이와는 다른 특별한 의미를 함축한다. '~것이다'라는 서술구문은 화자가 앞에서 한 말을 대상화시켜 다시 한 번 강조하는 의미를 지닌다. 이러한 의미적 자질을 지닌 '~것이다' 구문이 마지막 6연에서 갑자기 등장하며 시를 종결시킴으로써, '나'와 '나의 어머니'와 '나의 할머니'에 대한 지금까지의 모든 진술을 대상화시켜서 말하는 발화자가 생성된다. 1~5연까지는 시종일관 유년 화자인 '나'의 시선에 포착된 경험들을 말했는데, 마지막 6연에서 나와 나의 혈연에 대한 지금까지의 모든 진술을 대상화시켜서 말하는 새로운 발화자로서의 '나'가 탄생하게 되는 것이

다.[16] 그리하여 지금까지 진술된 어린시절의 경험의 풍경들이 발화자인 '나'의 마음속에서 지속적으로 회상되고 있는 것이라는 것을 느끼게 해준다. 만약에 이 시가 끝까지 동작동사로만 종결되었다면, 지난날의 경험들을 생동감 있게 보여주는 것으로만 끝났을 것이다. 동작을 드러내는 동작동사는 일회성의 행위만을 표시할 뿐이다. 그런데 '~것이다' 구문을 통해 그러한 행위들을 대상화시키고 다시 한 번 강조하여 말하는 서술형식을 띠면서, 지난날의 경험들이 발화자의 마음속에 지속적으로 남아 회상되고 있음을 환기시킨다. '~것이다' 구문이 환기하는 이러한 지속적인 회상의 효과는, 이 시에 진술된 유년 화자의 생생한 경험세계를 더욱 애틋하고 절실한 것으로 만든다.

'~것이다' 구문이 지닌 특유의 의미적 자질은, 또 다른 시적 효과도 나타낸다. 이 시는 시인의 어린시절 고향에서의 '혈연적 이야기'를 그대로 전하는 작품이다. 이 시는 유년시절의 시인과 그의 어머니와 할머니에 대한 이야기인 것이다. 이처럼 시인의 '사적인 혈연 이야기'는 '~것이다' 구문을 통해 대상화됨으로써 '객관적인 이야기'로 전달된다. 시 속의 '나'는 시인의 경험적인 '나'로부터 작품 속의 주인공으로서의 '나'로 전환되고, 그러한 시 속의

16) 이경수는 '~것이다'가 논평적인 성격을 지니면서 발화자의 주체를 강하게 환기시킨다고 지적한다. 이경수, 「백석 시에 쓰인 '~는 것이다'의 문체적 효과」, 『우리어문학연구』 22집, 2004. 6.

'나'의 이야기를 전하는 발화자로서의 '나'는 전지적 작가의 위치를 갖게 된다. 그리하여 이 시의 이야기가 마치 오래전부터 전해져 오는 우리의 옛이야기를 시인이 전달해주는 것 같은 느낌을 갖게 만든다. '~것이다' 구문은 그의 사적인 체험을 우리 모두의 이야기로 만들어서 전달해주는 역할을 함으로써 독자들에게 폭넓게 공감시키고 있다.

동뇨부童尿賦

봄철날 한종일내 노곤하니 벌불 장난을 한 날 밤이면 으레히 싸개동당을 지나는데 잘망하니 누어 싸는 오줌이 넙적다리를 흐르는 따근따근한 맛 자리에 펑하니 괴이는 척척한 맛

첫여름 이른 저녁을 해치우고 인간들이 모두 터앞에 나와서 물외포기에 당콩포기에 오줌을 주는 때 터앞에 밭마당에 샛길에 떠도는 오줌의 매캐한 재릿한 내음새

한종일내 하루 종일.
벌불 들불.
싸개동당 오줌싸개의 왕.
지나는데 지내는데. '지나는데'가 '지내는데'로 쓰인 용례는 앞서 살펴본 '멧도야지와 이웃사춘을 지나는 집'(「가즈랑집」)과 '일가친척들과 서로 모여 즐거이 웃음으로 지날 것이였만'(「두보나 이백같이」)이 있다. 이렇게 볼 때 '싸개동당을 지나는데'는 '오줌싸개의 왕을 지내는데'의 뜻이다.
잘망하니 하는 짓이나 모양새가 잘고 얄밉다.

긴긴 겨울밤 인간들이 모두 한잠이 들은 재밤중에 나 혼자 일어나서 머리맡 쥐발 같은 새끼오강에 한없이 누는 잘 매럽던 오줌의 사르릉 쪼로록 하는 소리

그리고 또 엄매의 말엔 내가 아직 굳은 밥을 모르던 때 살갗 퍼런 막내고무가 잘도 받어 세수를 하였다는 내 오줌빛은 이슬같이 샛말갛기도 샛맑았다는 것이다.

물외 '오이'.
당콩 '강낭콩'의 평북 방언.
재밤중 '한밤중'의 평북 방언.

「동뇨부」 해설

이 시는 오줌에 얽힌 유년시절의 경험을 그린 작품이다. 오줌은 신체적 발달과 조절이 아직 미숙한 어린아이들의 세계에선 매우 흥미롭고도 난처한 대상이어서, 언제나 커다란 관심의 대상이 되곤 한다. 게다가 우리의 경우, 전통적인 생활문화 속에서 그것은 독특한 풍속의 하나를 이루고 있기도 하다. 이 시는 전통적인 생활 현장에서 겪은 오줌에 얽힌 어린아이의 사연을 매우 생생한 감각으로 전한다.

1~3연까지는 어린 화자가 겪은 오줌에 얽힌 사연을 계절별로 그려낸다. 1연은 봄에 겪은 사연이다. 봄날의 나른함은 사람을 노곤하게 만들기 마련인데 여기에 하루 종일 불장난까지 하게 되면 몸은 더욱 노곤해지고, 그런 날 밤이면 피곤해 골아떨어져 아이들은 그만 이불에 오줌을 싸는 경우가 많다. '넓적다리를 흐르는 따끈따끈한 맛 자리에 평하니 괴이는 척척한 맛'이라는 감각적 표현은, 누어 자다 오줌을 쌀 때 느끼는 촉감의 미세한 감각까지 섬세하게 포착하고 있다.

2연은 여름에 본 풍경이다. 해가 길어 저녁 늦게까지도 날이 환한 여름날, 시골사람들은 이른 저녁을 먹고 나서 오줌통들을 들고 나와 동네의 밭마당에 오줌을 주곤 한다. 밭에 거름을 주는 것이다. 밭마당에 뿌려진 오줌은 고랑이나 샛길로 흘러내리면서 냄새를 진동시킨다. '매캐한 재릿한 내음새'란 후각적 표현은 고온다습하고 바람까지 잠잠한 여름날의 무더운 대기 속에서 진하게 풍기는 오줌의 악취를 생생히 느끼게 한다.

3연은 겨울밤에 겪은 일이다. 겨울에는 추운 대기로 수분 증발이 적기 때문에 아이들의 경우 한밤중에 깨어나 오줌을 눌 때가 많다. 우리의 전통생활에선 잠자리 '머리맡'에 요강이 놓여 있고, 오줌이 마려워 깨어난 아이는 그 요강에다 오줌보에 잔뜩 고여 있던 오줌을 한없이 누게 된다. 한밤이라 주위는 모두 고요해서 요강에 떨어지는 오줌 소리가 커다랗게 공명된다. '샤르릉 쪼로록'하는 소리감각에는 사기그릇의 요강에 시원한 느낌으로 떨어져서 멈추기까지의 오줌 소리가 생생히 울리고 있다.

1~3연까지는 계절별로 우리의 생활 속에 박힌 오줌에 얽힌 문화와 생리적 현상이 유년 화자의 투명한 시선으로 생생히 그려지고 있으며, 의성어를 동반한 생생한 감각의 묘사로 체험의 감각화에 치중하고 있다. 계절의 감각에 맞게 촉각, 후각, 청각 등의 다채로운 감각들이 구사되고 있다. 명사형으로 일관하고 있는 종결형태는 오줌에 얽힌 사연의 감각적 인상을 선명하게 각인시킨다.

마지막 4연에서는 지금까지와는 차별된 방식으로 사연을 전한다. '내가 아직 굳은 밥을 모르던 때' 란 굳은 밥을 먹기 이전의 상태, 즉 모유를 먹는 시절의 유아상태를 일컫는다. 세속의 물질이 들어가기 이전의 순수한 생명체가 배설한 깨끗한 오줌이 민간요법에서 피부병의 치료로 쓰였다는 사연이 어머니가 전하는 말로 진술된다. 이슬에 비유된 오줌은 피부병의 치료로 쓰일 정도의 맑고 영험한 느낌을 불러일으킨다. 1~3연까지의 진술이 유년 화자인 '나' 의 체험적 진술이라면, 마지막 4연의 진술은 나의 '오줌' 에 대한 사연을 어머니가 전하는 형식으로 되어 있고, 그러한 어머니의 전언은 '~것이다' 라는 서술어로 종결됨으로써 어머니의 전언을 대상화시켜서 말하는 발화자로서의 '나' 의 존재가 새롭게 생성된다. 그런데 1~3연은 아직 문장이 완결되지 않은 명사형으로 끝맺고 있고, 이어 '그리고' 라는 접속사와 함께 4연이 진술되면서 '~것이다' 라는 서술어로 작품의 전체 문장을 종결시키고 있기 때문에 1~3연까지 진술한 유년 화자인 '나' 의 감각적 체험까지도 모두 발화자인 '나' 에 의해 대상화되고 강조되는 효과를 띠게 된다. 이러한 서술방식으로 유년 화자인 '나' 의 감각적인 체험이 발화자인 '나' 의 마음속에서 회상되는 세계로 만들어진다. '~것이다' 구문에 의해 조성된 이러한 경험의 회상효과는, 이 시에 진술된 유년 화자의 경험세계가 발화자인 '나' 의 마음속에서 지워지지 않는 애틋한 세계임을 느끼게 한다. '~것이다' 구문의 사용으로 경험의 회상효과를 일으켜 어린시절의 경험세계를 매우 애틋하고 절실한 기억의 세계로 독자들에게 전달하고 있는 것이다.

이 시에서 '~것이다' 구문의 용법은 또 다른 효과도 나타낸다. 그것은 '이야기의 생성' 효과이다. 이 시는 앞서 설명했듯이 1~3연까지는 오줌에 얽힌 문화와 생리적 사연을 감각적 체험으로 드러내는 데 치중한다. 명사형의 종결형태는 그러한 '감각의 환기'를 더욱 두드러지게 한다. 그런데 마지막 4연에서 앞의 진술을 이어받는 '그리고'라는 서술어와 함께 오줌에 얽힌 사연을 진술하면서 '~것이다'라는 서술어로 종결시켜, 지금까지의 진술을 대상화시켜 말하는 서술형식이 됨으로써, 1~4연까지의 모든 진술이 '하나의 이야기'로 전달되는 효과를 지니게 된다. 그리하여 이 시는 감각의 싱싱함을 느끼면서 궁극적으론 객관적인 이야기를 듣는 것 같은 효과를 나타내어, 시의 전달효과가 한층 커진다. 이야기를 듣는 것은 순간의 감각을 느끼는 것보다는 더 깊고 오랜 감동의 여운을 주며 보다 대중적이고 보편적인 호소력을 갖는다.

백석의 시는 사물에 대한 섬세한 감각뿐만 아니라, 그 감각적 체험을 일반독자 모두에게 넓고 깊은 감동으로 호소하는 미덕을 지니는데, 여기에는 바로 이러한 '~것이다' 구문의 활용을 통한 이야기의 생성효과가 있음을 눈여겨보아야 한다.

마을은 맨천 구신이 돼서

나는 이 마을에 태어나기가 잘못이다
마을은 맨천 구신이 돼서
나는 무서워 오력을 펼 수 없다
자 방안에는 성주님
나는 성주님이 무서워 토방으로 나오면 토방에는 디운구신
나는 무서워 부엌으로 들어가면 부엌에는 부뜨막에 조앙님

오력 오금.

성주님 성주成主. 상동신上棟神이라고도 하여 가옥의 안전을 다스리는 신이다. 참지(창호지)를 접어서 용마루에 매달거나 안방 문지방 위에 이 종이를 걸고 그 밑 조그만 선반 위에 헝겊 조각과 돈을 담은 조그만 당지기(덮개가 있는 바구니)를 올려놓는다. 시월이면 성주굿이라고 하여 무당을 불러다가 굿을 하지만 웬만하면 가장이 간결하게 신곡新穀으로 제(성주맞이)를 지내기도 한다. 이 성주굿 때에 '에라 만수, 에라 대신이여' 하는 무당의 푸념이 발전하여 시정에서 부르는 노래 〈성주풀이〉가 된 것이다.

디운구신 지운地運귀신. 땅의 운수를 맡아보는 귀신.

조앙님 조왕竈王. 부엌을 주관하는 신이다. 부엌에서 챙기는 음식은 물론 심지어 아궁이에 불이 잘 들이지 않아도 이 신의 탓으로 여긴다. 부엌문 위 벽이나 부뚜막에 참지(창호지)를 접어서 걸어놓고 여기에 신을 모신다.

나는 뛰쳐나와 얼른 고방으로 숨어버리면 고방에는 또 시렁에 데석님

나는 이번에는 굴통 모퉁이로 달아가는데 굴통에는 굴대장군

얼혼이 나서 뒤울안으로 가면 뒤울안에는 곱새녕 아래 털능구신

나는 이제는 할 수 없이 대문을 열고 나가려는데

대문간에는 근력 세인 수문장

데석님 제석帝釋. 그 가정의 남자들만의 수명을 다스리는 한편 곡간 안에 있는 모든 곡식을 주관하는 신으로서 '다랑치' 만 한 벼짚섬에 돈(섭전)과 곡식을 담아 방 안 '실겅(시렁)다리' 위 한구석에 놓아두기도 하고 '헛간(곡간 · 창고)' 에 달아매고 참지(창호지)를 접어서 걸어두기도 한다.

굴통 굴뚝.

굴대장군 굴때장군. 키가 크고 몸이 굵으며 살갗이 검은 사람을 놀림조로 이르는 말. 이 시에서는 굴뚝을 주관하는 신으로 쓰이고 있다.

얼혼이 나서 얼과 혼이 나가서. 즉, 정신이 나가서.

곱새녕 짚으로 지네처럼 엮은 이엉을 얹은 지붕. '곱새' 는 '용마름' 의 평북 방언이고, '녕' 은 '지붕' 의 평북 방언.

털능구신 철륭귀신. 주로 집의 뒤꼍에 있는 울 안쪽 공간에 자리하는 가신家神이다. 철령 혹은 철능이라고 부르기도 한다. 주로 터주신의 성격을 지닌다.

나는 겨우 대문을 빠쳐나 바깥으로 나와서

밭 마당귀 연자간 앞을 지나가는데 연자간에는 또 연자망구신

나는 고만 디겁을 하여 큰 행길로 나서서

마음 놓고 화리서리 걸어가다 보니

아아 말 마라 내 발뒤축에는 오나가나 묻어 다니는 달걀구신

마을은 온데간데 구신이 돼서 나는 아무데도 갈 수 없다

연자망구신 연자망, 즉 연자간의 연자매를 다스리는 귀신.

디겁을 하여 질겁을 하여.

화리서리 마음 놓고 걸어가는 모습을 나타낸 말.

「마을은 맨천 구신이 돼서」 해설

이 시는 속신의 세계에 묻혀 사는 토속마을의 생활풍경을 그린다. 우리의 옛 토속마을에서는 집 안의 곳곳에 귀신이 붙어 있고, 집 밖에도 귀신이 붙어 있으며, 사람의 몸에도 귀신이 붙어 있다. 속신으로 둘로 쌓여 있는 이 토속마을의 세계가 유년의 시선을 통해 생동감 있게 드러난다.

이 시의 문체는 판소리의 구어체 어조를 빌리고 있다. 우선 서두에서는 마치 판소리에서의 '아니리' 처럼 마을이 온통 귀신으로 가득 차서 무섭다는 말을 산문체로 진술한다. 이어 '자 방안에는 성주님' 이라는 구어체의 어조를 시작으로 유년 화자가 집 안 곳곳에 붙어 있는 귀신이 무서워 도망다니는 모습을 율동감 있게 표현해 낸다. 빠른 템포로 길게 이어지는 유년 화자의 행동은 마치 판소리에서 창을 부르는 것처럼 유장하면서도 빠르게 진행된다. 이 시의 율동은 판소리의 가락과도 상통하는데, 꼬리에 꼬리를 물고 이어지는 독특한 엮음의 표현형태는 민요의 〈꼬리따기요〉에서 그 원형을 발견할 수 있다. '꼬리따기요' 에는 다음의 두 가지 형태가 있다.

원숭이 똥구멍은 빨가 빨가면 사과 사과는 맛좋아 맛좋으면 대추 대추는 달아 달으면 빠나나 빠나나는 길어 길으면 기차 기차는 빨라 빠르면 비행기 비행기는 높아 높으면 백두산[17)]

뒷집총각 나무하러가세 배가 아파 못 가겠네 무슨배 자라배 무슨자라 엄마자라 무슨어미 서울어미 무슨 서울 탑서울 무슨 탑 진주탑 무슨진주 꼬리 진주 무슨 꼬리 버들꼬리 무슨 버들 청버들[18)]

「마을은 맨천 구신이 돼서」라는 시의 반복형태를 보면, 우선 '나는'이라는 말이 매번 반복되고, 이어 뒷말이 앞말을 이어받는 형식을 취한다. 가령, '나는 성주님이 무서워 토방으로 나오면 토방에는 지운구신/나는 무서워 부엌으로 들어가면 부엌에는 부뜨막에 조앙님'이라는 구절을 보면 '나는'이라는 처음 구절이 반복된다. 이어서 각 행마다 뒷말이 앞말의 꼬리를 따서 반복되는 형식을 취한다. 즉 '토방으로 나오면/토방에는 디운귀신', '부엌으로 들어가면/부엌에는 부뜨막에 조앙님'과 같은 반복형태를 보인다. 이런 꼬리따기 반복은 위에 예시한 두 가지의 민요형식이 혼합된 형태

17) 임동권, 『한국민요집 1』(집문당, 1974), 458쪽.
18) 임동권, 위의 책, 456쪽.

를 지닌 것이라고 할 수 있다.

이런 꼬리따기 반복은 굉장한 속도감을 일으킨다. 엮음의 표현 형태 자체가 속도감을 지니고 있지만, 꼬리따기 반복은 여기에 가속도가 붙는다. 그리하여 유년 화자가 집 안과 마을 곳곳에 붙어 있는 귀신이 무서워 여기저기 화급하게 도망치는 모습을 극대화시킨다. 여기서 유년 화자가 도망치는 경로를 보면 이 시가 매우 치밀하게 조직되어 있음을 알게 된다. 유년 화자의 도망 경로는 '방안—토방—부엌—고방—굴통 모서리—뒤울안—대문—대문밖—연자간—큰 행길' 순으로 되어 있다. 유년 화자는 집 안에서 집 밖으로 이동하며, 집 밖의 특정공간에 숨었다가 큰 길로 나선다. 그리고 집 안에서도 방 안에서부터 차례대로 들어가기 쉬운 곳부터 멀고 힘든 곳으로 일정한 경로를 밟아나간다.

유년 화자가 도망다니는 행태도 매우 정교하다. 우선 방으로 '나오고', 그 다음 안으로 '들어가고', 다시 '뛰쳐나오고', '숨어버리고', '달아나고', '다른 장소로 이동하고', '밖으로 나오고', '다시 숨는다'. 그리고 이제 밖으로 나와서 숨어봐도 역시 귀신이 붙어 있으니까 마지막으론 큰 길로 걸어가게 된다. 도망다닐 수 있는 모든 행태가 전부 동원되는 것이다. 온갖 방법을 다 동원해서 도망다녀도 결국 안 되니까 마지막엔 도망다니는 방식을 포기하고, 차라리 큰 행길로 걸어가서 넓고 밝은 공간이 주는 해방감으로 무서움을 떨치는데 이번에는 그 귀신이 자신의 발밑에 붙어 있다는 것을 알게 된다. 그리하여 유년 화자는 결국 아무 데도 갈 수 없다고 포기하면서 시를 끝맺는다. 그 끝은 다시 처음과 맞물려 화자는 태어난 것이 잘못이라고 말하게 된다. 그리고 태어난 이상 다시 똑같은 경로를 밟게 되는 것이다. 이 시는 이처럼 치밀한 경로로 짜여져 있으면서 전체가 순환구조로 되어 있다. 그리고 이러한 순환구조는 온통 귀신으로 둘러싸여 매일매일 살아가는 전통마을의 생활풍속을 생생히 반영한다.

한편 여기서 유년 화자가 도망다니는 경로는 아이가 자주 들르는 곳들이다. 그리고 이 시의 빠른 템포는 아이들이 흥겹게 노는 발걸음을 반영한다. 이 시의 내용은 무섭다고 하지만 시의 어조는 흥겹고 경쾌하다. 결국 이 시는 한편으로 아이들의 놀이를 반영하고 있기도 한 것이다. 속신에 묻혀 지내는 생활풍속을 그리면서, 동시에 아이들의 놀이 모습을 함축하기도 하는 이중구조로 되어 있는 작품이라고 할 수 있다.

박각시 붕붕 날아오면

비

아카시아들이 언제 흰 두레방석을 깔았나

어데서 물쿤 개비린내가 온다

두레방석 짚이나 부들 따위로 둥글게 엮은 방석.

물쿤 물큰. 냄새 따위가 한꺼번에 확 풍기는 모양.

「비」 해설

이 시는 단 두 줄의 간명한 소품이지만, 백석의 이미지 표현이 지닌 특징이 집약되어 있는 작품이다. 이 시를 통해 백석은 사물에 대한 인상을 이미지로 포착하는 경우에도 다른 시인들과는 차별되는 독창적인 표현방법을 모색했음을 단적으로 확인하게 된다.

'비'에 대한 감각적 묘사에 치중하고 있는 이 작품의 첫 행은 시각적인 묘사이다. 비가 내려 아카시아 꽃잎이 땅 위에 떨어져 있는 풍경을 '흰 두레방석'에 비유한다. 하얀 아카시아 꽃잎이 땅 위에 겹겹이 쌓이고 일정한 모양을 형성하고 있는 풍경에서 시인은 짚으로 촘촘히 엮여진 흰 두레방석을 연상한다. 두레방석은 우리의 전통생활에서 흔히 보는 일상의 사물이다. 넓은 두레방석 위에 곡식 같은 것을 말리기도 하고, 또 나무 그늘 아래에 깔아놓고 그 위에 앉아 편안하게 쉬기도 한다. 아카시아나무 아래에 무수히 내려앉아 있는 아카시아 꽃잎의 군집을 나무 아래에 깔아놓은 흰 두레방석으로 그려놓은 이 선명한 이미지에는 우리의 전통생활의 정취가 물씬 묻어 있다.

그의 시각 이미지는 이처럼 우리의 토속사물에 빗대어서 묘사된 것들이 많다. '뚜물같이 흐린 날'(「쓸쓸한 길」), '구덕살이같이 욱실욱실하는 손자 증손자'(「넘언집 범 같은 노큰마니」), '살빛이 매감탕 같은'(「여우난골족」) 등의 이미지 표현들이 모두 그러하다. 곡식을 씻어낸 물인 '뚜물(뜨물)'은 흐린 날씨의 탁한 시야와 우중충한 표정을 적절하게 그려내고 있으며, 구더기를 지칭하는 '구덕살이'는 누런 얼굴에 때가 잔뜩 낀 시골의 조무래기 아이들이 득실거리는 느낌을 적절하게 그려내고 있고, 엿 같은 것을 고아낸 물을 지칭하는 '매감탕'은 누렇고 윤기 없는 시골사람들의 피부색을 적절하게 그려낸다. 이러한 이미지들은 사물에 대한 인상을 선명하게 그려내기만 하는 것이 아니라, '흰 두레방석'에서와 마찬가지로 우리의 토속적인 정취까지도 자아낸다. 그것은 뜨물이나 구더기나 매감탕 등의 사물들이 모두 전통적인 생활 속에 깊이 뿌리 박혀 있는 것들이기 때문이다. 전통생활 속에서도 먹고 배설하는 등의 기본적인 욕망 충족에 관계된 것들이어서, 생활 속의 정취가 절실하게 풍겨난다. 이미지 표현이 감각의 싱싱함만을 추구하는 것이 아니라, 생활의 체취와 기운까지도 자아내고 있는 것이, 바로 백석 시가 지닌 중요한 특징의 하나이다.

두 번째 행에서 묘사된 이미지 표현도 이러한 맥락 위에 놓여 있다. 두 번째 행은 후각적인 묘사이다. 비 내리는 날의 느낌을 '개비린내'라는 후각 이미지로 묘사한다. 비 맞은 개에선 특유의 비릿한 냄새가 풍긴다. 개들이 여기저기 떠돌아다니는 시골의 황톳길에서 비오는 날이면 비릿한 개비린내들이 풍겨난다. 그 냄새는 비 오는 날의 황토흙 냄새와 섞여 더욱 짙어진다. 그리고 비 오는 날씨의 고여 있는 대기 탓에 유난히 우리의 코를 자극하게 된다. '어데서 물큰' 이라는 부사들은 비 오는 날 곳속으로 엄습하는 시골마을의 개비린내나는 체취를 여실히 느끼게 한다. 비에 대한 묘사를 하면서도 선명한 감각의 재생에 치중하기보다는, 비 내리는 마을의 대기의 정취를 드러낸다는 것이 바로 백석 시의 남다른 점이다.

그의 시의 이미지 표현은 회화성을 지향하는 것이 아니라, 생활정서를 감각적으로 드러내는 것을 지향하기 때문에 시각 이미지에만 머물지 않고 다양한 이미지들이 동시에 구사된다. 이 시에서도 시각적 이미지와 후각적 이미지가 함께 구사되고 있다. 시각 이미지와 청각 이미지 정도에 갇혀 있던 종래의 이미지 표현의 테두리를 크게 확장시킨 것이 백석 시가 지닌 또 하나의 중요한 성과이다. 그 가운데서도 후각적인 이미지와 미각적인 이미지의 구사는 시사적으로 선구적인 것이다. 미당의 시 「화사」의 첫 구절에 나온 강렬한 후각 이미지인 '사향 박하의 뒤안길이다' 라는 시행 앞에는 시사적으로 백석 시의 후각적 이미지가 자리잡고 있다. 백석은 이미지 표현에 있어서도 새로운 영역을 개척한 것이다.

한편 이 시는 이시영의 시 「풍경」 속에 드리워져 있다. 백석의 「비」는 이시영의 「풍경」 속에서 새롭게 재구성된다. 백석 시에서 토속적 정취를 자아내는 역할을 했던 '흰 두레 방석' 과 '개비린내'는 이시영의 시에서 '샛노란 꽃방석'과 '아가씨 품에 안긴 개'로 변형되면서, 도회지의 봄풍경으로 거듭나고 있다.

아카시아들이 다투어 포도 위에 샛노란 꽃방석을 깔았다.

아가씨들보다 아가씨들 품에 안긴 개들이 먼저 사뿐히 뛰어내린다.

이런 날 아스팔트도 단 한번 인간의 얼굴을 한다.

— 이시영의 「풍경」 전문

박각시 오는 저녁

당콩밥에 가지냉국의 저녁을 먹고 나서
바가지꽃 하이얀 지붕에 박각시 주락시 붕붕 날아오면
집은 안팎 문을 횅하니 열젖기고
인간들은 모두 뒷등성으로 올라 멍석자리를 하고 바람을 쐬이는데
풀밭에는 어느새 하이얀 대림질감들이 한불 널리고
돌우래며 팟중이 산옆이 들썩하니 울어댄다
이리하여 한울에 별이 잔콩 마당같고
강낭밭에 이슬이 비 오듯 하는 밤이 된다

당콩 '강낭콩'의 평북 방언.
바가지꽃 박꽃.
박각시 박각시나방. 이름의 유래에서 알 수 있듯이 주로 초저녁부터 밤에 꽃잎이 벌어지는 박꽃을 찾아가 윙윙대며 꿀을 빨고 수분을 시킨다.

한불 한 묶음. 하나 가득. '불' 은 묶음이나 횟수를 지칭하는 단위명사.
돌우래 도루래. 땅강아지.
팟중이 팥중이 또는 팥뚜기. 메뚜기과의 곤충으로 몸이 작고 흑갈색을 띤다.
강낭밭 옥수수밭.

「박각시 오는 저녁」 해설

이 시는 백석 시 가운데 서정성이 가장 짙게 드러나 있는 작품이다. 백석의 많은 시들은 구체적인 생활풍경 속에 묻어 있는 끈적끈적한 인간의 체취를 드러내는 데 비해, 이 시는 자연의 서정에 크게 치우치면서, 자연 속에 묻혀 지내는 시골의 생활풍경을 매우 아름답고 투명하게 그려낸다. 이 시에는 섬세한 감각들이 다채롭게 오가고, 보석처럼 빛나는 순우리말들이 현란하게 구사된다. 미각, 시각, 촉각, 청각 이미지들이 차례대로 이어지면서 생활과 자연의 풍경들을 온몸으로 체험시키며, 아름다운 우리말들이 수없이 어우러지면서 소리와 빛의 향연을 이룬다. 이 시는 때로는 아름다운 음악을 듣는 것 같고, 때로는 수려한 그림을 보는 듯하다. 순수한 우리말이 발산하는 소리와 빛의 아름다움이 이 시에서 마음껏 구가된다.

시의 시작은 먹는 것으로부터 출발한다. 식사는 생활풍경을 가장 짙게 드러낸다. 주목되는 것은 구체적인 식단이 제시되어, 식사의 풍경을 매우 구체적으로 실감시킨다는 점이다. 당콩밥에 가지냉국을 곁들여 먹는 식사장면은 군침을 돌게 만든다. 뿐만 아니라 그 시골밥상에는 서정적인 운치도 감돈다. 게다가 '당콩밥'과 '냉국'이라는 말 속에 들어 있는 'ㅇ' 받침은, 이 말소리를 매우 홍겹고 도락적인 것으로 만든다.

맛나고 홍겨운 저녁식사가 끝나면 집 밖에선 아름다운 자연의 향연이 펼쳐진다. 하얀 박꽃이 열리고 그 박꽃에 박각시 나방이 찾아오는 자연의 움직임이 꿈결처럼 전개된다. 시인은 박꽃을 '바가지꽃'이라는 세 음절의 단어로 바꾸어서, 이어지는 '하이얀', '지붕에', '박각시', '주락시' 등의 3음절과 긴밀하게 호응시킨다. 그는 다른 시에서는 '바구지꽃'이라는 말을 사용하고 있는데, 이 시에서만은 '바가지꽃'이라는 말을 사용하고 있다. 그것은 '아' 음이 지닌 밝고 환한 느낌을 드러내기 위해서이다. '아' 음은 이어지는 '하이얀'이라는 말에서의 '아' 음과 호응한다. 그리고 또다시 '박각시'라는 말에서의 '아' 음으로 이어진다. '아' 음의 부드러운 물결이 흐르고 있는 것이다. 여기서 '바가지꽃'과 '박각시' 나방과는 절묘한 조화를 이룬다. '박각시' 나방은 초저녁부터 벌어지는 박꽃의 꿀을 빨고 수분을 하기 위해 찾아드는 것인데, 그 풍경이 '아' 음의 호응을 통해 음성적으로도 조화를 이루고 있다. 초저녁의 밤하늘에 아름답고 은은하게 전개되는 자연의 흐름이 '아'의 음성조화를 통해 물결치듯이 부드럽게 흘러내리는 것이다.

이제 아름답게 펼쳐지는 자연의 향연에 인간들이 동화되어간다. 집안 문을 모두 열어 인간과 자연의 벽을 걷어내고, 하나의 소통공간을 만든다. 이제 자연이 집이 되고, 집이 자연이 된다. 인간들은 모두 뒷등성으로 올라 멍석자리를 하고 바람을 쐬인다. 풀밭에는 인간들이 가지고 나온 '하이얀 대림질감' 등이 하나 가득 널린다. 이 풍경은, 박각시나방이 하얀 바가지꽃의 꿀을 찾아 모여드는 풍경과 대비된다. 인간들이 하이얀 다림질감 등을 들고 뒷등성으로 올라 하얀 멍석자리를 깔고 앉는 것은, 바로 박각시나방이 하얀 바가지꽃을 찾아 모여드는 풍경과 겹치는 것이다. 그건 인간의 행위가 자연의 행위 속에 동화되어가는 과정을 함축한다. 다림질해서 입을 하얀 무명옷감들이 여기서 박꽃의 하얀색과 대비되면서, 한 폭의 아름다운 그림으로 승화된다.

자연과 인간이 하나가 되는 이 순간에 자연의 소리가 퍼져나간다. 산 옆이 들썩이도록 돌우래며 팟중이 울어대는 것이다. 여기서 '돌우래' 와 '팟중이' 라는 우리말의 사용이 또다시 절묘하다. '돌우래' 는 땅강아지라는 뜻이다. '땅강아지' 가 질박한 느낌을 주는데 반해 '돌우래' 는 산뜻한 느낌을 준다. 또 '우래' 는 '우뢰소리' 를 연상시키고, '돌' 은 의미자질에 어울리게 딱딱하게 구르는 소리를 환기시켜, 전체적으로 말소리에서 산울림 소리를 느끼게 만든다. '팟중이' 라는 말도 이중적인 의미를 발산한다. '팟중이' 란 메뚜기의 일종인데, '중이' 란 말이 산속에 기거하는 '중' 을 연상시킨다. 그러니까 팟중이란 말은 의미상으로는 메뚜기를, 어감상으로는 사람을 연상시키는 것이다. 그리하여 돌우래와 팟중이 운다는 진술은, 의미상으로는 산속에 있는 곤충들의 울음소리를 나타내면서, 말소리의 미감을 통해 인간과 자연이 동화되어 부르는 아름다운 소리의 향연을 환기시키는 것이다.

인간과 자연 사이의 동화는 마지막 두 행에서 극적으로 확산되면서 시를 끝맺는다. 밤하늘에 수없이 박혀 있는 별들은 '잔콩'에 비유되고, 잔콩으로 수놓인 밤하늘은 잔콩이 널려 있는 시골 마당에 비유된다. 지상이 천상이 되고, 천상이 지상이 되는 것이다. 여기서 별에 비유된 '잔콩'은 시인이 저녁식사로 먹은 '당콩밥'과도 호응하여, 마치 시인이 별이 되는 느낌도 불러일으킨다. 인간과 하늘이 하나로 동화되는 것이다. 또 강낭밭에 수없이 내린 이슬은 밤하늘에 내리는 비에 비유된다. 지상의 식물과 사물이 천상의 사물이 되는 것이다. 이리하여 이 시는 인간과 자연, 인간과 하늘, 식물과 하늘, 그리하여 지상과 천상이 소통하는 우주적인 조화를 보여준다.

이 시는 인간의 삶과 자연의 삶을 교차시키면서, 자연과 인간이 소통하며 살아가는 우주적인 삶의 질서를 매우 아름답게 보여준다. 자연과 더불어 살아가는 생활풍경을 가장 아름다운 서정시의 경지로 끌어올린 작품이라고 할 수 있다.

모닥불

새끼오리도 헌신짝도 소똥도 갓신창도 개니빠디도 너울쪽도 짚검불도 가락잎도 머리카락도 헝겊조각도 막대꼬치도 기왓장도 닭의 짓도 개터럭도 타는 모닥불

재당도 초시도 문장門長늙은이도 더부살이 아이도 새사위도 갓사둔도 나그네도 주인도 할아버지도 손자도 붓장사도 땜쟁이도 큰개도 강아지도 모두 모닥불을 쪼인다

새끼오리 새끼줄 조각. '오리'는 실, 나무, 대 따위의 가늘고 긴 조각을 말한다.
갓신창 가죽신 바닥에 댄 창. '갓신'은 '가죽신'의 고어이다.
개니빠디 개의 이빨. '니빠디'는 '이빨'의 평북 방언이다.
짚검불 지푸라기.
너울쪽 널빤지.
닭의 짓 닭의 깃털. '짓'은 '깃'의 방언.
재당 향촌의 최고 어른에 대한 존칭.
초시 초시初試. 과거의 첫 시험. 또는 그 시험에 급제한 사람. 예전에 한문을 좀 아는 유식한 양반을 높여 이르던 말.
문장門長 한 문중에서 항렬과 나이가 제일 위인 사람.
갓사둔 새사돈.

모닥불은 어려서 우리 할아버지가 어미아비 없는 서러운 아이로 불상하니도 몽둥발이가 된 슬픈 역사가 있다

몽둥발이 몽동발이. 딸려 붙었던 것이 다 떨어지고 몸뚱이만 남은 물건.

「모닥불」 해설

이 시는 백석이 시도한 엮음의 표현형태가 또 하나의 새로운 미학적 기능을 발휘한 작품이다. 뿐만 아니라 모닥불의 현장을 묘사하면서 작품의 의미를 구축해나가는 시의 제작과정이 신선하여, 그의 개성이 분명하게 과시된 또 하나의 문제작으로 꼽을 수 있다.

모닥불이 피어오르는 현장을 소재로 한 이 시는 1, 2연과 3연의 진술방식이 분명히 구분된다. 1, 2연은 어휘들을 길게 나열하는 표현형태를 보이는 반면, 3연에서는 일반 산문에서 흔히 볼 수 있는 평범한 산문체의 표현형태를 드러낸다. 이러한 표현형태의 차이는 이 시의 의미 차이를 반영한다. 이 시에서 엮음의 표현형태는 바로 길게 나열되고 있는 1, 2연에서 구사된다.

먼저 1연을 보자. 1연은 어휘들이 길게 나열되고, 그 어휘의 군집들은 '타는 모닥불'이라는 구절을 수식한다. 길게 나열된 어휘들은 모두 모닥불을 지피는 질료에 해당한다. 그러니까 1연은 여러 가지의 잡다한 질료들에 의해 모닥불이 타오르는 모습을 표현한 것임을 알 수 있다. 여기서 '도'라는 접사에 의해 무수하게 나열된 엮음의 표현형태는 모닥불이 타오르는 과정을 보다 구체화시킨다. '도'라는 말은 같은 종류의 것들이 첨가되는 의미를 갖는 보조사이다. '새끼오리'에서부터 시작해서 '도'라는 접사에 의해 연속적으로 어휘들이 나열되는 표현형태는 모닥불 안으로 질료들이 첨가되고 있는 과정을 보여준다. '도'라는 연결어에 의해 일정한 박자를 형성하며 이어지는 나열의 형태는 질료들이 연달아 모닥불 안으로 던져지는 운동감을 유발한다. 그리하여 잡다한 질료들이 일정한 간격으로 연속해서 모닥불 안으로 던져지며 불씨를 이어나가 계속해서 모닥불이 타오르는 장면을 생동감 있게 보여준다.

한편 모닥불을 지피는 질료들은 하나같이 하찮고 쓸모없는 것들이다. 그런데 세상에서 버려진 그런 것들이 계속 모이고 쌓여서 모닥불을 피우는 자원이 된다. 모닥불은 어둠 속에 불을 밝히고, 세상을 훈훈하게 데운다. 하찮고 쓸모없는 것들이 모여서 세상의 빛과 온기를 만들어내고 있는 것이다. 주목해야 할 것은 그 하찮고 쓸모없는 것들이 연속적으로 모여야 된다는 것이다. 모닥불은 '새끼오리' 하나만으론 피워질 수 없고, 그런 것들이 계속해서 모아져야 불을 피워나갈 수 있다. 그런 의미가 바로 '도'라는 접사에 의한 나열의 엮음식 표현형태를 통해 이루어지고 있다.

이렇게 볼 때, 1연은 '도'라는 접사의 연결로 길게 나열해나가는 엮음의 표현형태를 통해서 모닥불이 피워지는 현장을 생동감 있게 묘사하고, 이를 통해 세상에서 버려진 하찮고 쓸모없는 것들이 모이고 쌓여서 세상을 밝히고 세상에 따뜻한 사랑을 전달한다는 것을 깊이 일깨우고 있는 것이라고 할 수 있다.

2연도 1연과 같은 방식의 표현형태를 보이는데, 여기서 길게 나열된 어휘의 군집들은 모두 모닥불을 쬐인다는 구절을 수식하고, 그 어휘들은 모두 모닥불을 쪼이는 사람들에 해당한다. 그러니까 2연은 모닥불을 중심으로 둥그렇게 앉아서 모닥불을 쬐고 있는 모습을 표현한 것이다. '도' 라는 접사에 의해 길게 나열된 엮음의 표현형태는 모닥불을 쬐는 현장의 모습을 구체적으로 그려낸다. 같은 종류의 것이 첨가되는 의미를 지닌 보조사 '도' 에 의한 나열의 형태는 모닥불을 쬐는 사람들의 자리배치가 원의 형태임을 상기시킨다. 원은 중심으로부터 모두가 동일한 거리에 위치해 있고, 선후와 상하의 구분 없이 평등의 원리가 지배하고 있다. 그리하여 '도' 에 의해 조성된 모닥불을 쬐는 사람들의 형상은, 그들이 모두 평등한 관계를 유지하고 있는 것임을 함축한다.

여기서 모닥불을 쬐는 사람들의 면면을 보면, 식자와 상인, 노인과 아이를 포함해 각계각층의 모든 사람들이 망라되어 있고, 심지어는 인간과 동물들도 뒤섞여 있다. 뿐만 아니라 그들은 두 사람씩 짝을 짓고 있다. 즉, '재당과 초시', '문장늙은이와 더부살이 아이', '새사위와 갓사둔', '나그네와 주인', '할아버지와 손자', '붓장사와 땜쟁이', '큰개와 강아지' 등으로 서로 짝을 짓고 있는데, 그러한 짝은 동일 영역 안에서의 지위와 나이의 높고 낮음을 드러낸다. 그러니까 세상에 살아 있는 모든 것들은 물론이고, 그 안에서 질서를 이루며 지내는 모든 조직 안에서도 존재하는 모든 것들은 동일하고 평등하게 불을 쬐고 있다는 것을 함축하는 것이다.

이렇게 볼 때, 2연은 '도'라는 접사의 연결로 길게 나열하는 엮음의 표현형태를 통해 모닥불을 쬐는 사람들의 모습을 생생히 묘사하면서, 이 세상에 존재하는 모든 것들은 어떤 경우에도 평등하게 세상의 사랑을 받으며 살아가야 한다는 일깨우고 있는 것이라고 할 수 있다.

이제 3연에서는 장면의 전환이 이루어진다. 1, 2연에서 시인은 모닥불이 타오르는 현장을 묘사하였는데, 3연에서는 모닥불을 보며 어떤 사연을 회상한다. 여기서는 산문체로 되어 있는데, 그것은 현장에 대한 묘사가 아니라 사연을 회상하여 서술함으로써 나타난 문체이다. 시인은 모닥불을 보며 모닥불과 관련된 할아버지의 사연을 회상한다. 할아버지는 고아로 서럽고 불쌍하게 자랐다. '몽둥발이'란 것은 고아로 자란 할아버지의 모습에 대한 비유라고 할 수 있다. 모닥불에 그처럼 고아로 자란 할아버지의 슬픈 역사가 있다는 것은, 어미 아비 없이 고아로 서글프게 자란 할아버지가 모닥불의 역사를 이루고 있다는 것이고, 그것은 할아버지가 고아로 서글프게 자라면서 모닥불과 친근하게 지냈다는 것을 의미하는 것이다. 고아로 오갈 데 없는 할아버지는 자주 모닥불을 쬐면서 추위와 외로움을 달래고 불꽃이 주는 훈훈한 사랑으로 위안을 받으며 컸을 것이다. 땅바닥에 하찮고 쓸모없는 것들로 피워지는 모닥불은 그렇게 밖에서 떠도는 소외되고 서러운 사람들에게 빛과 온기를 제공한다. 3연은 그런 불을 쬐면서 살아왔던 자신의 조상에 대한 슬픈 생애를 상기시키면서, 궁극적으로 그런 소외되고 서글픈 사람들을 위무해주는 모닥불의 빛과 사랑을 일깨우고 있는 것이다. 결국, 3연은 1, 2연에서 시도한 모닥불의 함축적 의미를 한 개인의 구체적인 삶의 역사를 통해 드러내고 있는 것이다.

이 시는 안도현의 시 「모닥불」의 질료가 된다. 백석이 「모닥불」에서 시도한 '엮음'의 표현형태와 버려진 것들이 모여서 빛과 사랑을 주는 '모닥불'의 이미지는 안도현의 시 「모닥불」에서 새롭게 태어난다. 안도현은 백석의 시 「모닥불」을 정확히 읽고, 자신의 '모닥불'로 새롭게 바꿔낸다. 안도현은 소외된 이들에게 빛과 사랑을 주는 모닥불의 현장과 시간에 초점을 맞추며, 활활 타오르는 모닥불의 이미지를 조명한다. 이를 위해 길게 나열해나가는 표현형태를 매우 효과적으로 이용하고 있다. 백석이 시도한 엮음의 표현형태가 오늘의 현대시에서 어떻게 응용되는지를 안도현의 시는 잘 보여준다.

적경寂境

신살구를 잘도 먹드니 눈오는 아츰
나어린 안해는 첫아들을 낳었다

인가人家 멀은 산山중에
까치는 배나무에서 즞는다

컴컴한 부엌에서 늙은 홀아비의 시아부지가 미역국을 끓인다
그 마을의 외따른 집에서도 산국을 끓인다

적경寂境 고요하고 평온한 지경 또는 장소.
산국 산후에 산모가 먹는 국.

「적경」 해설

이 시는 우선 제목이 눈길을 끈다. 적寂이란 고요하다는 뜻이고, 경境이란 어떤 곳의 가장자리, 경계의 뜻과 상태 등의 뜻을 지니고 있다. 그러니까 '적경寂境'이란, 고요한 경지의 경계, 또는 고요한 상태 등의 뜻을 지닌다. 이 제목은 시인이 만든 말이다. 제목이 지닌 미묘한 의미는 시의 정서와 밀접한 관련을 갖는다.

이 시는 짧고 간결하다. 2행씩 3연으로 구성된 이 시의 형식은 제목처럼 '적경'하다. 1연에선 나이 어린 아내의 첫 출산을 말한다. '신살구'는 임신중이었음을 말하고, '눈오는 아츰'은 출산하는 날의 서설을 함축한다. '아침'과 '첫아들'에서 연달아 일어나는 마찰음 'ㅊ'음은 눈의 순결하고 상쾌한 이미지와 더불어 청정한 느낌을 불러일으킨다. 또 새 생명이 탄생하고 새 세상이 시작하는 깨어남의 소리를 울려준다. 순백의 하얀 눈과 'ㅊ'음의 청정한 소리 울림을 통해 출산의 기쁨이 밝고 환하게 번져간다.

2연에선 산중의 배나무에서 울리는 까치소리를 진술한다. 길조를 상징하는 까치소리는 새 생명의 탄생을 축복하는 자연의 노랫소리다. 그것은 인간과 자연의 교류, 인간과 자연의 동화를 보여준다. 인간의 기쁨이 새의 기쁨이 되면서, 인간과 동물이 하나가 되어 살아간다. 그런데 여기서 주목되는 것은 그 까치가 '인가人家 멀은' 산중에서 짖는다는 점이다. 자연 속의 새는 인가로부터 그렇게 멀리 떨어져 있음에도 축복의 메시지를 보낸다. 그것은 거리를 초월해서 이루어지는 깊은 마음의 교류를 함축한다. 인간과 자연은 거리와 상관없이 마음의 교류와 동화가 이루어지고 있음을 이 구절은 보여준다. 그리고 그런 자연과 인간의 동화는 소리로서 환기된다.

3연에선 다시 사람이 등장한다. 나 어린 며느리의 출산에 늙은 시아버지가 부엌에 들어가 미역국을 끓인다. 시어머니도 아닌 늙은 시아버지가 끓여주는 미역국의 정성은 더욱 애틋하다. 더구나 '나어린' 며느리를 위해 '늙은' 홀아비인 시아버지가 끓여주는 미역국에는 한없이 깊은 사랑이 배어 있다. 그런데 바로 그 마을의 외딴 집에서도 산국을 끓인다. '마을' 앞에 붙은 관형사인 '그'는, '마을의 외따른' 집이 미역국을 끓이는 홀아버지의 집과 같은 마을에 위치한 것임을 강조한다. 같은 마을에서 외따로 떨어진 집에서도, 바로 그 마을에서 벌어지는 출산의 기쁨을 나누고, 축복을 보내는 마음을 간직하고 있는 것이다. 그런 마음은 '산국'을 끓이는 정성으로 나타난다. 2연이 인가와 먼 산중의 까치와의 마음속 교류와 동화를 드러내는 것이라면, 3연은 마을에서 먼 거리에 있는 사람과의 마음속 교류와 동화를 드러내는 것이다. 마을사람 사이의 따뜻한 인정과 사랑의 교류는 음식을 장만하는 행위로 드러난다.

인간과 자연 사이의 마음의 교류, 마을사람 사이의 따뜻한 인정의 교류는, 자연의 소리와 음식장만 행위만으로 이루어진다. 바로 '적경寂境'의 모습이다. 진정하고 깊은 사랑의 교류는 바로 '적경寂境'의 경지에서 이루어지는 것임을 이 시는 '적경寂境'하게 전해준다.

미명계未明界

자즌닭이 울어서 술국을 끓이는 듯한 추탕鰍湯집의 부엌은 뜨수할 것 같이 불이 뿌연히 밝다

초롱이 히근하니 물지게꾼이 우물로 가며
별 사이에 바라보는 그믐달은 눈물이 어리었다

행길에는 선장 대여가는 장꾼들의 종이등燈에 나귀눈이 빛났다
어데서 서러웁게 목탁木鐸을 뚜드리는 집이 있다

초롱 등롱燈籠. 대오리나 쇠로 살을 만들고 겉에 종이나 헝겊을 씌워 안에 촛불을 넣어 달아두기도 하고 들고 다니기도 한다.
히근하니 '희끗희끗하다'는 말을 변형시킨 의태어로 추정됨.
선장 선 장터. '선장'에서 '선'은 장이 '서다'라는 뜻으로 추정됨.
대어가는 대 가는. 정한 시간에 맞추어 목적지에 이르는.

「미명계」 해설

'미명未明', 즉 날이 밝기 전의 시간은 어두운 밤과 이제 막 동이 트려는 새벽 사이의 경계지점이다. 어둠과 빛의 경계지점에 놓여 있는 그 시간은, 휴식과 노동의 경계지점이기도 하다. 그 시간은 아직 밤이며 휴식의 시간이지만, 어떤 사람들에게는 깨어 있어야 하는 시간이기도 하다. 그들은 세상이 밝아져서 모든 사람들이 노동에 들어가기 전에 먼저 일을 해야만 하는 사람들이다. 다른 사람들이 아직 어둠의 정적에서 수면의 휴식에 머물고 있을 때, 자리에서 깨어나 어둠을 밝히며 움직이는 사람들은 그만큼 고단한 생을 살아가고 있는 것이다. 하지만, 그렇게 일찍 새벽을 여는 사람들로 나머지 사람들은 일상에 필요한 여러 가지 혜택을 받는다. 그리하여 미명에 움직이는 사람들의 생활풍경은 따뜻하고도 애잔해 보인다. 이 시는 그처럼 깊은 느낌을 불러일으키는 미명의 생활풍경을 그린다. 미명에 벌어지는 몇 개의 생활풍경을 다양한 감각으로 그려내, 미명의 세상에 담겨 있는 깊숙한 정서를 섬세하게 드러낸다.

1연에서는 추탕집의 부엌풍경을 그린다. '추탕의 술국'은 '탕'을 바탕으로 하는 우리 전통음식의 표본에 해당한다. 특별히 '술국' 을 끓인다는 진술에서 속 아플 타인을 위하는 배려와 사랑이 배어나기도 한다. '술국' 은 '식사' 면서 '약' 인 셈이다. '탕 음식' 을 준비하는 우리의 부엌은 언제나 따뜻하고 김이 서려 있다. 바로 그러한 부엌의 불빛을 시인은 '뜨수할 것 같이 불이 뿌연히 밝다' 고 표현한다. 미명에 비치는 부엌의 불빛은 그처럼 따사롭고 정겹다. 하지만, 미명에 부엌의 불빛을 밝혀만 하는 당사자는 고단할 것이다. 그는 '자즌닭' 이 울어 자리에서 깨어나 부엌으로 들어가야만 한다. '자주 우는 닭' 이란 의미의 '자즌닭' 이라는 말 속에는 깊이 잠든 고단한 사람을 깨우는 귀찮은 소리라는 함의가 있다. '자즌닭' 소리에 마지못해 일어나 무거운 발걸음을 내딛으며 부엌으로 향하는 우리 '엄마' 들의 모습이 눈에 선하게 그려진다.

2연에서는 미명에 '초롱' 을 들고 물지꾼이 우물로 가는 풍경을 진술한다. 동도 트기 전에 불을 밝히며 우물로 물을 뜨러가는 물지꾼의 생활은 고달프다. 그에게 그 일은 매일 반복되는 것이고, 그런 그의 일상은 언제나 고단하다. '별 사이에 바라보는 그믐달' 은 아름답기 그지없는 하늘의 풍경이지만, 그 시간에 노동을 해야 하는 사람을 보면서 바라볼 때, 그 아름다운 풍경은 오히려 눈물 나는 풍경이 된다.

3연에서도 미명에 일을 나서야 하는 사람들의 풍경을 그린다. '선장 대여가는 장꾼' 들이 그들이다. 장이 선 곳으로 일찍 나서야 하는 장꾼들의 일상 역시 늘 고달픈 것이다. 아직 미명이서 그들은 종이등을 밝히며 가고, 그 불빛이 장꾼과 함께 가는 나귀의 눈에 비친다. 나귀 눈은 유난히 커서, 불빛에 반사된 눈빛은 섬뜩할 정도로 반짝이게 된다. 그 빛나는 나귀 눈빛은 역설적으로 지금이 미명임을 일깨우며, 어둠 속에서 일터로 가는 장꾼들의 고단함과 애틋함을 새삼 깊이 느끼게 한다. 그때 어디선가 목탁 두드리는 소리가 난다. 절이 아닌 어느 '집'에서 누군가가 목탁을 두드리며 새벽불공을 드리고 있는 것이다. 동이 트기도 전에 일어나 목탁을 두드리며 정성스럽게 불공을 드리는 것은 범상치 않다. 아마도 특별한 사연이 있거나, 간절히 바라는 것이 있을 것이다. 그 간절한 기원은 목탁을 두드리는 행위 속에 배어나기 마련이다. 시인은 그 소리를 들으며 '서러웁게 목탁을 뚜드'린다고 말한다. 미명의 어둠을 가르며 서럽게 울려퍼지는 그 목탁소리는 미명에 일하는 사람들 모두의 마음을 대신에서 울려주는 것 같다. 또 그 목탁소리는 시의 마지막을 장식하면서 미명에 일하는 고달픈 사람들을 위한 위안과 기도의 소리로 울려퍼진다. 미명을 뚫고 메아리치는 목탁소리, 혹은 교회의 종소리는 언제나 새벽공기만큼 신성하게 울려퍼진다.

성외城外

어두어오는 성문城門밖의 거리

도야지를 몰고 가는 사람이 있다

엿방 앞에 엿궤가 없다

양철통을 쩔렁거리며 달구지는 거리끝에서 강원도江原道로 간다는 길로 든다

술집 문창에 그느슥한 그림자는 머리를 얹혔다

엿궤 엿을 넣도록 나무로 네모나게 만든 그릇. '궤'는 물건을 넣도록 나무로 네모나게 만든 그릇.

그느슥한 희미하고 어두침침한. '그늑하다'라는 말을 변형시켜 만든 것으로 추정됨. '그늑하다'는 평북 방언으로서 '날이 흐리거나 구름이 끼거나 석양이 되어 볕이 약하게 비치거나 어둡침침하다'라는 의미이다. '그느슥한'에 대한 용례는 '농마루며 바람벽은 모두들 그느슥히'(「고사古寺」)가 있다.

「성외」 해설

제목에서 알 수 있듯이 성문 밖의 풍경을 그린다. '성'은 외부의 침입을 막기 위해 쌓은 곳이니까 그 성의 밖은 보호의 영역을 벗어나 있는 것이다. 말하지만 중요하지 않은 곳이며, 버림받은 곳이다. '성외城外'란 제목은 그처럼 처량하고 쓸쓸한 느낌을 안고 있다. 그런가 하면 '성'의 밖은 다른 길로 나아가는 곳이기도 하다. 성문 밖으로 나가면 무한하고 다양하게 뻗어 있는 길이 나온다. 그 길은 나아가는 길이기도 하지만, 또 들어오는 길이기도 하다. 그렇게 보면 '성'의 밖은 성 안으로 들어오는 수많은 길이 나 있는 곳이라고 말할 수도 있다. '성외'란 그처럼 '여정'의 이미지가 묻어 있다. 그 여정의 이미지에는 고달픈 느낌과 동경의 느낌이 공존한다. 시인은 이러한 이미지를 함축하고 있는 '성외'에 시선을 보내 그 풍경을 그려낸다. 시인이 그린 '성외'의 풍경은 어둠이 깔리는 무렵이다. '성외'에 어둠이 내릴 때 처연한 느낌은 한결 깊어진다.

1연에서 어두워오는 성문 밖의 거리에서 도야지를 몰고 가는 사람의 풍경은 성외에 사는 변두리생활의 처연한 정서를 단적으로 드러낸다. 초라한 차림의 그는 날이 어두워져 서둘러 도야지를 몰고 집으로 가는 중일 것이다.

2연은 이 시의 표현 중에서도 압권이다. '엿방 앞에 엿궤가 없다'는 간명한 진술은 어두워오는 성외의 생활풍경을 단적으로 보여준다. 날이 저물어 이제 더 이상 찾아오는 이 없는 성외의 외진 가게는 낮시간 동안 엿방 앞에 차려놓았던 엿궤를 모두 치워버린 것이다. 채워져 있던 곳이 모두 치워져버렸을 때 허전한 느낌은 훨씬 커진다. 간명하게 처리된 진술은 텅 빈 공간의 허전한 느낌을 여실히 느끼게 한다. 간명한 진술로 생긴 위, 아래의 여백도 그 텅 빈 공간의 의미 창출에 기여한다. '엿방', '앞에', '엿궤', '없다' 등의 어휘에서 발생하는 두운은 그러한 느낌을 음성적으로 환기시킨다. 'ㅇ'음의 연속적 진행이 가져오는 미끄러질질 듯 부드럽게 넘어가는 소리자질은 텅 비고 허전한 느낌을 불러일으킨다.

3연에서는 그 허전한 느낌을 뚫고 울려대는 또 하나의 허전한 '일몰의 성외 풍경'을 그린다. 쩔렁거리는 양철통의 초라한 소리는 어두워오는 성외의 텅 빈 공간을 처연하게 공명시킨다. 초라한 몰골의 달구지는 거리 끝에서 강원도로 간다는 길로 들어서 떠나가고 있다. 엿방 앞의 텅빈 느낌 위에 멀리 거리 끝에서 사라지는 달구지의 모습이 보태져 허전한 느낌은 절정에 도달한다.

이어 마지막 4연에서 술집의 문창에 그림자가 치는 풍경을 묘사하면서 성외의 풍경에 대한 이 시의 그림을 마감한다. '머리를 얹혔다'는 것은 머리를 따서 귀 위로 올렸다는 것을 말한다. 그 표현은 머리의 까만 색상과 함께 술집의 문창에 드리운 '그느슥한 그림자'를 시각적으로 그려낸다. 그런데 '얹은머리'는 여자의 머리 모양을 말할 때만 쓰이는 것이고, 또 여자가 시집을 갔다는 뜻으로도 쓰인다. 그리하여 그 표현은 특별히 '술집 문창의 그림자'에서 연상되는 정서까지도 담아내어, 한결 처량하고 쓸쓸한 느낌을 불러일으킨다.

성외 풍경을 그리고 있는 이 시는 매 장면이 '어디론가 가고', '사라져 없고', '길 끝에서 멀리 떠나가고' 등 '가버린' 동작을 담고 있다. '머리를 얹혔다'는 동작은 술집 문창의 그림자를 표현한 것이지만, 그 말뜻 속에는 역시 '결혼해서 떠나갔다', '젊음이 지나갔다'와 같은 '가버린' 의미가 함축되어 있다. 그 '소멸의 풍경'은 일몰의 처연함과 성외의 '외外'가 담고 있는 변두리 정서와 결합되면서 이 시의 정서를 매우 황량하고 애잔하게 만든다. 이 시는 1930년대 변두리의 생활풍경을 뛰어나게 인화시킨 흑백사진과 같은 작품이다.

산山비

산山뽕잎에 빗방울이 친다

멧비둘기가 닌다

나무등걸에서 자벌기가 고개를 들었다 멧비둘기켠을 본다

멧비들기 산비둘기(염주비둘기)

닌다 일어난다.

자벌기 자벌레. 자벌레나방의 애벌레. 몸은 가늘고 긴 원통형이다. 가슴에 세 쌍의 발이 있고 배에 한 쌍의 발이 있다. 꽁무니를 머리 쪽에 갖다 대고 몸을 길게 늘이기를 반복하여 움직인다. 벌기는 '벌레'의 평북 방언.

켠 쪽(방향).

「산비」 해설

이 시는 「비」라는 시 다음으로 백석 시의 이미지 표현이 지닌 독특한 성격을 극명하게 드러낸다. 「비」라는 시가 우리의 토속사물을 통해 시각 이미지와 후각 이미지를 빚어내는 개성을 보여주었다면, 이 시 또한 그에 못지않은 이미지 표현의 또 다른 신경지를 보여준다. 이 시의 대상은 제목에서 보듯 '산비' 이다. 같은 '비' 를 소재로 쓴 작품이지만 앞서 발표한 「비」와는 대상이 다르다. 「비」라는 시에서는 어느 토속마을에 비가 내리는 풍경을 대상으로 하였지만, 「산비」에서는 산속에 비가 내리는 자연풍경을 대상으로 한다. 인간의 체취나 숨결이나 자취가 전혀 개입되지 않고, 자연의 세계만을 묘사하고 있는 것은 이 작품이 백석 시로서는 거의 유일하다. 게다가 자연의 세계를 그려내는 태도도 다른 시인들에게서는 볼 수 없는 새로운 경지를 드러낸다.

단 세 줄의 간명한 이 작품은 산속에 비가 내리면서 일어나는 미세한 자연의 움직임을 보여준다. 산뽕잎에 빗방울이 치자, 그 빗방울 때문에 나무에 걸터앉아 있던 멧비둘기가 일어나고, 그 동작에 나무등걸에 있던 조그만 자벌기가 고개를 들어 멧비둘기 쪽을 바라본다. 비가 내리면서 일어나는 자연물 사이의 연쇄적 반응이 섬세하게 기술된다. 일체의 수식어가 제거된 최소한의 문장성분만으로 서술함으로써 산속의 고요함을 드러내고, 적막한 산속에서 조용히 일어나는 미세한 자연의 움직임을 느끼게 한다.

미세한 자연의 움직임은 서술어에 담겨 있는 서로 다른 감각의 구사로 생동감 있게 환기된다. '치다'는 서술어는 산뽕잎에 빗발이 내리치는 모양에다 소리감각까지 불러일으키고, '날다'는 서술어는 멧비둘기가 수직으로 떠오르는 시각을 보여주며, '들었다'와 '보다'는 서술어는 나무등걸에 붙박혀 있는 조그만 자벌기의 회전감각을 보여준다. 청각과 시각이 교차되는 서술어의 구사가 산속의 자연물이 일으키는 미세한 소리와 모양까지 생생히 느끼게 한다. 그리고 이러한 자연의 움직임을 드러내는 화자는 완전히 뒤로 물러나 있다. 우리는 이 시에서 화자의 의식을 조금도 느끼지 못한다. 그리하여 이 시는 있는 그대로의 자연의 세계를 드러내는 일종의 선적인 지각을 보여준다.

이 시에서 보인 깊이 있는 자연묘사의 기법은 지용의 후기 시에 깊게 드리워져 있다. 지용 시 가운데 「구성동九成洞」의 마지막 연은 「산비」의 시적 태도와 매우 흡사하다.

산그림자 설핏하면

사슴이 일어나 등을 넘어간다.

산에 그림자가 설핏 드리우자 산속에 조용히 앉아 있던 사슴이 일어나 산등을 넘어간다. 이러한 자연물의 은밀한 연쇄적 움직임은 빗방울이 치자 멧비둘기가 일어나고 그 동작에 나무등걸에 있던 조그만 자벌기가 고개를 들어 멧비둘기를 바라보는 은밀한 연쇄동작을 떠올리게 한다. 고요하고 호젓한 산속의 경지를 드러내는 것도 유사하다. 화자의 의식이 철저하게 제거되고, 있는 그대로의 자연의 세계를 그려내는 선적인 지각의 표출도 백석 시의 경우와 매우 흡사하다.

백석의 「산山비」는 1936년 1월에 상재된 시집 『사슴』에 수록되어 있고, 지용의 「구성동九成洞」은 1938년 8월에 발표된 작품이다. '산' 을 제재로 탈속의 경지를 드러내어 초기 시와는 전혀 다른 새로운 시의 세계를 펼쳐냈다고 평가받는 지용의 후기 시들은 1936년 이후에 발표된 시들이며, 그 가운데서도 걸작으로 지목되는 「비로봉 2」, 「장수산 1」, 「춘설」, 「조찬」, 「인동차」, 「비」 등은 1938년 이후에 발표된 것들이다. 백석의 시집 『사슴』이 발표되고 2년이 훨씬 지난 이후에 발표된 작품들이다. 이렇게 볼 때 지용이 후기 시에서 보인 새로운 경지의 이미지 시들은 백석의 시집 『사슴』에서 시도된 선적인 지각의 이미지 시들에서 일정한 영향을 받은 것으로 볼 수 있다.

백석이 시단에 나온 것은 1935년이고, 이 시기는 지용을 중심으로 한 이미지 위주의 시들이 시단의 주류를 이루고 있었던 때였다. 백석은 초기의 일부 시편들에서 대상을 감각적으로 그려내는 이미지 위주의 시들을 씀으로써, 당시 시단의 지배적인 흐름의 영향권 속에서 시의 출발이 이루어졌음을 알 수 있다. 하지만, 그는 그러한 이미지 위주의 시들을 그대로 답습하지 않고, 다양한 감각의 이미지에다 우리의 토속사물에 빗대어 대상을 묘사하는 독창성을 발휘했고, 더 나아가 있는 그대로의 자연의 움직임을 드러내는 선적인 지각의 시들을 발표하여 한층 깊이 있는 이미지 시들을 개척했다. 그리고 이러한 시적 방법이 지용의 시에 가서 크게 꽃을 피우게 된 것이다. 백석은 지용 시의 영향을 받았으면서, 동시에 지용 시에 영향을 주기도 했다.

여승女僧

여승女僧은 합장合掌하고 절을 했다
가지취의 내음새가 났다
쓸쓸한 낯이 녯날같이 늙었다
나는 불경佛經처럼 서러워졌다

평안도平安道의 어느 산山 깊은 금덤판
나는 파리한 여인女人에게서 옥수수를 샀다
여인女人은 나어린 딸아이를 따리며 가을밤같이 차게 울었다

섶벌같이 나아간 지아비 기다려 십년十年이 갔다
지아비는 돌아오지 않고
어린 딸은 도라지꽃이 좋아 돌무덤으로 갔다

가지취 참취나물.
금덤판 금점판. 예전에 주로 수공업적 방식으로 작업하던 금광 일터.
섶벌 나무섶에 집을 틀고 항상 나가서 다니는 벌.

산山꿩도 섧게 울은 슬픈 날이 있었다

산山절의 마당귀에 여인女人의 머리오리가 눈물방울과 같이 떨어진 날이 있었다

머리오리 머리카락.

「여승」 해설

이 시는 결혼해 아이를 낳고 가정을 꾸리던 여인이 여승이 된 기구한 사연을 그려낸다. 소설에서 볼 수 있는 서사구조처럼 회상의 기법을 동원한 시적 구조가 눈에 띄며, 여승의 기구한 삶의 과정을 압축해서 진술해내는 표현이 돋보인다. 전체적으로 이야기의 구조를 지니고 있으면서도, 비유와 운율을 동원한 시적 묘사가 탁월하다. 그리하여 서사적 깊이와 시적 여운이 더해져 짙은 문학적 감동을 준다.

우선 1연에선 시인이 만난 여승의 인상을 묘사한다. '가지취의 내음새'는 산사에 기거하는 정갈하고 소박한 여승의 이미지를 드러낸다. 후각은 다른 감각에 비해 훨씬 육감적이다. 사람에게서 받은 첫인상을 후각적 이미지로 표현함으로써, 그 사람에게 매우 친밀하게 다가서고 있음을 느끼게 한다. 여승에 대한 후각적 이미지에 이어 얼굴 모습이 묘사된다. '쓸쓸한 낯'의 여승은 늙어 보이는데, 그런 얼굴 모습을 '녯날'에 비유하고 있다. 우리의 생활 속에서 '녯날'이란 오래되고, 낡고, 세련되지 못하고, 고생스럽고, 가난하고, 불우한 느낌을 불러일으킨다. 거기에다 '녯날'이란 말은,

지나간 시간이라는 의미를 지님으로써 그 여승의 늙은 얼굴이 오늘의 시간을 넘어 아득한 공간 저편에 있는 사람처럼 느끼게 해준다. 그 아득한 거리감은 그만큼 여승의 얼굴에서 살아 있는 인간으로서의 생기를 빼앗아가 보는 이로 하여금 더욱 안타깝고 서럽게 만든다. 시인은 그토록 서러운 느낌을 '불경'에 비유한다. 여기서 '불경'의 이미지는 '책'보다는 '불경을 읽고 있는 여승'에서 환기되는 어떤 정서라고 할 수 있다. 불경을 읽으며 세속 너머의 불교적 가르침으로 정신적 수행을 쌓고 있는 여승의 태도에는 역설적으로 세속의 고통과 서러움이 짙게 묻어 있는 것이다.

2연에서부터 시간은 과거로 거슬러올라가, 그 여승의 기구한 사연을 전한다. 한 여인이 여승이 되기까지의 삶의 궤적을 압축해서 서술한다. 그 여자는 평안도의 어느 산 깊은 곳에 있는 금광에서 어린 딸아이와 함께 옥수수를 팔고 있었다. 파리한 모습에 어린 딸과 함께 옥수수행상을 하는 그 여인의 모습은 애처롭기 그지없다. '여인은 나어린 딸아이를 따리며 가을밤같이 차게 울었다'는 구절은, 딸아이와 둘이 옥수수행상을 하는 여인의 가엾은 삶을 극적으로 보여준다. 이 극적인 장면묘사에는 비유와 운율의 절묘한 구사가 담겨 있다. 파리한 여인은 힘없고 나약한 신체를 한 모습인데 그런 여인이 나이 어린 딸을 때리는 행위에는 참을 수 없을 정도로 고단하고 지친 삶의 표출이 담겨 있는 것이다. 그 여인은 딸아이를 때리면서 차가운 울음을 터뜨리는데, 여기서 가을밤에 비유된 차가운 울음은 여인의 서러움을 한없이 깊게 만든다. '가을밤'은 '추야장秋夜長'이라는 옛시조의 구절에서도 보듯이 매우 길고 깊으며, 가을밤의 추위는 오히려 겨울밤보다 더욱 매섭게 체감된다. 그리하여 '가을밤'에 비유된 여인의 차가운 울음은 몸서리치도록 서러운 여인의 삶의 처지를 생생히 환기한다.

비유를 통해 조성된 이러한 시의 의미와 정서는 이 구절의 소리자질이 환기하는 미감과도 호응한다. 이 구절은 ㄴ, ㅁ, ㄹ, ㅇ 등의 유성자음과 ㄸ, ㅊ 의 격음. 마찰음이 대조를 이루면서 소리화음을 조성한다. 부드러운 느낌의 유성자음이 주조를 이루는 가운데 일정한 간격을 두고 세 번 일어나는 격음과 마찰음은 격렬한 느낌을 더욱 도드라지게 한다. 그렇게 조성된 소리자질은 딸아이를 때리는 순간의 마찰과 차가운 울음의 느낌을 생생하게 불러일으킨다.

여인의 고생은 지아비의 가출로부터 시작된 것이다. 여인의 지아비는 집을 나간 지 10년이 되도록 돌아오지 않고 있다. 시의 문맥으로 미루어 지아비는 금을 찾아 집을 떠난 것으로 보인다. '섭벌'에 비유된 지아비의 가출은 섭벌이 들판을 떠돌듯 금광터로 떠나 황금을 쫓으며 밖으로 떠도는 지아비의 생활을 떠올리게 한다. 여인은 지금 금광터로 지아비를 찾아다니면서 호구지책으로 옥수수행상을 하고 있는 것이다. 그러다 설상가상으로 어린 딸마저 저세상으로 떠나고 만다. '어린 딸은 도라지꽃이 좋아 돌무덤으로 갔다' 는 구절은 어린 딸의 죽음을 슬프고도 아름답게 표현한 명구절이다. 연한 하늘색의 청초하고 귀여운 도라지꽃은 어린아이의 모습에 비견된다. 그 도라지꽃은 무덤가에서 종종 피어난다. 여기서 돌무덤은 아이의 무덤을 지칭한다. 옛날에 아이가 부모에 앞서 죽으면 봉분이 있는 묘를 따로 만들지 않는다. 전통에 따르면 어린아이가 죽으면 그 부모는 어린아이를 작은 항아리나 도자기에 안치하고 한밤중에 야산에 올라 구덩이를 파고 항아리를 묻고는 작은 돌로 무덤을 만들었다. 그러니까 이 구절은 실제로 아이가 죽은 후의 무덤가의 모습을 그대로 묘사한 것이다. 여인은 아이가 죽어 돌무덤가에 피어난 도라지꽃을 보며 아이의 모습이 환생한 것으로 생각하면서 이런 묘사를 했을 것이다. 아이가 도라지꽃이 좋아서 돌무덤으로 갔다는 진술에는 아이의 철없이 해맑은 마음이 묻어 있고, 또 2연에서 엄마에게 맞으며 몸서리치게 서러운 삶의 처연함과 대비되면서, 이승의 고달픈 삶으로부터 벗어나 저승에서 아름다운 삶을 꾸리고자 하는 마음까지도 드러나, 그 어린아이의 불행한 처지를 더욱 뼈아프게 한다. 아이의 죽음을 직접 서술하지 않고 도라지꽃이 피어 있는 돌무덤의 아름다운 풍경에 대한 묘사를 통해 함축적으로 드러내면서 그 아이의 비극적 삶을 더욱 깊게 환기시키는 뛰어난 구절이라고 할 수 있다.

아이가 죽자 외톨이가 된 그 여인은 마침내 산속으로 들어가 비구니의 길로 들어선다. '산절의 마당귀에 여인의 머리오리가 눈물방울과 같이 떨어진 날이 있었다'는 표현은 불문에 입문하는 절차인 삭발의식을 거행하는 장면을 묘사한 것이다. 여기서 '눈물방울과 같이 떨어진'다는 것은, 머리카락이 잘려나가면서 눈물방울을 떨어뜨린다는 것과 떨어지는 머리카락을 눈물방울에 비유하는 중의적 의미를 갖는다고 할 수 있다. 여인이 삭발을 하며 불문으로 들어가는 순간은 여성으로서의 세속적 인연을 모두 끊어내는 순간이다. 그녀에게 여성으로서의 모든 삶을 포기할 수밖에 없도록 만든 가혹한 운명에 산꿩도 슬피 울어대서, 그녀의 불행이 얼마나 비극적인 것인지를 다시 한 번 일깨운다. 한 여인이 삭발의식을 통해 여승이 되는 것을 끝장면으로 처리함으로써 그 여인이 1연에서의 여승임을 분명히 드러내며 시를 마감한다.

처음에 한 여승을 제시하고, 이어서 시간을 역으로 돌려 그 여승의 기구한 삶의 궤적을 전하는 방식은 소설의 구조에서 흔히 사용하는 방법이다. 이 시는 소설의 구조방식을 빌리면서 그것을 압축된 서사로 응축하고, 또 각 장면마다 시적 여운이 깊은 뛰어난 묘사로 그려내서 한 많은 한 인간의 삶의 궤적이 주는 서사적 감동과 비유와 운율의 서정적 언어가 주는 시적 감동을 두루 선사하고 있다.

수라修羅

거미새끼 하나 방바닥에 나린 것을 나는 아모 생각 없이 문밖으로 쓸어버린다
차디찬 밤이다

어니젠가 새끼거미 쓸려나간 곳에 큰거미가 왔다
나는 가슴이 짜릿한다
나는 또 큰거미를 쓸어 문밖으로 버리며
찬 밖이라도 새끼 있는 데로 가라고 하며 서러워한다

이렇게 해서 아린 가슴이 싹기도 전이다
어데서 좁쌀알만한 알에서 가제 깨인 듯한 발이 채 서지도 못한 무척 작은 새끼거미가 이번엔 큰거미 없어진 곳으로 와서 아물거린다

싹다 삭다. 긴장이나 화가 풀려 마음이 가라앉다.
가제 갓, 방금.

나는 가슴이 메이는 듯하다

내 손에 오르기라도 하라고 나는 손을 내어미나 분명히 울고불고 할 이 작은 것은 나를 무서우이 달아나버리며 나를 서럽게 한다

나는 이 작은 것을 고히 보드러운 종이에 받어 또 문밖으로 버리며

이것의 엄마와 누나나 형이 가까이 이것의 걱정을 하며 있다가 쉬이 만나기나 했으면 좋으련만 하고 슬퍼한다

「수라」 해설

이 작품은 우화적인 성격을 지닌다. 이 시의 소재는 거미이다. 시인은 방바닥에 작은 거미와 큰 거미들이 내려오는 것을 그려내고, 또 그 거미들을 밖으로 내보내면서 떠오르는 느낌을 표출한다. 여기서 거미들의 움직임과 그 거미들을 밖으로 내보내는 시인의 심정은 알레고리로 읽힌다. 이 시는 우화의 성격을 깊이 있게 드러내기 위해 시의 의미를 매우 치밀하게 얽어놓았다. 거미의 움직임과 시인의 심정을 매우 정교하게 배치하여 시의 문맥 안에서 우화적 의미가 자연스럽게 우러나도록 설계하였다.

3연으로 되어 있는 이 시는 점층적인 구조로 되어 있다. 우선 1연에선 거미 새끼 하나가 방바닥에 나린다. 그래서 시인은 아무 생각 없이 문밖으로 쓸어버린다. 밖은 찬 밤이다. 1연에선 '거미' 가 그저 미물에 불과할 뿐이다. 집 안을 더럽히는 조그만 곤충일 뿐이며, 그래서 밖으로 버린 것이다. 그런데 '차디찬 밤' 이란 배경묘사는 약간의 함축적 의미를 갖는다. 이제부터 거미가 살아가야 할 곳은 춥고 어두운 밤이라는 것을 의미한다. 곤충이 사는 곳은 원래 그런 곳인데, 특별히 '차고 어둡다' 는 표현을 씀으로써 그 '곤충'

이 단순한 곤충 이상의 의미를 지니는 것이라는 여운을 준다. 그런 여운은 2연에서부터 표면 위로 구체화된다.

2연에선 새끼거미가 쓸려나간 곳에 큰 거미가 온다. 이제 시인은 가슴이 짜릿하다고 말한다. 시인은 큰 거미가 새끼 거미를 찾으러온 것이라고 생각하고, 그 큰 거미를 문밖으로 버리면서 찬 밖이라도 새끼 있는 데로 가라고 하며 서러워한다. 1연에선 방 안에 거미 새끼가 나린 것에 대해 아무 생각이 없었는데, 2연에선 그 자리에 큰 거미가 오자 가슴이 짜릿해지고, 밖으로 내보내면서 서러운 감정이 북받쳐 오는 것이다. 시인은 거미 가족의 이산을 가슴 아파하며, 그들의 재회를 애틋하게 기원하는 것이다.

3연에선 그 큰 거미가 없어진 곳으로 갓 태어난 듯한 작디작은 새끼거미가 아물거린다. '좁쌀알만한 알에서 갓 깨인 듯한', '아물거린다' 등의 표현은 그 새끼 거미가 얼마나 조금만 모양을 한 것인지를 생생히 보여준다. 시인은 가슴이 메이고, 그래서 또 밖으로 그 새끼 거미를 버린다. 그런데 1, 2연에선 거미를 쓸어버렸지만, 3연에선 보드라운 종이에 받아서 버린다. 손을 내밀어보지만 그 새끼 거미는 시인을 무서워하며 달아나버린다. 여기서 이산에 대한 공포와 혈육으로 맺어진 공동체적 삶에 대한 거미의 애틋한 본능이 극명하게 드러난다. 그래서 시인은 새끼 거미가 무서움을 느끼지 않도록 정성스러운 마음으로 보드라운 종이에 받아서 문밖으로 버리는 것이다. 여기서 거미들이 자신의 혈육과 같이 지내기를 바라는 시인의 마음은 절정을 이룬다고 할 수 있다. 그리하여 시인은 마지막 구절에 가서 '이것의 엄마와 누나나 형이 가까이 이것의 걱정을 하며 있다가 쉬이 만나기나 했으면' 하고 기원하면서 끝을 맺는다. 여기서 엄마나 누나나 형이란 앞서 시인이 문밖으로 버린 '거미새끼'와 '큰거미'에 해당한다. 시인은 새끼 거미를 소중하게 보드라운 종이에 받아 버리면서, 그 새끼 거미가 가족을 만날 것을 기원하는 것은 물론, 앞서 시인이 밖으로 버린 거미들의 근황까지도 염려를 하는 것이다.

여기서 거미의 이산과 재회가 혈연으로 맺어진 공동체적 삶의 붕괴와 회복을 의미하는 것이라는 것은 쉽게 이해할 수 있는 일이다. 주목되는 것은, 치밀한 구조로 그려낸 거미들의 움직임이다. 이 시는 처음에 거미 새끼가 나타나고, 그 자리에 또 큰 거미가 나타나며, 다시 또 그 자리에 작디작은 새끼 거미가 나타난다. 그들은 뿔뿔이 흩어져 마치 술래잡기를 하듯 자신의 혈연을 찾아헤매고 있는 것이다. 시인은 이런 풍경에다 '수라修羅'라는 제목을 붙이고 있다. '수라修羅'는 '아수라阿修羅'의 약칭으로서 고대의 인도신화에 나오는 악신이다. 고대 인도의 서사시 '마하바라타'에는 그 아수라들이 공격을 받아 시체가 산처럼 겹겹이 쌓여 있는 모습을 그리고 있는데, 아수라장이라는 말은 여기서 유래된 말이다. 눈뜨고 볼 수 없을 만큼 끔찍하게 흩어져 있는 현장을 우리는 흔히 '아수라장'이라고 부른다. 제목의 '수라'는 바로 '아수라장'을 의미한다. 거미의 이산과 가족찾기는 '수라'라는 제목을 통해 끔찍한 긴장을 불러일으킨다. 이런 아수라 속에서 시인은 서러움을 드러내는 데, 그런 감정도 점층적으로 표현된다. 1연에선 아무 생각이 없다가, 2연에선 짜릿함을 느끼며, 3연에 가선 목이 메이게 된다. 거미의 움직임과 시인의 감정표현에 대한 점층적 전개는 이 시의 형식과 긴밀히 호응한다. 이 시는 1연은 2행, 2연은 4행, 3연은 6행으로 되어 있다. 연을 거듭할수록 행 수가 길어지고 있다. 또 시의 진술도 행을 거듭할수록 길게 늘어지고 있다. 그것은 점점 아수라장으로 빠져드는 끔찍한 상황을 반영하며, 점점 깊어지는 시인의 탄식을 반영한다.

한편 이 시에서 가족의 재회가 이루어지는 공간은 '찬 밖'이다. 시인은 비록 찬 밖이라도 가족이 함께 있는 곳으로 가라며 거미를 밖으로 내보낸다. 여기서 우리는 시인이 그토록 집요하게 산골의 토속적인 마을로 들어가서 혈연적 유대감이 끈끈이 유지되는 우리의 공동체적 삶의 모습을 그려내는 이유를 알게 된다. 이 시는 혈연적인 삶의 공동체가 와해되는 30년대의 사회적인 상황을 우화적으로 그려낸 것이면서, 동시에 백석의 시적 태도도 헤아려볼 수 있는 작품이다.

탕약湯藥

눈이 오는데

토방에서는 질화로 우에 곱돌탕관에 약이 끓는다

삼에 숙변에 목단에 백복령에 산약에 택사의 몸을 보한다는 육미탕六味湯이다

약탕관에서는 김이 오르며 달큼한 구수한 향기로운 내음새가 나고

약이 끓는 소리는 삐삐 즐거웁기도 하다

곱돌탕관 광택이 나는 매끈매끈한 암석으로 만든, 약을 달일 때 쓰는 자그마한 그릇. '곱돌'은 '납석蠟石'의 평북 방언이다. '납석'이란 기름 같은 광택이 있고 만지면 양초처럼 매끈매끈한 암석과 광물을 통틀어 이르는 말이다. '탕관'이란 국을 끓이거나 약을 달이는 자그마한 그릇이다.

숙변 숙지황熟地黃. 지황 뿌리의 날것을 아홉 번 찌고 아홉 번 말려서 만든 약재. 보혈補血 보음補陰하는 효능이 있어 여러 가지 허손虛損과 통경通經의 치료와 강장제로 쓰인다.

목단 목단피. 모란 뿌리의 껍질. 맛은 맵고 쓰며 성질은 차서 열을 내리는 데나 월경 불순, 출혈, 피부 반진, 타박상 따위에 쓴다.

그리고 다 달인 약을 하이얀 약사발에 밭어놓은 것은

아득하니 깜하야 만년萬年녯적이 들은 듯한데

나는 두 손으로 고이 약그릇을 들고 이 약을 내인 녯사람들을 생각하노라면

내 마음은 끝없이 고요하고 또 맑어진다

백복령 복령은 구멍장이버섯과의 버섯으로 공 모양 또는 타원형의 덩어리로 땅속에서 소나무 따위의 뿌리에 기생한다. 백복령은 빛깔이 흰 복령을 말하는데 오줌이 잘 나오게 하고 담병, 부종浮腫, 습증 따위를 다스리거나 몸을 보하는 데 쓴다.

산약 마의 뿌리를 한방에서 이르는 말. 강장제로서 유정遺精, 대하, 소갈, 설사 따위를 치료하는 데에 쓴다.

택사 택사과의 여러해살이풀로 잎은 뿌리에서 모여 나고 피침 모양이다. 늪이나 얕은 물에서 자라며 뿌리는 약용한다. 이뇨작용과 열 내리는 작용이 있어 오줌 양이 적으면서 잘 나오지 않는 데나 수종水腫 따위에 쓴다.

육미탕 숙지황, 산약, 산수유, 백복령, 목단피, 택사 따위를 넣어서 달여 만드는 보약.

밭아놓은 (건더기와 액체가 섞인 것을) 체 같은 데에 넣어서 국물만 받아놓은.

「탕약」 해설

'탕약湯藥' 이란 달여서 먹는 한약韓藥을 말한다. 자연물에서 성분을 채취하여 기계로 제조한 양약과 달리 한약은 약재를 물에 끓여 성분을 우려내서 만든다. '탕' 이란 약뿐만 아니라 설렁탕, 곰탕 등과 같이 끼니로 먹는 음식에서도 볼 수 있는 우리 음식문화의 핵심적인 양식이다. 우리의 탕 음식문화에는 독특한 정취가 배어 있다. 음식 재료를 물에 끓여 우려내기까지의 긴 시간이 필요하고, 그만큼의 정성이 요구된다. 또 우려내는 과정에서 맛과 냄새가 주변으로 풍겨나가 음식장만의 흥취를 느끼게 해준다. 탕 음식은 기본적인 생활의 현장에서 문화적 정취를 뿜어내는 것이다.

이 시는 그중에서도 특별히 약용하는 '탕약' 의 문화를 그려낸다. 한약을 달여 먹는 일은 우리의 전통생활 속에 깊이 뿌리 박혀 있는 문화적 풍경의 하나이다. 보통의 집안생활에서 널리 퍼져 있는 가장 전통적인 풍속을 들라면 아마 한약 달이는 일과 제사지내는 일일 것이다. 이 점에서 이 시와 제사 풍속을 그린 「목구」라는 시가 각별히 주목된다. 다른 시인들의 작품에서는 이것들을 소재로 쓴 작품을 찾아볼 수 없다. 백석이 구체적인 생활현장 속에 뿌리박혀 있는 전통적인 풍속을 시로 써나갔음을 다시 한 번 확인하게 된다.

2연으로 구성된 이 작품의 1연에선 한약을 달이는 과정과 정취를 묘사한다. 반늘반들하면서 투박한 느낌의 곱돌탕관에 한약재를 넣어 토방의 질화로 위에서 한약을 달이는 풍경은 가장 인상적인 한국의 마당풍경이다. 여기에 눈까지 내림으로써 그 장면은 한 폭의 아름다운 한국화로 승화된다. 시인은 여기에 다양한 감각을 불어넣어 그 풍경의 정취를 고스란히 전해준다. '삼에 숙변에 목단에 백봉령에 산약에 택사'는 지금 끓이고 있는 육미탕의 약재들이다. 백석 특유의 엮음의 표현으로 사물들 하나하나를 열거해나감으로써 여러 약재들이 계속 곁들여지는 풍성한 느낌을 조성한다. 또 약효가 알려진 구체적인 약재들이 길게 나열됨으로써 몸을 보호해주는 '육미탕'의 효능을 실감나게 해준다. 이어서 김이 오르고, 냄새가 나고, 약 끓는 소리가 나는 등 육미탕이 달여지는 풍경을 시각, 후각, 청각의 다양한 감각으로 생생히 그려낸다. 여기서 '삐삐'라는 의성어의 사용이 눈에 띈다. 그 의성어는 약재들이 끓는 소리를 환기시키고, 또 좋은 약이 만들어지는 것을 보면서 솟구치는 유쾌한 느낌을 생기 있게 전해준다.

2연은 다 달여진 한약에 대한 느낌을 표출한다. 약사발에 밭아놓은 다 달인 한약을 보고, 시인은 '아득하니 깜하야 만년萬年녯적이 들은 듯'하다고 말한다. '하얀' 약사발 위에 밭아놓은 '까만' 한약은, 그 색상이 더욱 선명하게 드러난다. 흰색과 검정색 사이에 이루어지는 무채색의 대비는 마치 수묵화처럼 고풍스럽고 그윽한 느낌을 준다. 그로부터 '까만 한약'의 느낌들이 촉발된다. '아득하다'는 말에는 시간적 공간적으로 먼 거리감이 담겨 있다. 그 말은 한약의 까만 색상에 묻어 있는 깊고 그윽하고 오래되고, 고풍스러운 느낌을 담아낸다. '아득하다'는 말은 그 다음에 이어지는 '녯적'이라는 말과 호응한다. 주목되는 것은 '녯적' 앞에 '만년萬年'이라는 말, 그것도 한자어로 '萬年'이라는 말을 붙임으로써 오랜 옛날의 느낌을 단박에 구체화시키고 있는 점이다. '녯적'은 추상적인 말이지만, 여기에 '萬年'이라는 말이 붙음으로써 단연 구체성을 띠며 팽팽하게 살아 있는 말로 떠오른다. '만년萬年녯적'이라는 말은 고전으로서의 옛날이 가지고 있는 여러 의미들을 모두 환기시킨다. 오랜 옛날부터 전해져오는 전통, 옛 선인들의 지혜, 살아보지 않은 시절에서 발산되는 신비함 등이 드러난다. 또 그 말에는 오래 시간을 두고 끓여 우려낸 것이며, 또 그만큼 정성이 담겨 있는 것이라는 뜻도 포함된다. '만년녯적'이라는 말을 통해 탕약의 성격과 오랜 전통의 한약이 지닌 여러 깊은 의미들을 모두 환기해내고 있는 것이다. 한약의 까만 색상에서 그런 이미지를 유추해내는 시인의 감각이 매우 돋보인다. 까만 한약에서 아득한 '만년녯적'을 느낀 시인은 그 약을 처음 만들어낸 '녯사람들'을 생각하게 된다. 이때 시인은 두 손으로 고이 약그릇을 받쳐드는 정성스러운 자세를 취하게 되는데, 여기서 시인의 마음은 '끝없이 고요하고 맑아진다'. 그것은 바로 고전 속으로 차분히 성찰해들어갈 때 나타나는 마음의 변화이며, 한약을 정성스럽게 달이고, 또 정성스럽게 받아들일 때 나타나는 마음의 움직임이다.

이 시는 우리의 전통생활에서 가장 친근하게 경험되는 '탕약'의 문화를 생생히 그리면서, 한약을 달여먹는 문화 속에 담긴 우리의 생활정취를 살려내고, 우리의 소중한 옛 문화를 일깨우며, 우리 민족의 깊은 심성과 정성을 되새겨보고 있는 작품이다.

목구木具

오대五代나 나린다는 크나큰 집 다 찌그러진 들지고방 어득시근한 구석에서 쌀독과 말쿠지와 숫돌과 신뚝과 그리고 녯적과 또 열두데석님과 친하니 살으면서

한 해에 멫번 매연지난 먼 조상들의 최방등 제사에는 컴컴한 고방구석을 나와서 대멀머리에 외얏맹건을 지르터 맨 늙은 제관의

들지고방 허름한 방.
어득시근한 어스레한. 빛살이 조금 어둑한.
말쿠지 '말뚝'의 평북 방언.
신뚝 방이나 마루 앞에 신발을 올리도록 놓아둔 돌.
열두데석님 열두 제석帝釋.
데석님 제석帝釋. 그 가정의 남자들만의 수명壽命을 다스리는 한편 곡간 안에 있는 모든 곡식을 주관하는 신으로서 '다랑치'만 한 벼짚섬에 돈(섭전)과 곡식을 담아 방 안 '실겅(시렁)다리' 위 한구석에 놓아두기도 하고 헛간(곡간 · 창고)에 달아매고 참지(창호지)를 접어서 걸어두기도 한다.
매연지난 매년 지낸. 백석 시에서 '지낸'은 '지난'으로 표기된다.
한 해에 멫번 매연지난 시제時祭나 기일제忌日祭 등 한 해에 몇 번씩 매년 제사를 지내는 것을 표현하는 것이다.

손에 정갈히 몸을 씻고 교의 우에 모신 신주 앞에 환한 촛불 밑에 피나무 소담한 제상 위에 떡 보탕 식혜 산적 나물지짐 반봉 과일들을 공손하니 받들고 먼 후손들의 공경스러운 절과 잔을 굽어보고 또 애끊는 통곡과 축을 귀에하고 그리고 합문 뒤에는 흠향 오는 구신들과 호호히 접하는 것

구신과 사람과 넋과 목숨과 있는 것과 없는 것과 한줌 흙과 한점 살과 먼 녯조상과 먼 훗자손의 거룩한 아득한 슬픔을 담는 것

최방등 제사 평북 정주지방의 전통적인 제사풍속으로서 5대째부터는 차손次孫이 제사를 지낸다.

대멀머리 대머리.

외얏맹건 오얏망건. 망건을 잘 눌러쓴 모양이 오얏꽃같이 단정하게 보인다는 데서 온 말.

지르터 맨 망건 따위를 쓸 때에 뒤통수 쪽을 세게 눌러서 망건 편자를 졸라맨.

교의 신주를 모신 틀.

신주 죽은 사람의 위패.

보탕 보탕簠湯. 제기에 담긴 탕.

반봉 생선 종류의 통칭.

내 손자의 손자와 손자와 나와 할아버지와 할아버지의 할아버지와 할아버지의 할아버지의 할아버지와…… 수원백씨水原白氏 정주백촌定州白村의 힘세고 꿋꿋하나 어질고 정 많은 호랑이 같은 곰 같은 소 같은 피의 비 같은 밤 같은 달 같은 슬픔을 담는 것 아 슬픔을 담는 것

귀에하고 귀로 듣고. 백석은 '귀에하고'와 '귀해하고(귀애하고)'를 구별해 썼다.

합문 합문闔門. 제사 절차 중 하나로 밥그릇의 뚜껑을 열고 젯메에 숟가락을 꽂은 다음 망자의 혼이 식사를 할 수 있도록 문을 닫거나 병풍을 치고 밖으로 나와 몇 분 정도 기다리는 것을 말한다.

흠향 신명神明이 제물을 받아서 먹음.

호호히 넓고 깨끗하고 맑은. '호호皓皓히'와 '호호浩浩히'의 의미가 함께 담겨 있다.

「목구」 해설

나무그릇이라는 뜻의 '목구木具'는 이 시에서 제사 지낼 때 쓰는 그릇인 '제기祭器'를 지칭한다. 이 시는 '제기'의 시각으로 우리나라 유교문화의 정신이 집약되어 있는 제사의 풍속을 그린다. 이 시는 우선 '제기'라는 시점의 설정이 돋보인다. '제기'는 조상에게 바치는 제삿상의 음식과 술 등을 담는 그릇이다. 제주와 제관들은 정성스럽게 준비한 음식과 술을 제기에 담아 조상에게 올리고 죽은 조상의 혼은 그 음식을 받아먹는 것이 제사에 담겨 있는 의식이다. 제사의 의식에서 제기는 음식을 받드는 중요한 용기이자, 산 자와 죽은 자, 후손과 조상을 이어주는 매개체가 된다. 제기는 후손과 조상의 영혼을 잇는 통로에 서서 양쪽을 모두 굽어볼 수 있는 위치에 있는 것이다. 제사의 풍속에서 특별한 위치를 차지하는 이 '제기'를 의인화시켜 시의 시점으로 삼아서 제사의 풍속을 자세히 묘사해내고, 그 안에 깃든 문화와 정신까지 깊이 있게 성찰해내는 것이다.

1연은 제기가 보관되어 있는 집과 장소에 대한 진술이다. 5대째 내려오는 조상대대로 살아온 커다란 집에 대한 진술은 조상의 혼과 숨결이 묻어 있는 고가의 정취를 느끼게 하고, 고가의 허름한 고방구석에 보관되어 있는 잡동사니들과 귀신들에 대한 진술은, 우리의 토속적인 전통문화가 고스란히 유지계승되고 있는 집의 정취를 생생히 느끼게 한다. 제기는 바로 그 고방에서 그것들과 '친하게 살면서' 전통적인 풍속을 계승하고 유지하는 집안 물건의 하나를 이룬다. 여기서 '제기'란 말 대신에 '목구'라는 말로 제목을 삼은 이유를 짐작할 수 있다. '제기'는 제사라는 용도에 쓰이는 그릇이라는 의미로 한정되는데 반해, '목구'는 집안에 오랫동안 보관되어 있는 가재도구로서의 의미로 외연이 확장된다. 여기에 집안에서 오랫동안 전해져내려오는 귀한 골동품이라는 함의가 포함되기도 한다. '제기'는 유서 깊은 고가의 '목구木具'인 것이다.

그 '목구'가 이제 2연에서는 정주지방의 전통적인 '최방등 제사'의 제기로 사용된다. '제기'가 된 '목구'는 제사의 절차와 의식을 굽어본다. 제기의 시점으로 제사의 절차와 의식이 진술되는 것이다. 제기가 '늙은 제관의 손에 정갈히 몸을 씻는 것'은, 제사절차의 강신降神 단계로서 분향재배한 이후에 술을 잔에 따라 모사기茅沙器에 비우는 것을 말한다.[19] 이어 교우 위에 모셔진 신주와 촛불, 그리고 갖가지의 제물로 차려진 제상의 모습이 진술된다. 떡, 보탕, 식혜, 산적, 나물지짐, 반봉, 과일 등의 제물들은 모두 제

19) 제사풍속은 고려대학교 민족문화연구원, 『한국민속의 세계 3』(고려대학교 민족문화연구원, 2001), 292쪽 참조.

기 위에 담겨 제상에 놓이는데, 제기의 시점에서 보면 '공손하니 받드는' 것이 된다. 제기의 시점을 통해 정성스럽게 장만한 제물을 조상을 위해 제상 위에 공손하게 놓는 후손들의 마음이 전해진다. 계속해서 제기의 시점으로 제사의 진행이 진술된다. '제기'는 후손들이 공경스러운 마음으로 올리는 절과 잔을 굽어보고, 그들의 애끓는 통곡과 축문을 귀로 듣고, 이어서 제사의 절정에 해당하는 '합문'의 절차를 맞이한다. '합문'이란 삽시, 즉 젯메에 숟가락을 꽂고 망자의 혼이 식사를 할 수 있도록 문을 닫거나 병풍을 치고 밖으로 나와 몇 분 동안 기다리는 절차를 말한다. 그러니까 합문 뒤에는 망자의 혼이 제상 위에 내려와서 식사를 하는 것이다. 여기서 '제기'의 시점이 강력한 빛을 발휘한다. 합문 뒤에는 제주와 제관들은 제상과 격리된다. 흠향, 즉 망자의 혼이 제물을 받아 음식을 먹는 자리와 순간에는 오직 제기만이 존재한다. 제기는 귀신과 직접 대면하는 유일한 존재이며, 그 대면의 순간은 매우 밀착되어 있다. 제기가 그 망자의 혼과 접촉하는 순간을 호호히 접한다고 말한 것은 특별한 대면의 순간에 대한 뛰어난 표현이다. '호호히'란 '호호皓皓하다'와 '호호浩浩하다'의 의미가 모두 포함된 부사형으로 넓고, 크고, 깨끗하고, 희고, 빛나고, 맑은 등의 의미를 갖고 있다. 향불의 연기 속에서 실체는 없고 오직 가상의 느낌만으로 존재하는 혼과의 접촉에 대한 감각이 이 표현 속에 잘 담겨 있다.

혼과의 접촉이 이루어지는 그 흠향의 순간에서 제기는 이승과 저승을 모두 만난다. 제기는 이승의 제물과 만나고 저승의 혼도 만나며, 그래서 양쪽의 세계가 모두 그 안에 담긴다. 3연에서는 그 양쪽 존재의 구체적인 모습들을 다양하게 변주하며 길게 나열함으로써 제기가 이승과 저승의 모든 것을 전부 담아내는 용기임을 강조한다.

그리고 마지막 4연에서는 이제 그 '제기'에 시인의 마음이 투영된다. 그리하여 이승과 저승을 담는 제기는 이제 나의 현재와 과거와 미래를 담는 용기가 된다. 나의 과거는 나의 조상이며 나의 미래는 나의 후손이다. 나의 조상과 후손은 할아버지와 손자라는 구체적인 친족 명으로 지칭되면서 길게 이어진다. 여기서 백석 시 특유의 엮음표현인 나열과 반복의 어구는 길게 이어지는 가계의 모습을 드러내는 데 매우 유용한 기능을 한다. 그러한 가계의 나열은 나의 뿌리를 찾아가는 과정이 된다. '수원水原 백씨白氏 정주定州 백촌白村'은 백석의 혈족의 뿌리를 지칭한다. '수원 백씨'는 백석의 본관을 말하며, '정주 백촌'은 백씨들이 모여 사는 집성촌으로서의 정주를 말한다. 같은 성씨의 혈통을 유지하며 혈족끼리 모여 사는 것은 우리의 오랜 문화적 전통이었다. 그러니까 시인이 자신의 가계와 혈통을 통해 자신의 뿌리를 찾아가는 것은, 시인 개인의 정체성을 찾아가는 것이면서 동시에 우리 민족의 뿌리와 정체성을 찾아가는 일이 된다. '호랑이', '곰', '소' 등은 우리 민족을 상징하거나, 우리의 생활 속에 뿌리 깊이 박혀 있는 동물들이다. 이들

짐승에 비유된 시인의 혈연공동체들의 심성은, 시인의 혈족들의 심성이면서 동시에 우리 민족공동체의 마음에 근원적으로 내재되어 있는 뿌리 깊은 심성인 것이다. 제사 의식에 따라 제상에 놓여서 이승과 저승을 모두 만나는 제기는 결국 우리 민족의 근원적 심성을 담아내는 역할을 하는 것이다.

이렇게 볼 때, 이 시는 제기의 시점으로 제사의 절차와 의식을 그려내면서 우리 민족의 의식과 정체성을 되새겨보는 작품이라고 할 수 있다. 특히 제기의 시점으로 이승과 저승의 만남을 성찰하고 있는 점, 그리고 엮음의 표현형태로 가계의 뿌리를 표현해내는 시적 진술방법 등은 이 시의 백미라고 할 수 있다.

통영에서 북관까지

통영統營

녯날엔 통제사統制使가 있었다는 낡은 항구港口의 처녀들에겐 녯날이 가지않은 천희千姬라는 이름이 많다

미역오리같이 말라서 굴껍지처럼 말없이 사랑하다 죽는다는

이 천희千姬의 하나를 나는 어늬 오랜 객주客主집의 생선가시가 있는 마루방에서 만났다

저문 유월六月의 바닷가에선 조개도 울을 저녁 소라방등이 불그레한 마당에 김냄새나는 비가 나렸다.

미역오리 미역줄거리.
굴껍지 '굴껍질'의 방언.
소라방등 소라껍질로 만든 등잔.

「통영」 해설

이 시는 경상남도 남해안의 끝자락에 위치한 항구도시인 '통영統營'의 기행체험을 바탕으로 쓴 작품이다. 백석은 '통영'이라는 제목으로 세 편의 기행시를 쓰고 있다. 그의 시에 반복적으로 등장하는 지명이 두 개 있는데, 하나가 '통영統營'이고, 다른 하나는 '북관北關'이다. '북관'은 함경남북도를 지칭하는 말이다. 그는 여러 곳을 유랑하면서 많은 기행시들을 썼는데, 이 두 지역을 바탕으로 한 시들이 많다. 특히 이 두 지역의 명칭을 시어로 자주 등장시키고 있어, 이 지역에 대한 시인의 남다른 애착을 짐작하게 한다.

첫 행에 나오는 '통제사統制使'란 '삼도수군통제사'의 준말이다. 1593년 임진왜란 당시 왜적에게 효과적으로 대응하기 위해 경상, 전라, 충청 삼군의 수군을 통제할 수 있는 직제를 만들었는데, 그 직제명이 바로 '삼도수군통제사'이다. 삼도수군통제사가 지휘하는 영은 통제영, 또는 통영이라고 하는데 처음에는 한산도에 두었다가, 임진왜란이 끝난 이후에 지금의 통영으로 옮기게 되었다. 초대 통제사가 이순신이었다. 그러니까 이 시에서 '통제사'란 이순신을 필두로 삼도 수군을 통괄했던 무장들을 일컫는 것이다. '녯날엔 통제사統制使가 있었다'는 말은, 통영이 옛날에 크게 번성했던 역사의 중심지였다는 것을 일깨우는 말이다. 그런데 지금 그 통영은 '낡은' 항구의 모습을 하고 있다. 그것은 옛날의 영광이 사라져버린 허망하고 쓸쓸한 느낌을 주는데, 또 한편으론 그곳이 오랜 역사를 지닌 유서 깊은 곳이라는 느낌도 준다. 그 낡고 오랜 역사를 지닌 통영엔 '녯날이 가지 않는 천희千姬라는 이름이 많다'. '녯날이 가지 않은 천희千姬라는 이름'이란 옛날의 모습을 간직하고 있는 천희라는 이름을 뜻한다. 그러니까 통영은 옛날에 삼군의 수군을 통제하는 좌장이 있었던 유서 깊은 곳이고, 오래된 항구이며, 그곳에 사는 사람들도 여자이름에 옛 자취가 서려 있는 천희라는 이름을 많이 붙이고 있는 것이다. 이 시의 첫 구절은 '녯날'이라는 말의 반복적 구사를 통해 통영에서 받은 예스러운 느낌을 매우 인상적으로 전해준다.

여기서 '천희'라는 이름은 그 후 시인이 두고두고 그리워하는 대상이 된다. 「야우소회夜雨小懷」라는 시를 보면, 시인 백석이 좋아하는 것들이 열한 개 나열되고 있는데, 이 중에서 사람이름은 오직 '천희'라는 여자 하나다. 「야우소회」라는 시는 「통영」이라는 시가 발표되고 3년 정도 지난 후에 발표한 작품이다. '천희'가 백석의 마음속에 각별히 남아 있는 여자이름임을 알 수 있다.

나의 정다운 것들 가지 명태 노루 뫼추리 질동이 노랑나뷔 바

구지꽃 메밀국수 남치마 자개짚세기 그리고 千姬라는 이름이 한
없이 그리워지는 밤이로구나

—「야우소회」 일부

이제 2행에선 그 '천희' 라는 이름을 지닌 통영여자들의 생활풍경이 뛰어난 비유로 묘사된다. '미역오리같이 말라서' 는 매우 감각적인 표현이다. '미역오리(미역줄기)' 는 처음에는 물기가 잔뜩 묻어 있다가, 마를 때에는 물기가 완전히 가시면서 쪼그라든다. 물기가 있는 상태와 건조상태가 미역오리만큼 극명하게 대비되는 물건도 없을 것이다. 그 모습은 자신의 전생명을 바쳐 세상과 연인을 사랑하다 죽는 여자의 모습을 절실히 보여준다. '굴껍질' 역시 말없이 사랑하다 죽는 여자의 생을 감각적으로 환기시킨다. 여기서 굴껍질은 석굴의 껍질일 것이다. 석굴의 껍질은 매우 딱딱할 뿐만 아니라 울퉁불퉁하고 상처도 많이 나 있다. 그런 모양은 안으로 삭이고 인내하면서 사랑하다 죽는 여자의 생을 역시 감각적으로 환기시킨다. 시인은 바로 그 천희의 하나를 만나는데, 그 장소도 역시 예스러운 집이다. 그 집은 '오랜 객주집' 이고, 마루방에는 생선가시가 널려 있다. 객지상인의 일들을 주선해주는 중간상인의 역할을 하고 숙박업을 하기도 했던 '객주客主집' 이란 장소 자체가 이미 예스러운 느낌을 풍기는 공간이다. 그 마루방에 생선가시가 널려 있어 그 집이 항구 근처에 있다는 느낌을 풍긴다. 이어서 그 객

주집의 풍경을 구체적으로 묘사한다. 그의 시적 묘사가 늘 그렇듯이 청각, 시각, 후각 등을 두루 동원시켜 객주집을 묘사한다. 초저녁이 되자 바닷가에서 조개가 울고, 마당에는 소라껍질로 만든 등잔불이 불그레하게 켜지며, 내리는 비에서 김냄새가 나는 풍경묘사는 항구 근처에 있는 집 특유의 끈적끈적하고 스산하면서도 운치가 감도는 느낌을 물씬 풍겨준다.

이 시는 유서 깊은 도시인 통영의 예스러운 풍광과, 옛날의 모습을 간직하며 사는 그곳 처녀들의 순정한 삶, 그리고 바다냄새가 물씬 풍기는 항구도시의 이미지를 매우 감각적인 언어로 묘사하여, 통영에 대한 느낌을 강렬하고 인상 깊게 전해준다.

통영統營

구마산舊馬山의 선창에선 좋아하는 사람이 울며 나리는 배에 올라서 오는 물길이 반날

갓 나는 고당은 갓갓기도 하다

바람맛도 짭짤한 물맛도 짭짤한

전복에 해삼에 도미 가재미의 생선이 좋고

파래에 아개미에 호루기의 젓갈이 좋고

갓 나는 '갓冠'이 나는. 통영은 갓으로 유명한 지방이다. 선조 37년 통영에 수군통제영이 설치되고 그 아래 12공방을 두었는데, 그중에 입자방笠子房이 있어 통영지방에 갓을 제작하는 기능이 전승되어 왔다. 통영갓은 갓 중에서도 최상품으로 꼽혔다.

고당 고장.

갓기도 하다 갓 같기도 하다. 백석 시에서 '같다'는 '같다'와 '갓다' 두 가지로 표기된다.

아개미 젓갈 아가미젓. 대구나 명태의 아가미로 만든 젓갈.

새벽녘의 거리엔 쾅쾅 북이 울고
밤새껏 바다에선 뿡뿡 배가 울고

자다가도 일어나 바다로 가고 싶은 곳이다

집집이 아이만한 피도 안 간 대구를 말리는 곳
황화장사 령감이 일본말을 잘도 하는 곳
처녀들은 모두 어장주漁場主한테 시집을 가고 싶어한다는곳
산山너머로 가는 길 돌각담에 갸웃하는 처녀는 금錦이라는 이 갓고

호루기 젓갈 살오징어의 어린 것을 호루기라고 한다. 보통 몸통의 길이가 7~8cm 정도로 통째로 소금에 절이면 호루기젓이 된다. 호루기젓갈은 보리밥과 함께 먹기에 아주 좋다고 한다.

황화장사 황아장수. 집집을 찾아다니며 끈목, 담배쌈지, 바늘, 실 따위의 자질구레한 일용잡화를 파는 사람.

돌각담 ① 돌을 모아 놓은 큰 돌무더기 ② 다듬지 않은 돌로 쌓아 올린 담.

내가 들은 마산馬山 객주客主집의 어린 딸은 난蘭이라는 이 갓고

난蘭이라는 이는 명정明井골에 산다든데
명정明井골은 산山을 넘어 동백冬柏나무 푸르른 감로甘露 같은 물이 솟는 명정明井샘이 있는 마을인데
샘터엔 오구작작 물을 긷는 처녀며 새악시들 가운데 내가 좋아하는 그이가 있을것만 갓고
내가 좋아하는 그이는 푸른 가지 붉게붉게 동백冬柏꽃 피는 철엔 타관 시집을 갈 것만 같은데
긴 토시 끼고 큰머리 얹고 오불고불 넘엣거리로 가는 여인女人은 평안도平安道서 오신 듯 한데 동백冬柏꽃 피는 철이 그 언제요

오구작작 여럿이 한곳에 모여 떠드는 모양.

녯 장수 모신 낡은 사당의 돌층계에 주저앉어서 나는 이 저녁 울 듯 울 듯 한산도閑山島 바다에 뱃사공이 되여가며

녕 낮은 집 담 낮은 집 마당만 높은 집에서 열나흘 달을 업고 손방아만 찧는 내 사람을 생각한다

녕 '지붕'의 평북 방언.
손방아 디딜방아. 발로 디디어 곡식을 찧거나 빻게 된 방아.

「통영」 해설

이 시는 '통영'의 기행체험을 다룬 두 번째 작품이다. '통영'이란 제목의 세 작품 가운데 작품성이 가장 뛰어나다. 길게 이어지는 사설은 충만한 희열을 반영하며, 화려하게 전개되는 동음이어의 유희는 기행의 들뜬 마음을 여실히 드러낸다.

시의 시작은 '구마산'에서 '통영'으로 길을 떠나는 것으로부터 시작된다. 구마산의 부둣가 선창에선 좋아하는 사람들이 울며 내리고, 사랑하는 사람들의 재회로 들뜬 선창을 헤집고, 시인은 배 위에 오른다. 이어 반날의 물길을 따라 통영으로 향한다. 첫 행의 들뜬 기분은 2행에서 통영으로 근접해들어가며 더욱 고조된다. 여기서 화자의 들뜬 기분은 언어유희로 드러난다. '갓나는 고당은 갓갓기도 하다'가 그것이다. '갓갓기도 하다'는 것은 '갓 같기도 하다'는 뜻이다.[20] 이 시 6연의 4행과 5행에는 '같다'는 의미가 '갓다'로 표기되어 있다. 백석 시에는 '같다'는 말이 '같다'와 '갓다' 두 가지로 표기되고 있는데, 이 시에서는 '같다'가 '갓다'로 표기되고 있다. '같다'가 '갓다'로 표기되면서, '갓'이라는 말의

---

20) 김영범, 「백석 시어연구」(고려대학교 대학원 석사논문, 2004), 42~44쪽.

동음과 동형이 세 차례 반복되는 즐거움을 안겨준다. 화자는 지금 구마산에서 물길을 따라 통영을 향해 들어가면서, 통영의 명산품인 갓을 떠올리고, 또 원경에서 바라본 통영의 윤곽이 바로 갓의 모습과 같다고 말하고 있는 것이다. 특정의 물건으로 유명한 곳이라는 생각을 하며 그 지역을 보면 그곳의 명산품의 형태로 덧씌워지는 일반적 심리현상이 반영된 것으로 볼 수도 있다. 그런 생각이 '갓' 이라는 말이 연속해 반복되는 말의 쾌감을 통해 더욱 흥겹게 전달된다. 말의 유희를 통해 통영길을 향한 화자의 흥취는 크게 달아오른다.

언어유희로 한껏 발산된 통영길의 흥취는 2, 3, 4연에서도 계속 이어진다. 통영은 바람과 물맛도 짭짤해서 좋고, 해산물과 생선과 젓갈들이 모두 좋으며, 북이 우는 거리와 배가 우는 바다가 모두 좋다. 통영은 자연풍경과 거리풍경과 먹을거리들이 모두 좋은 곳이다. 그런 기쁨은 역시 같은 소리를 반복시키는 운의 연결을 통해 말소리의 쾌감으로도 환기된다.

6연부터는 통영의 생활풍경이 구체적으로 묘사된다. 집 주위의 생활풍경과 장사하며 돌아다니는 사람들의 풍경들이 묘사되고, 또 통영처녀의 결혼 취향도 묘사되며, 동네 처녀들의 면면과 표정들도 그려진다. 길게 이어지는 사설과 반복적인 어구는 엮음의 형태를 지니면서 통영의 생활풍경이 안고 있는 풍성하고 들뜬 느낌을 환기시킨다. 이 연의 마지막 행에서는 '난蘭' 이라는 여자가 각별히 조명되고, 그 다음 7연 하나는 통째로 그 '난'이가 있는 곳을 찾아가는 것으로 일관한다. 명정골에서 명정샘이 있는 마을로, 다시 그 샘터의 어딘가로 난이를 찾아가며, 그 '난'이가 타관으로 시집가지 않을까 걱정하기까지 한다. 7연에서 길게 이어지는 사설과 반복의 어법은 '난'이를 찾아들어가는 여정과 그녀에 대해 끝없이 솟구치는 연정을 반영한다. 여기서 시인의 통영길이 왜 그렇게 기쁨으로 충만하였었는지를 이해할 수 있다. 그것은 바로 '난'이라는 여자를 만나러가는 길이었기 때문인 것이다. 이 점에서 이 시는 기행시이면서, 연시인 것이다. 통영의 어느 낡은 사당에 있는 돌층계에 앉아 한산도의 뱃사공이 되어 가며 '내 사람'을 생각한다는 마지막 연의 진술은, 바닷가가 있는 객지에서 꿈결 같은 그리움으로 연인에 대한 열망을 드러내는 시인의 마음을 여실히 보여준다.

이 시에서 기행의 형태는 연인을 찾아가고, 연인에 대한 그리움을 드러내며, 연인에 대한 사랑의 열망을 드러내는 뛰어난 시적 구조의 역할을 한다. 이 시는 기행의 상상적 구조를 빌려 쓴 연시인 것이다.

함주시초咸州詩抄

북관北關

명태明太창난젓에 고추무거리에 막칼질한 무이를 비벼 익힌 것을
이 투박한 북관北關을 한없이 끼밀고 있노라면
쓸쓸하니 무릎은 꿇어진다

시큼한 배척한 퀴퀴한 이 내음새 속에
나는 가느슥히 여진女眞의 살내음새를 맡는다

얼근한 비릿한 구릿한 이 맛 속에선
까마득히 신라新羅백성의 향수鄕愁도 맛본다

끼밀고 씹고. '끼밀다'는 평북 방언인 '깨밀다'의 변형으로 보인다. '깨밀다'는 '씹다'는 뜻이다.
배척한 조금 비린, '배척지근한'을 변형시키는 말이다. '배척지근하다'는 조금 비리다는 뜻이다.
가느슥히 희미하게. 어렴풋이. 앞서 「성외城外」에서 사용된 '그느슥히'와 유사한 의미를 지닌 말로 추정된다.
얼근한 매운 맛.

노루

장진長津땅이 지붕넘에 넘석하는 거리다
자구나무 같은 것도 있다
기장감주에 기장차떡이 흔한데다
이 거리에 산골사람이 노루새끼를 다리고 왔다
산골사람은 막베등거리 막베잠방둥에를 입고
노루새끼를 닮었다

노루새끼 등을 쓸며
터 앞에 당콩순을 다 먹었다 하고
서른닷냥 값을 부른다

넘석하는 '넘성하다'의 평북 방언으로 '~을 한번 넘어다보다'라는 의미이다.
자구나무 자귀나무. 밤중에 잎이 접혀지기 때문에 자귀나무라고 불린다. 콩과의 낙엽 활엽 소교목으로 높이는 5m 정도이다.
기장 볏과의 한해살이풀. 열매는 '황실黃實'이라고도 하는데 엷은 누런색으로 떡, 술, 엿, 빵 따위의 원료나 가축의 사료로 쓴다.
감주 따뜻한 식혜. '기장감주'는 기장으로 만든 감주를 말한다.
차떡 '찰떡'의 평북 방언. '기장차떡'은 기장으로 만든 인절미를 말한다.

노루새끼는 다문다문 흰점이 백이고 배안의 털을 너슬너슬 벗고

산골사람을 닮었다

산골사람의 손을 핥으며

약자에 쓴다는 흥정소리를 듣는 듯이

새까만 눈에 하이얀 것이 가랑가랑하다

막베등거리 거칠게 짠 베로 소매가 없거나 짧으며 등만 덮을 만하게 만든 홑옷.

막베잠방둥에 거칠게 짠 베로 만든 가랑이가 무릎까지 내려오도록 짧게 만든 홑바지. '잠방둥에'는 '잠방이' 혹은 '잠뱅이'의 다른 말이다.

당콩순 강낭콩순. '당콩'은 '강낭콩'의 평북 방언.

다문다문 드문드문.

너슬너슬 (굵고 긴 털이나 풀이) 부드럽고 성긴 모양.

약자에 쓴다는 약재에 쓴다는.

가랑가랑 액체가 많이 괴어 가장자리까지 찰 듯한 모양.

고사古寺

부뚜막이 두 길이다

이 부뚜막에 놓인 사닥다리로 자박수염난 공양주는 성궁미를 지고 오른다

한말 밥을 한다는 크나큰 솥이

외면하고 가부틀고 앉어서 염주도 세일 만하다

화라지송침이 단채로 들어간다는 아궁지

이 험상궂은 아궁지도 조앙님은 무서운가보다

자박수염 끝이 비틀리면서 아래로 젖혀진 콧수염.

공양주 절에서 밥 짓는 일을 주로 하는 사람.

성궁미 '성궁'은 '칠성굿'의 평북 방언. '칠성굿'은 '칠성신七星神'에게 치성致誠을 드리는 행위를 말한다. 칠성신은 본래 북두칠성에 근거한 신으로 다른 가정신과 달리 '제사 지낸다'고 하지 않고 유독 이 신에게만 '치성을 드린다'고 하는 것에서 알 수 있듯이 본래 불신佛神이다. 따라서 '성궁미'는 부처에게 바치는 쌀로 풀이된다.

화라지 나무의 곁가지가 길게 가로로 뻗은 것을 말한다.

송침 솔잎의 바늘(=솔가지).

농마루며 바람벽은 모두들 그느슥히

흰밥과 두부와 튀각과 자반을 생각나 하고

하폄도 남즉하니 불기와 유종들이

묵묵히 팔장끼고 쭈구리고 앉었다

재 안 드는 밤은 불도 없이 캄캄한 까막나라에서

화라지송침 가로로 길게 뻗은 소나무의 곁가지를 잘라 땔감으로 장만한 다발.

단채로 한묶음이 통째로.

아궁지 아궁이.

조앙님 조왕竈王. 부엌을 주관하는 신이다. 부엌에서 챙기는 음식은 물론 심지어 아궁이에 불이 잘 들이지 않아도 이 신의 탓으로 여긴다. 부엌문 위 벽이나 부뚜막에 참지를 접어서 걸어놓고 여기에 신을 모신다.

농마루 반자. 천장.

그느슥히 어두침침하게 비치는. '그늑하다'라는 말을 변형시켜 만든 것으로 추정됨. '그늑하다'는 평북 방언으로서 '날이 흐리거나 구름이 끼거나 석양이 되어 볕이 약하게 비치거나 어둠침침하다'라는 의미이다. 앞서 「성외」에서 '술집 문창에 그느슥한 그림자는 머리를 얹혔다'는 용례가 있었다.

조앙님은 무서운 이야기나 하면
모두들 죽은 듯이 엎데였다 잠이 들 것이다

(귀주사歸州寺—함경도 함주군咸鏡道 咸州君)

선우사膳友辭

낡은 나조반에 흰밥도 가재미도 나도 나와 앉어서
쓸쓸한 저녁을 맞는다

하폄 하품.

자반 ①생선을 소금에 절인 반찬감 ②좀 짭짤하게 무치거나 졸인 반찬. 이 시에서는 ②의 뜻임.

불기 불기佛器. 부처에게 올릴 밥을 담는 놋그릇. 모양은 불발佛鉢과 같으나 불발은 사시巳時 공양에만 쓰는 데 비하여 아무 때나 쓴다.

유종 놋그릇으로 만든 종발.

재 안 드는 재齋 안 드는. 명복을 빌기 위하여 드리는 불공이 없는.

흰 밥과 가재미와 나는
우리들은 그 무슨 이야기라도 다 할 것 같다
우리들은 서로 미덥고 정답고 그리고 서로 좋구나

우리들은 맑은 물밑 해정한 모래톱에서 하구 긴 날을 모래알만 헤이며 잔뼈가 굵은 탓이다
바람 좋은 한벌판에서 물닭이 소리를 들으며 단이슬 먹고 나이 들은 탓이다
외따른 산골에서 소리개소리 배우며 다람쥐 동무하고 자라난 탓이다

선우膳友 반찬 친구. 여기서 선膳자는 '반찬'의 의미로 쓰인 것이다.
나조반 잔치나 술자리에 쓰이는 책상처럼 생긴 장방형의 큰 상. 표준말에서 이르는 나좃대를 받쳐놓는 쟁반인 '나조반'과는 다름.
물닭 비오리. 오릿과의 물새. 몸의 길이는 66cm 정도이고, 날개는 오색찬란하며, 날 때에 사각형 흰색 무늬가 뚜렷하다. 부리는 톱니같이 뾰족하고 항만, 연못에 산다.

우리들은 모두 욕심이 없어 희여졌다
착하디 착해서 세괏은 가시 하나 손아귀 하나 없다
너무나 정갈해서 이렇게 파리했다

우리들은 가난해도 서럽지 않다
우리들은 외로워할 까닭도 없다
그리고 누구 하나 부럽지도 않다

흰밥과 가재미와 나는
우리들이 같이 있으면
세상 같은 건 밖에 나도 좋을 것 같다

소리개 솔개.
세괏은 세괃은. '매우 기세가 억센' 이라는 뜻의 평북 방언이다.

산곡山谷

돌각담에 머루송이 깜하니 익고
자갈밭에 아즈까리알이 쏟아지는
잠풍하니 볕바른 골짜기이다
나는 이 골짝에서 한겨울을 날려고 집을 한채 구하였다
집이 몇집 되지 않는 골안은
모두 터앝에 김장감이 퍼지고
뜨락에 잡곡낟가리가 쌓여서
어니 세월에 뷔일 듯한 집은 뵈이지 않었다
나는 자꼬 골안으로 깊이 들어갔다

골이 다한 산대 밑에 자그마한 돌능와집이 한채 있어서
이 집 남길동 단 안주인은 겨울이면 집을 내고

돌각담 ①돌을 모아놓은 큰 돌무더기 ②다듬지 않은 돌로 쌓아올린 담.
잠풍하니 잔풍殘風하니. 바람이 잔잔하게 부는.
터앝 집의 울안에 있는 작은 밭.
산대 산대배기. 산꼭대기.
돌능와집 돌능에집, 너와집.

산을 돌아 거리로 나려간다는 말을 하는데
해바른 마당에는 꿀벌이 스무나문 통 있었다

낮 기울은 날을 햇볕 장글장글한 툇마루에 걸어앉어서
지난 여름 도락구를 타고 장진長津땅에 가서 꿀을 치고 돌아왔다는 이 벌들을 바라보며 나는
날이 어서 추워져서 쑥국화꽃도 시들고
이 바즈런한 백성들도 다 제 집으로 들은 뒤에
이 골안으로 올 것을 생각하였다

남길동 저고리 소맷부리에 이어서 대는 남색의 천.
해바른 양지바른.
나려간다는 내려간다는
장글장글 바람이 없는 날에 해가 살을 지질 듯이 조금 따갑게 계속 내리쬐는 모양.
도락구 트럭(トラック)의 일본어식 표현.

「함주시초」 해설

'함주咸州' 는 함경남도의 함흥시를 둘러싸고 있는 군단위 지역이다. 백석은 함흥에 있는 영생여고보에서 교편생활을 한 적이 있는데, 이 시는 그때 쓴 작품으로 보인다. '통영' 과 함께 백석의 기행시에서 많이 등장하는 무대가 바로 이 북관지역이다. 북관의 체험을 다룬 「함주시초」에는 다섯 편이 딸려 있고, 그 외에 북관지역을 다룬 것으로 짐작되는 시들이 여러 편 더 있다. 백석 시에 북관 시편이 많은 것은 함흥에서 2년 가까이 교편생활을 한 것이 일차적인 이유이겠지만, 그 지역의 독특한 삶과 풍물이 시인에게 각별한 인상을 드리운 탓이 매우 컸기 때문으로 보인다. 그곳은 한반도의 변방지역으로 이역적인 소외와 순수한 원시성이 공존하고 있다. 또 역사적으로는 옛 고구려의 땅이자 여진족이 살았던 지역으로 옛 조상들의 웅혼한 기상과 숨결이 스며 있는 곳이기도 한다. 시인은 이런 지역적 특수성을 지닌 북관지역의 생활풍속에 각별한 애착을 보이며 한국인의 원초적인 생활모습을 천착해내고, 때로는 역사적 상상력을 펼쳐보이기도 한다. 그는 북관지역에서 한국인의 육신과 마음속에 점액되어 있는 원형질을 감지해내고자 한다.

'북관'이란 함경남북도의 별칭이다. 행정구역상의 구체적인 지명을 시의 제목으로 삼으면서, 시의 소재로 끌어 쓰고 있는 것은 음식이다. 명태창난젓에 고추무거리에 막칼질한 무우를 비벼 익힌 북관의 토속음식을 두고 시인은 '투박한 북관'이라고 말한다. 거칠고 투박하며 깊고도 매운맛을 지닌 이 전통적인 발효음식을 두고 시인은 '투박한 북관', 즉 '투박한 함경도'라고 말하는 것이다. 음식을 함경도라는 지역명으로 규정하고 있는 것은 그 음식에서 지역적, 사회적, 역사적 함의를 찾아내려는 의도가 담겨 있는 것이다. 그런 시적 태도는 2연과 3연에서 구체화된다. 시인은 북관의 토속음식을 씹어 먹으면서, 그 음식의 냄새에서 여진의 살냄새를 맡고, 그 맛에서 신라 백성의 향수를 느낀다. 북관지역은 그 옛날 여진족이 살았던 지역이다. 여진족이 살았던 지역에서 오랫동안 먹어왔던 토속음식의 맛을 통해 시인은 바로 지역 조상들의 살냄새를 맡고 있는 것이다. 음식은 생활에 가장 밀착되어 있는 사물이어서, 음식을 통해 사람냄새를 느끼는 것은 매우 절실한 공감을 불러일으킨다. 발효음식이면서 매운맛을 지니는 것은 우리 전통음식의 중요한 특성 중의 하나이다. 발효음식은 다른 나라에도 존재하지만, 생선의 내장을 삭히고, 여기에 고추를 첨가해서 매운맛을 내는 음식은 아마 한국에서만 볼 수 있는 음식일 것이다. 그 음식은 북관음식이면서 한국의 음식이며, 한국인의 기질을 담고 있는 음식이기도 하다. 그리하여 그 토속음식 맛에서 신라 백성의 향수를 느끼는 것은, 바로 한국인의 근원적인 민족성을 느끼는 것이고, 나아가서 삼국을 통일한 신라인의 웅혼한 기질과 역사에 대한 향수를 느끼는 것이라고 볼 수 있다.

시인은 음식의 맛에 대한 감각으로부터 자연스럽게 역사적 상상력을 펼쳐나가는 것인데, 여기서 주목되는 것은 그 맛에 대한 표현이다. 냄새를 표현한 말들인 '시큼한', '배척한', '퀴퀴한' 등과 맛을 표현한 말들인 '얼근한', '비릿한', '구릿한' 등은 감각적인 순우리말들이다. 특히 '배척한'과 '비릿한', 그리고 '퀴퀴한'과 '구릿한' 등의 어휘들은 비슷하면서도 미묘한 맛의 차이를 반영하고 있다. 백석이 방언뿐만 아니라 사전에서 잠자는 아름답고 보석 같은 순우리말을 얼마나 많이 발굴해서 썼는지를 다시 한 번 확인하게 된다.

「노루」는 함주지역에서 본 노루를 중심소재로 다룬 작품이다. 아마도 장날에 팔려고 데리고 나온 듯한 노루를 보고 솟구치는 애틋한 감상을 적은 작품이다. 백석 시에는 동물들이 많이 등장한다. 음식과 함께 백석 시에서 가장 많이 등장하는 것이 바로 동물이다. 동물은 백석 시의 중요한 소재이고, 또 비유적 표현의 중요한 수단이 된다. 노루는 그중에서 백석이 각별하게 애정을 보낸 동물이다. 이 작품 외에도 '노루'라는 제목의 시가 한 편 더 있다. 「야우소회」라는 시에는 백석이 좋아하는 품목이 열한 개 열거되어 있는데, 그중에서 움직이는 동물 가운데는 바로 이 노루가 명태, 메추리와 함께 꼽혀 있어, 노루에 대한 백석의 애정을 단박에 알 수 있다.

장진땅이 넘어다보이는 어느 거리에서 시인은 산골사람이 노루새끼를 데리고 온 것을 보고 각별한 눈길을 보낸다. 산골사람이 입고 있는 옷인 '막베등거리'는 거칠게 짠 막베로 소매가 없거나 짧고 등만 덮게 만든 홑옷이며, '막베잠방둥에'는 역시 막베로 만든 옷으로 가랑이가 무릎까지만 내려오도록 짧게 만든 홑바지이다. 위아래에 그런 옷을 걸친 그 산골사람의 자태는 마치 '노루'와도 같다. 노루와 더불어 산 그 산골사람은 얼굴모양도 노루를 닮았다. 노루와 더불어 산 산골의 노루 주인은 그 노루를 팔려고 서른닷냥 값에 내놓는다. 약재에 쓰는 그 노루를 두고 사람들은 흥정을 하고, 이에 시인은 그 노루 눈에서 눈물이 글썽이는 것을 느낀다. 이 산골의 그림 같은 풍경에서 주목되는 것은 감각어의 구사이다. 산골사람과 노루와의 동화, 그리고 시인과 노루와의 동화는 아름다운 감각어를 통해 이루어진다. '다문다문 백인 흰 점'의 모양과 '너슬너슬한 털'의 모양이 산골사람과 노루새끼의 얼굴묘사에 함께 구사된다. 이런 감각어의 구사로 주인과 노루새끼의 동화를 이끌어내는 시적 솜씨는 이효석의 「메밀꽃 필 무렵」에서 허생원과 나귀와의 관계를 드러낼 때 구사된 아름다운 문체를 연상시킨다. '다문다문'은 신석정의 「작은 짐승」에 나온 표현이기도 하다. 신석정과 이효석과 백석은 서로 문학적 교류를 나눴던 사이들이다.

'가랑가랑하다' 는 표현은 이 시의 정서를 드러내는 핵심적인 감각어이다. 노루가 자신을 팔려고 흥정하는 것을 듣고 눈물을 흘릴 리는 없을 것이다. 그것은 전적으로 백석의 느낌이다. 백석은 노루와 더불어 사는 산골사람보다 더 깊은 애정을 노루에게 보낸다. 자신을 놓고 흥정을 하는 노루새끼의 까만 눈동자와 하얀 눈자위를 보며 '가랑가랑하다' 는 느낌을 갖는 것은, 노루의 마음속에 완전히 동화되어 있는 시인의 마음을 더없이 섬세하게 드러낸다.

「고사」라는 시는 시의 말미에 부기되어 있듯이 함주군에 있는 '귀주사' 를 소재로 쓴 작품이다. 주목되는 것은 절을 다루면서 시인의 눈길이 머문 것은 부엌 안의 풍경이라는 점이다. 그는 절을 보면서도 절간 특유의 고즈넉한 풍경이 지닌 특별한 정취나 불교적 상상력을 펼치기보다는 부엌 안의 생활풍경에 관심을 갖는다. 그의 시에서 일관되게 흐르고 있는 특징의 하나는 구체적으로 살아 움직이는 생활현장 속에 담긴 사람의 체취와 숨결을 다룬다는 점이다. 부엌은 생활의 체취가 짙게 묻어 있는 곳이어서, 그의 시에는 부엌이 자주 등장한다. 그의 시적 지향에서 부엌은 아주 중요한 시적 공간이 되는 것이다. 절간의 부엌, 그중에서도 특히 오래된 절의 부엌은 매우 독특한 생활의 정취를 풍긴다. 시인은 바로 그런 고사의 부엌풍경을 묘사한다.

'부뚜막이 두 길이다' 는 말은 고사 부엌의 커다란 규모를 단적으로 전해준다. '두 길' 은 두 사람 정도의 키, 또는 최대 20자 정도까지 되는 부뚜막으로서는 긴 길이이다. 그처럼 커다란 부뚜막에 놓여 있는 솥 역시 커다랗고 육중한 느낌을 준다. 꼼짝도 하지 않을 것 같은 그 솥은 가부 틀고 앉아서 염주를 세는 중에 비유된다. 아궁이도 역시 화라지송침이 한 묶음 통째로 들어갈 정도로 크다. 커다란 구멍이 뻥 뚫린 아궁이는 무서운 느낌을 준다. 시인은 공포감을 주는 그런 커다란 아궁이의 모습을 험상궂게 생겼다고 표현하는데, 그런 아궁이도 부엌을 주관하는 조앙님은 무서울 것이라고 말한다. 천장과 바람벽은 모두 침침하게 어둡고, 불기와 유종들이 나란히 놓여 있다. 팔짱 끼고 쭈구리고 앉아 있다는 것은 사용하지 않고 가지런하게 보관되어 있는 불기와 유종들의 모습을 표현한 것이다. 부엌 안의 모든 사물들이 의인화되어 있는 것이 이 시의 가장 큰 특색이다. 부엌 안의 사물에 대한 활유는 마지막 연에서 절정에 이른다. 불공이 없는 밤은 불도 켜지 않아서 부엌은 깜깜한데, 그런 공포의 부엌 안은 조앙님의 세상이고, 부엌 안의 모든 사물들은 조앙님의 무서운 이야기를 들으며 죽은 듯이 엎드렸다 잠이 들 것이라고 말하는 것이다.

이 시는 절간의 부엌을 보면서도 일상의 삶을 지배하는 속신의 세계에 머물면서, 절생활의 체취를 물씬 풍기는 부엌 안의 살림도구들을 활유를 통해 실감나게 묘사해내고 있는 작품이다.

「선우사膳友辭」에서 '선우膳友' 란 '반찬 친구' 란 뜻이다. 여기서 '선膳' 자는 '선물膳物' 이라는 말에서 흔히 보는 '드리다' 는 뜻이 아니라, '반찬' 이라는 뜻으로 사용된 것이다. 이 시는 낡은 나조반에 흰밥과 가재미만 놓고 먹는 조촐한 식사를 하면서 떠오른 단상을 표현한 작품이다. 시인은 흰밥에 반찬이라곤 가재미만이 달랑 놓여 있을 뿐인 가난한 식사를 하면서, 유일한 반찬인 가재미를 친구로 여기며 대화를 나눈다. 가재미 반찬에 곁들여 밥을 먹는 행위를 친구와 우정을 나누는 것으로 생각하는 것이다. 많지 않은 그의 산문 중에 「가재미. 나귀」라는 글이 있는데, 이 수필에서 시인은 동해 가까운 곳에 와서 가재미만이 흰밥과 빨간 고추장과 함께 내 상에 한 끼도 빠지지 않고 오른다고 쓴 적이 있다. 가재미가 시인이 유난히 좋아하는 반찬이라는 것을 알 수 있다.

시인은 낡은 나조반에 흰밥과 가재미만이 달랑 놓여 있는 조촐한 식탁을 바라보며, '흰밥' 과 '가재미' 와 '나' 가 서로 공통점이 많다고 생각한다. '가재미' 와 '밥(벼)', 그리고 '나' 는 모두 자연 속에서 자연을 벗하며 맑고 깨끗하게 살아왔다. 또 모두 희고, 억세고 날카로운 가시 하나 손아귀에 없고, 파리하게 생겼다. 그것은 욕심 없고, 착하고, 정갈하다는 징표이다. 그래서 시인은 '나' 와 '밥' 과 '가재미' 가 서로 정답고 미더우며 좋아하는 친구 같다고 생각한다. 욕심 없고 착하고 정갈한 그들은 서로 한자리에 있어 우정을 나누고 있기에 가난해도 서럽지 않고 외로워할 까닭이 없으며 누구 하나 부럽지 않다. 그들은 같이 있기만 하면 세상 같은 건 필요 없는 것이다. '나' 와 '가재미' 와 '밥' 이 지닌 이러한 성격은 그들의 본원적인 성격을 투시하는 것이면서, 동시에 조촐한 식사에 대한 충만한 미각을 드러내는 것이다. 즉, 우리들은 가난해도 서럽지 않으며 외로워할 까닭도 없고 누구 하나 부럽지 않다는 진술은, 흰밥과 가재미만으로 식사를 해도 남부럽지 않은 넉넉하고 맛있는 식사라는 것이며, 또 흰밥과 가재미와 나는 같이 있으면 세상 같은 건 밖에 나도 좋다는 것은, 흰밥에 가재미를 반찬으로 곁들이는 그 맛있는 식사 순간은 이 세상 어떤 것도 눈에 들어오지 않는다는 것을 의미하는 것이다.

이 시는 흰밥에 가재미 하나만을 반찬으로 먹는 가난한 식사행위를 미더운 친구와 대화를 나누는 것으로 간주하여, 그 식단이 지닌 사물의 순수함을 드러내고, 충만함 미각을 나타낸 작품이다. 그리고 이러한 시적 착상은 '선우膳友' 라는 제목을 붙여 멋지게 시로 완성한다.

「산곡」은 산골짜기에서 집을 구해 한겨울을 나려는 꿈을 피력하고 있는 작품이다. 시인은 돌각담에 머루송이가 익고 자갈밭에 아즈까리알이 쏟아지며 바람이 잔잔하게 부는 볕바른 골짝에서 한겨울을 나기 위해 집을 구하고자 한다. '집을 한채 구하였다' 는 표현은, 그 다음의 문맥으로 봐서 집을 얻었다는 완료의 의미가 아니라, 집을 찾아나섰다는 의미이다. 골 안에는 집이 몇 채 안 되는데, 그나마 터 앞에 김장감이 퍼지고 뜨락에 잡곡낟가리가 쌓여 있는 것으로 보아서 계속 생활해나갈 집으로 보이며, 그래서 시인은 빈

집을 구하기 위해 골 안으로 더욱 깊숙이 들어간다. 골짜기가 끝난 산꼭대기 밑에 자그마한 너와집이 한 채 있는데 안주인이 겨울이면 집을 내고 거리로 내려갈 것이라고 말한다. 너와집 주인은 그곳과 장진 땅을 오가며 꿀을 치는 일을 한다. 시인은 그 집이 비는 겨울에 이 골짜기로 다시 올 것을 다짐하면서 시를 끝맺는다.

한 계절을 산골짜기에서 머물고 싶어하는 것은 누구나 한번쯤 꿈꾸는 욕망 가운데 하나이다. 그리하여 옛부터 많은 시인들이 이런 '청산별곡'을 노래해왔다. 그런데 이 시는 그런 욕망을 '노래'하기보다는, 산곡에 사는 사람들의 구체적인 생활모습을 그리는 것을 잊지 않고 있다. 산곡에서도 터 앞에 김장감이 쌓이고 뜨락에 잡곡낟가리가 쌓이며, 또 장진 땅까지 오가면서 꿀을 치는 사람들의 부지런한 생활을 그려내고 있다. 깊은 골짝에서 살고자 산곡으로 들어가면서도 산곡사람들의 생활모습을 그려내는 것—이것이 바로 백석 시다운 기행시라고 할 수 있다.

산곡의 너와집에서 살고 싶다는 이 시의 소재는 김명인의 시 「너와집 한 채」에서도 발견된다. 김명인은 시적인 운치가 듬뿍 담긴 아름다운 서정시로 이 시에서 백석이 이루지 못한 산곡에의 꿈을 애틋하게 펼쳐보이고 있다.

산중음山中吟

산숙山宿

여인숙旅人宿이라도 국수집이다

모밀가루포대가 그득하니 쌓인 웃간은 들믄들믄 더웁기도 하다

나는 낡은 국수분틀과 그즈런히 나가 누어서

구석에 데굴데굴하는 목침木枕들을 베여보며

이 산山골에 들어와서 이 목침木枕들에 새까마니 때를 올리고 간 사람들을 생각한다

그 사람들의 얼골과 생업生業과 마음들을 생각해 본다

향악饗樂

초생달이 귀신불같이 무서운 산山골거리에선

들믄들믄 더운 느낌.

그즈런히 가지런히.

처마끝에 종이등의 불을 밝히고

쩌락쩌락 떡을 친다

감자떡이다

이젠 캄캄한 밤과 개울물 소리만이다

야반夜半

토방에 승냥이 같은 강아지가 앉은 집

부엌으론 무럭무럭 하이얀 김이 난다

자정도 활씬 지났는데

닭을 잡고 모밀국수를 누른다고 한다

어느 산山옆에선 캥캥 여우가 운다

백화白樺

산골집은 대들보도 기둥도 문살도 자작나무다

밤이면 캥캥 여우가 우는 산山도 자작나무다

그 맛있는 모밀국수를 삶는 장작도 자작나무다

그리고 감로甘露같이 단샘이 솟는 박우물도 자작나무다

산山너머는 평안도平安道땅도 뵈인다는 이 산山골은 온통 자작나무다

박우물 바가지로 물을 뜰 수 있는 얕은 우물. 두레우물.

「산중음」 해설

'산중음山中吟' 이라는 제목 아래 네 편의 작품이 붙어 있다. 이러한 시형태는 앞서 「함주시초」에서도 시도된 것인데, 여기서는 큰 제목과 그에 딸린 작품들 간의 연관성이 훨씬 깊다. 네 작품 모두는 '산중음山中吟', 즉 '산속의 노래' 라는 큰 제목의 실행에 매우 충실하다. 시인은 네 가지의 아이템과 주제로서 산속의 노래를 읊고 있다. 이러한 시형태는 당시의 시단에서는 좀처럼 보기 어려운 것으로 백석의 창조적이고 모더니스트한 면모의 일단을 다시 한 번 확인하게 된다.

네 편의 작품은 시적 상상력의 전개에 일정한 질서를 갖추고 있다. 먼저 「산숙山宿」은 시인이 산속의 어느 여인숙에 들어가 머물면서 떠오른 느낌을 진술한 것이고, 「향악饗樂」은 산속의 저녁시간의 느낌이며 「야반夜半」은 제목 그대로 산속의 한밤중의 느낌이며, 「백화白樺」는 그 산골집과 주변풍경에 대한 느낌을 진술한 것이다. 시인이 산속의 여인숙에 들어가 하룻밤을 지내면서 보고 듣고 겪은 것을 순차적으로 시로 옮겨 쓴 것임을 알 수 있다.

먼저 「산숙山宿」은 제목이 의미하는 그대로 산속에 묵으면서 떠오른 소회를 읊은 작품이다. 시인이 묵은 여인숙은 국숫집을 겸한 집이다. 그 공간은 특별한 의미를 갖는다. 식사와 숙박을 겸비한 그 공간은 의식주의 기본 생활요건 가운데 '식'과 '주'가 동시에 해결되는 곳이다. 그만큼 생활의 정서가 깊게 스며 있는 곳이다. 모밀가루 포대가 가득 쌓인 웃간에 불이 지펴질 때 메밀냄새와 섞여 배어나는 들문들문한 느낌은 넉넉하고 푸근한 생활의 온기를 반영한다. 낡은 국수분틀과 나란히 나가 누워 있는 시인의 마음에서도 역시 훈훈한 생활의 온기가 번져날 것이다. 국수분틀은 웃간에 가득 쌓인 메밀가루를 우리가 먹을 수 있게 만들어주는 요술기계이다. 음식의 질료와 그 질료로 음식을 만들어주는 기기와 함께 있을 때 궁핍의 공포는 사라지며 안정되고 푸근한 생활의 온기를 느끼게 된다.

모밀가루와 국수분틀이 '식'의 상징이라면, '목침'은 '주'의 상징이다. '목침'은 잠잘 때의 필수품이다. 시인은 때가 새까맣게 끼여 있는 여인숙 안의 목침에서 그곳에서 묵고 간 사람들의 흔적과 자취를 느낀다. 주목되는 것은 과객들의 얼굴과 마음은 물론 '생업'까지도 생각해본다는 점이다. 그 과객들은 대부분 떠돌아다니는 생업에 종사하는 사람들일 것이다. 먹고살기 위해 여기저기 떠돌아다녀야 하는 지상의 고단한 생활의 운명에 대한 생각이 그 안에 담겨 있다고 할 수 있다.

메밀가루포대와 목침으로 상징되는 '식'과 '주'의 생활정서는 서로 대구를 이루는 '들믄들믄'과 '데굴데굴'이라는 감각적 형용사의 수식을 통해 더욱 고조된다. '들믄들믄'은 훈훈하게 번져나가는 생활의 온기를 느끼게 해주고, '데굴데굴'은 여기저기 떠돌아다니는 생의 남루와 유전을 느끼게 해준다. 시인은 생활의 기본요건을 충족시켜주는 식당 겸 여인숙에 묵으면서, 먹고 자면서 생을 꾸려나가는 인간의 근원적인 생활정서를 깊이 새겨보고 있다.

「향악饗樂」은 그 여인숙 주변의 이슥한 저녁풍경이다. '귀신불 같은 초생달'은 어두컴컴하고 무서운 산골거리의 느낌에 대한 절묘한 비유이다. 주위는 새까맣게 어둡고 인적조차 없는 깊은 산골에서 유일하게 반짝이는 초생달의 가느다란 빛은 운치를 자아내기보다는 귀신불 같은 공포를 불러일으킨다. 그때 처마끝에 종이등의 불이 밝혀진다. 그제서야 어둠의 공포는 사그러들고 '종이등'이 주는 소박하고 정겨운 운치가 번져나간다. 그때 어디선가 떡치는 소리가 난다. 떡치는 소리를 나타낸 '쩌락쩌락'이라는 의성어의 구사가 절묘하다. 물컹물컹하며 찰진 떡을 내리칠 때의 느낌이 그 어감에 물씬 묻어 있다. 밤은 더욱 깊어가고 주변이 모두 조용해지면서 개울물 소리만이 밤하늘에 울려퍼진다. 쩌락쩌락 떡치는 소리와 한밤의 개울물 소리에, 시인은 '향악饗樂', 즉 '잔치의 노래'라는 제목을 붙이고 있다. 백석 시에서 제목은 늘 한몫을 하지만, 이 시에서는 특히 일품이다. 산골의 밤하늘에 울려퍼지는 떡치는 소리와 개울물 소리에 '음악音樂' 대신 '향악饗樂'이라는 제목을 붙여서, 순박한 산골의 생활현장에서 울려퍼지는 아름다운 삶의 소리를 느끼게 해준다. 소월이나 영랑의 시가 '음악音樂'이라면, 언제나 생활현장을 쫓아가며 인간의 체취와 숨결을 그려내는 백석의 시들에 우리는 이 '향악饗樂'이라는 이름을 붙여도 좋을 것이다.

「야반夜半」은 제목이 명시하듯이 한밤중의 주변풍경이다. 「향악饗樂」이 늦은 저녁에서 밤중에 이르는 시간대의 여인숙의 주변풍경이라면, 「야반」은 그보다 더 이슥한 한밤중의 저녁풍경에 해당한다. 시인은 산골 어느 집의 한밤중의 풍경을 그린다. 그 집이 시인이 묵고 있는 여인숙인지, 주변의 다른 집인지는 분명하지 않은데, 중요한 것은 산골집의 이슥하고 정겨운 풍경에 대한 묘사이다. 토방에 앉아 있는 승냥이 같은 강아지와 어느 산 옆에서 들리는 여우의 소리는 시각과 청각을 두루 동원하면서 동물들이 기세를 떨치는 깊숙한 산골의 정취를 드러낸다. 그런데 그런 산골 집의 부엌에선 자정이 훨씬 지났는데도 무럭무럭 하얀 김이 난다. 부엌에서 피어오르는 연기는 바로 음식을 장만하는 신호로 넉넉하고 따뜻한 생활의 온기를 드러낸다. 닭을 잡고 메밀국수를 누르는 부엌에서의 음식장만은 동물들과 이웃한 산골에서의 따뜻한 생활정서를 잘 드러낸다. 시의 수미首尾에 산속의 동물들의 자취를 시각과 청각으로 드러내고, 그 중간에 산골집의 부엌풍경을 시각과 미각으로 드러내어, 산속에 깊이 박혀 있는 산골집의 생활정취를 느끼게 해준다. '무럭무럭'과 '캥캥'이라는 의태어와 의성어는 이러한 이 시의 입체적인 그림을 더욱 감각적으로 그려낸다.

「백화白樺」에서는 이제 밝은 날 바라본 산골집 주변의 풍경을 그린다. '백화'란 자작나무이다. 한대지방에서 자라는 이 하얀 나무는 백발의 노인처럼 그윽하고 신령스런 느낌을 준다. 언제나 초록빛의 나무만 보아오다가 기둥과 줄기가 온통 하얀 나무를 보게 되는 것에서 오는 의외로움과 신기한 놀람을 동반하는 것이 이 작품에선 표현되어 있다. 이 산골에선 그런 특별한 자작나무가 지천으로 널려 있다. 산골집의 모든 제재들과 박우물, 심지어 불을 지피는 장작까지도 자작나무이며, 산 전체가 온통 자작나무인 것이다. 자작나무 한 그루도 새로운 느낌을 주는데, 산골의 이곳저곳이 온통 자작나무로 가득 차 있고 모든 것들이 자작나무로만 만들어진 풍경을 바라보면서 일어나는 신기하고 놀라운 느낌, 그리고 새롭고 신기한 것을 한껏 보는 것에서 오는 신나는 느낌이 말을 줄줄이 나열해나가는 '엮음'의 표현방식을 통해 생생히 드러난다. 사물들을 연달아 나열하고, '도'라는 접사를 통해 어구들을 계속해서 겹쳐나감으로써 풍성하고 흥겨운 느낌이 한껏 일어난다. 우리말의 특성상 의미의 여운이 강하게 남기 마련인 서술어를 '자작나무다'로 구사하고, 그러한 구문을 반복적으로 사용하는 것도, 자작나무로 가득 찬 산골의 풍성함과 흥겨움을 드러내는 데 한몫을 한다. 산중음, 즉 '산속의 노래'는 이 「백화」에서 절정을 이루며, 4장 형식의 노래를 멋지게 마감한다.

석양夕陽

거리는 장날이다

장날 거리에 녕감들이 지나간다

녕감들은

말상을 하였다 범상을 하였다 쪽재비상을 하였다

개발코를 하였다 안장코를 하였다 질병코를 하였다

그 코에 모두 학실을 썼다

돌체돋보기다 대모체돋보기다 로이도돋보기다

녕감들은 유리창 같은 눈을 번득거리며

투박한 북관北關말을 떠들어대며

개발코 너부죽하고 뭉툭하게 생긴 코를 비유적으로 이르는 말.

안장코 안장모양처럼 등이 잘록한 코.

질병코 진흙으로 만든 병처럼 거칠고 투박하게 생긴 코.

학실 '돋보기'의 평북 방언.

돌체돋보기 돌안경. 안경테의 재료로 돌石이나 놋쇠鍮를 사용하였다.

대모체돋보기 대모안경. 연수정과 대모갑玳瑁甲, 즉 바다거북의 껍데기로 제작한 안경.

로이도돋보기 로이드Lloyd안경. 둥글고 굵은 셀룰로이드테의 안경. 미국의 희극배우 로이드가 쓰고 영화에 출연한 데서 유래한다.

쇠리쇠리한 저녁해 속에

사나운 즘생같이들 사러졌다

쇠리쇠리한 눈부신(빛이 가물가물하게 보이는 정도의 눈부신 상태).

「석양」 해설

이 시 역시 '북관'에서의 체험을 다룬 작품이다. 이 시에선 북관(함경도)의 어느 장터풍경을 그린다. 제목으로 미루어 석양이 지는 장터의 풍경이다. 북관의 장터에서 시인의 시야에 들어온 것은 영감들의 모습이다. 시인은 거리의 장날풍경을 보면서 오직 북관 영감들의 모습만을 그려낸다. 그것은 북관영감들의 모습이 시인의 눈을 사로잡으며 장날풍경을 압도하였기 때문이다.

장날 거리의 인상을 지배하는 북관영감들의 모습은 백석 시의 전매특허인 '엮음'의 방식으로 그려진다. 이 시에 구사된 엮음의 방식은 일정한 규칙에 따라 이루어진다. 엮음의 진행이 앞의 단어나 어구를 받고 동시에 새로운 단어나 어구를 첨가하면서 이루어지고 있다. 즉, '장날—장날 거리에 녕감들이 지나감—녕감들은 말상, 범상, 쪽재비상, 개발코, 안장코, 질병코를 함—그 코에 학실을 씀—(그 학실은) 돌체 돋보기, 대모체돋보기, 로이도돋보기임' 등으로 앞 말을 이어받으며 그 다음 말을 첨가하는 식의 반복적 서술진행을 보인다. 이러한 반복형태는 우리의 전통시가 가운데 민요의 '꼬리따기요'에서 그 원형을 찾을 수 있다.

원숭이 똥구먹은빨가 빨가면 사과 사과는 맛좋아 맛좋으면 대추 대추는 달아 달으면 빠나나 빠나나는 길어 길으면 기차 기차는 빨라 빨르면 비행기 비행기 높아 높으면 백두산

민요 「꼬리따기요」[21]

앞의 말의 꼬리를 따서 노래를 부른다는 의미로 임동권에 의해 명명된 '꼬리따기요'의 노래방식을 오세영은 '연쇄식 변화반복'[22] 이라고 부르기도 한다. 이러한 엮음의 형태는 민요형식의 한 가지를 이루고 있다. 이런 꼬리따기요의 서술형태는 앞서 살펴본 「마을은 맨천 구신이 돼서」라는 작품에서도 나타난 바 있다. 시 「석양」에선 이러한 꼬리따기, 혹은 연쇄식 변화반복의 형태에다 엮음의 일반적 형태인 나열의 방식을 가미하여 말을 줄줄이 엮어나가는 언술방식을 취하고 있다.

이러한 연쇄식 변화반복과 나열의 형태로 북관영감들의 외모에서 풍기는 강렬하고 특이한 인상을 효과적으로 드러내면서, 그들이 장날 거리에 북적이며 지나가는 장면을 생생하게 보여준다. 그것은 엮음의 형태가 지닌 특유의 '장면 극대화' 효과라고 할 수 있다. 엮음의 형태로 장날 거리에 영감들이 북적거리는 장면이 극대

21) 임동권, 『한국민요집 1』(집문당, 1974), 458쪽.
22) 오세영, 『한국낭만주의 시 연구』(일지사, 1986), 50쪽.

화되어 우리 눈앞에 생생히 제시되는 것이다. 또 하나는 앞의 말을 이어 그 다음 말을 진행함으로써 말꼬리를 잇는 쾌감이 발생하며 매우 속도감 있게 말이 전개되는 효과를 낸다. 이러한 속도감 있는 언술은 장날 거리에 영감들이 지나가는 보행의 현장감을 생생히 전해준다. 빠른 언술이 보행의 속도감을 환기시키고 있는 것이다. 여기에다 어떠한 수식어나 연결어의 구사 없이 짧게 끊어 툭툭 내뱉듯이 말하는 문장의 구문은 그 자체로 투박한 북관 말을 연상시킨다. 이 시를 소리내서 읽으면 바로 장날 거리에 북관영감들이 지나가며 투박한 북관말을 떠들어대는 것 같은 느낌을 받는다. 그러니까 이 시는 구문의 활용으로 말소리의 효과를 내고, 그 말소리가 시의 의미를 반영하여, 시의 의미와 소리가 유기적인 조화를 이루는 이상적인 시적 언술구조를 갖추고 있는 것이다. 구문의 활용으로 말소리의 효과를 나타낸 것은 우리 시의 운율형식에 새로운 영역을 개척한 것으로 평가할 수 있다.

연쇄식 변화반복의 엮음형태로 진술되는 북관영감들의 얼굴 인상은 갖가지의 동물상에 비유되고, 얼굴에서 가장 중요한 부위인 코와 눈도 특이한 형태의 사물에 비유되어, 북관영감들의 외모가 지닌 기이하게 강렬한 인상을 실감나게 드러낸다. 동물이나 사물에 비유된 북관영감들의 강렬한 인상은 마지막 구절에서 '사나운 짐승'에 빗대어져 그 느낌을 더욱 심화시킨다.

장터의 풍경을 대상으로 한 작품이지만, 제목이 '장터'가 아니라 '석양' 으로 붙여진 것은 장터의 '녕감' 들의 모습에 초점을 맞췄기 때문일 것이다. '녕감' 은 해가 넘어가는 석양의 나이이다. 그런데 그 '석양' 은 좀 특별하다. 석양빛의 느낌을 표현한 '쇠리쇠리하다' 는 형용사는 '눈부시다' 라는 뜻인데, 그 뜻의 정확한 느낌은 작렬하는 태양빛에 눈을 못 뜰 정도의 눈부신 상태를 의미하는 것이 아니라, 아지랑이처럼 부연 빛이 환하게 번지면서 눈을 부시게 하는 정도의 빛의 상태를 의미하는 것이다. 그 빛은 한 낮의 태양빛이 지닌 따가움과 들끓음을 지나 고요한 가운데 깊고 그윽하게 비치는 느낌을 갖는다. 바로 그 깊숙한 저녁의 햇빛 속으로 짐승 같은 강한 인상의 '북관녕감' 들이 투박한 북관말을 떠들어대며 사라지는 풍경은, 세월의 끝자락에서 삶의 무게를 깊게 간직한 채 강한 기력과 생활력을 유지하고 있는 북관의 노년에 대한 인상적인 그림이다. 석양은 흔히 조락과 소멸의 이미지를 갖지만, 이 시에서의 석양은 깊고 그윽하고 묵직하게, 그러면서 여전히 빛을 발산하고 있는 매우 원숙한 태양이다. 백석은 강한 기력과 생활력을 지닌 '북관의 녕감' 을 통해 무게 있고 원숙한 한국의 '석양' 풍경을 인상적으로 그려내고 있다.

고향故鄕

나는 북관北關에 혼자 앓어 누워서

어늬 아침 의원醫員을 뵈이었다

의원醫員은 여래如來같은 상을 하고 관공關公의 수염을 드리워서

먼 녯적 어늬 나라 신선 같은데

새끼손톱 길게 돋은 손을 내어

묵묵하니 한참 맥을 짚드니

문득 물어 고향故鄕이 어데냐 한다

평안도平安道 정주定州라는 곳이라 한즉

그러면 아무개씨氏 고향故鄕이란다

그러면 아무개씨氏를 아느냐 한즉

의원醫員은 빙긋이 웃음을 띠고

여래如來 부처.

관공關公 중국 삼국시대 촉한의 무장(?~219). 자는 운장雲長. 장비, 유비와 의형제를 맺고 적벽전에서 조조의 군대를 격파하는 등 많은 공을 세웠다. 9척 거구에 2척이나 되는 긴 수염을 기르고 있는 모습이 인상적이다.

막역지간莫逆之間이라며 수염을 쓴다

나는 아버지로 섬기는 이라 한즉

의원醫員은 또 다시 넌즈시 웃고

말없이 팔을 잡어 맥을 보는데

손길은 따스하고 부드러워

고향故鄕도 아버지도 아버지의 친구도 다 있었다

「고향」 해설

고향은 사랑과 함께 문학의 영원한 주제의 하나이다. 사랑과 고향을 한번도 노래하지 않은 시인은 없을 것이다. 1930년대 시인들의 경우, 고향은 나라를 빼앗기고 국토가 훼손되는 사회적인 상황과 맞물려 더욱 애틋한 시의 주제가 되고 있다. 고향을 노래하는 시인들은 대개 고향의 아름다운 산천을 그리워하는 것을 배음으로 하지만, 이 시는 타향에서 만난 사람을 매개로 고향을 그리워하는 심정을 드러낸다. 사람을 매개로 고향을 노래한다는 점에서, 사람의 인정과 체취를 쫓아가는 백석 시 특유의 시적인 태도를 다시 한번 확인하게 된다.

타향인 북관에 혼자 머물고 있는 화자는 병을 앓아 의원을 찾아간다. 객지에서 홀로 지내며 병을 앓게 되면 더욱 쓸쓸해지면서 가족이나 고향생각이 나기 마련이다. 의원에게 진찰을 받으러가는 화자의 발걸음 속에는 이미 이런 마음이 깔려 있다. 의원은 부처 같은 얼굴상에 관운장의 수염을 드리우고 있다. 그러한 외모는 지상에 사는 보통사람의 얼굴을 넘어선다. 지상의 모든 사람들을 포용하고 압도하는 도량과 위엄이 넘쳐나는 외모이다. 시인은 그러한 외모를 '먼 녯적의 신선' 같다고 말한다. 의원의 외모에 대한 묘사는 그 의원이 단순히 병을 고치는 기능인을 넘어서 화자의 마음과 정신을 위무해줄 어떤 절대적 존재자로서의 의미를 함축한다. 화자의 혼을 끌어당기고 의지하고자 하는 마음을 불러일으키는 용모의 의원은 병을 앓고 있는 화자를 진맥하며 말을 건네고, 화자는 이에 응답하며 대화를 나눈다. 두 사람 간의 대화를 통해, 그 의원이 화자와 동향사람이자 아버지로 섬기는 이와 막역지간이라는 것이 밝혀지고, 이에 화자는 그 의원에게서 아버지의 친구는 물론이고 고향을 느끼게 되며, 또 아버지와 같은 느낌을 갖게 된다.

타향에서 고향의 각별한 지인을 잘 아는 사람을 만나면 그 사람에게서 바로 고향을 느끼고, 또 그 사람이 고향의 각별한 지인인 것처럼 느껴지는 것은 인지상정이다. 그것은 그만큼 고향에 대한 향수가 인간 내면에 뿌리 깊게 박혀 있다는 것을 말해주는 것이다. 우리 마음의 깊숙한 곳엔 본능적으로 고향에 대한 깊은 향수가 자리잡고 있어서 고향사람은 말할 것도 없고, 그 고향을 잘 아는 사람만 만나도, 바로 그 사람에게서 고향을 느끼게 되는 것이다. 이것은 고향과 같은 정서를 지닌 부모의 경우에도 마찬가지이다. 가령, 아버지와 떨어져 있거나 사별한 자식이 자기 아버지와 막역지간이라는 사람을 만나게 되면 바로 그 사람에게서 아버지를 느끼고, 또 아버지처럼 의지하고 싶은 느낌이 들게 된다. 더구나 그 아버지의 친구가 '먼 넷적 신선처럼' 커다란 도량과 위엄을 지닌 각별한 인상의 소유자라면 그러한 느낌은 더욱 커지기 마련이다.

이 시에서 화자가 의원에게서 고향을 느끼고 아버지와 같은 애틋한 느낌을 갖는 것은, 손을 잡고 진맥을 하는 신체접촉을 통해 더욱 절실해진다. 두 사람 간의 대화는 바로 손을 잡고 진맥을 하면서 이루어지고 있다. 손은 사람의 마음이 교류되는 가장 친근한 신체접촉이다. 진맥행위는 친근한 심정의 교류를 더욱 깊게 만든다. 진맥행위란 손목을 잡고 맥박을 체크하는 행위이다. 손을 잡고 그 사람의 심장박동의 움직임을 느끼는 순간은 바로 그 사람의 내면의 마음을 깊이 느끼는 시간이다. 또 환자의 입장에서 진맥은 의원의 손을 향해 자신의 심장의 고동을 전달하는 순간이기도 하다. 진맥하는 순간은 두 사람 사이의 마음이 혼연일치가 되는 시간인 것이다.

진맥을 통해 이루어지는 깊은 심정의 교류는 '대화' 라는 교류를 통해 또 한 번 깊어진다. '진맥' 이 교류의 신체접촉이라면, '대화' 는 교류의 언어적 접촉이다. 사람 사이의 마음의 교류는 신체접촉만으로는 충족될 수 없고, 대화라는 언어의 교류를 통해 완성된다. 진실한 대화는 신체 접촉이상으로 두 사람의 마음을 묶어준다. 이 시에서 화자가 의원으로부터 고향과 아버지를 느끼는 것은, 궁극적으로 진실한 대화를 통해 이루어지고 있다. 이 시에서는 그 대화가 '나' 라는 작중화자가 말을 전하는 간접화법으로 진술되는데,

간접화법으로 전하는 두 사람 사이의 대화는 과묵하고, 그 어조는 따뜻하다. 수다스럽지 않고 필요한 말만을 주고받으며, 때로는 표정과 몸짓만으로 자신의 생각을 전하는 이 과묵한 대화가 따뜻한 어조에 실려 말의 진실성을 가져다준다. 대화 속에 묻어 있는 말의 진실함이 바로 이 시의 정서를 깊고 절실하게 만든다. 이 시는 바로 '대화의 미학'을 잘 활용한 작품이라고 할 수 있다.

절망絶望

북관北關에 계집은 튼튼하다

북관北關에 계집은 아름답다

아름답고 튼튼한 계집은 있어서

흰 저고리에 붉은 길동을 달어

검정치마에 받쳐입은 것은

나의 꼭 하나 즐거운 꿈이였드니

어늬 아츰 계집은

머리에 무거운 동이를 이고

손에 어린것의 손을 끌고

가펴러운 언덕길을

숨이 차서 올라갔다

나는 한종일 서러웠다

길동 '끝동'의 평북 방언. 옷소매의 끝에 이어서 대는 동.

「절망」 해설

이 시는 「석양」과 「고향」에 이어 북관을 소재로 쓴 또 하나의 작품이다. 북관 체류기간에 쓴 이 세 작품에는 공통적으로 북관사람들에 대한 인상이 나오고, 그 인상이 시의 중심제재를 이룬다. 「석양」에서는 사나운 짐승 같은 강렬한 인상의 '북관녕감'이 나오고, 「고향」에서는 여래 같은 상에 관운장 같은 수염을 기른 신선 같은 북관의 의원이 등장하며, 여기서 다룰 「절망」이라는 시에서는 튼튼하고 아름다운 북관의 계집이 나온다. 그들은 시 속의 장식적인 인물로만 존재하는 것이 아니라, 시의 중심제재를 이루고, 시심을 촉발시키는 동인을 이룬다. 백석의 시는 본질적으로 사람의 체취와 숨결을 쫓아가기 때문에 사람의 인상을 다루는 것은 그의 시적 태도로 미루어서 자연스러운 현상이긴 하나, 구체적으로 사람의 외모에 대한 인상을 다룬 시편들은 '북관시편'에서만 볼 수 있는 현상이다. 그는 북관지역 외에 '남행시편'과 '서행시편' 등의 기행시 등을 통해 통영을 중심으로 한 남해 일대와 평안도 일대의 풍물과 인정 등을 시로 썼지만, 그 지역 사람들의 외모에 대한 인상을 드러낸 적은 없다. 그의 시에서 얼굴 생김새와 표정에 대한 구체적 묘사를 드러낸 작품은, 고향의 일가친척들이 한데 모이는 명절풍속을 다룬 「여우난골족」이라는 작품이 거의 유일하다. 백석은 북관사람들의 외모에서 매우 깊은 인상을 받은 듯하다.

이 시는 북관의 '여인'에 대한 인상을 다룬다. 앞서 살펴본 두 작품은 모두 북관의 노인들에 대한 인상인데, 여기서는 젊은 여인에 대한 인상을 다루고 있는 것이 이채롭다. 강렬한 인상의 '북관 녕감'들 못지않게 북관의 여인이 시인의 마음을 사로잡은 듯하다. 시인은 서두에서 북관의 계집은 튼튼하고 아름답다고 말한다. 일체의 수식어를 배제한 간명하고 단호한 어법은 북관계집에게 한눈에 끌려버린 시인의 마음을 잘 드러낸다. 또 단순 소박한 문장은 요란한 장식이나 화려한 꾸밈없이 있는 그대로의 자연스럽고 소박하며 건강한 아름다움을 지닌 북관계집의 외모를 떠올리게 한다. 이어 시인의 눈을 사로잡은 그 튼튼하고 아름다운 북관계집의 옷차림이 묘사된다. 흰 저고리에 붉은 깃을 달고 검정치마를 받쳐 입은 옷차림은 단순소박하고 깔끔한 아름다움을 드러낸다. 튼튼하고 아름다운 북관계집에 대한 인상과 옷차림이 풍기는 느낌이 서로 알맞은 조화를 이룬다. 시인은 바로 그런 옷차림을 한 북관계집이 '꼭 하나 즐거운 꿈'이었다고 말한다. 그러니까 시인의 북관생활에서 유일하게 즐거운 꿈은 그런 옷차림의 북관계집을 바라보는 것인 셈이다. 과거형의 서술어로 미루어서 그렇게 꿈꾸며 지낸 것은 지난 시간의 것이었고, 지금은 사정이 바뀌었을지도 모를 것임이 암시된다.

이어서 사정이 바뀐 그 다음 일이 진술된다. 어느 아침에 시인의 눈에 들어온 그 북관계집은 전혀 다른 모습을 하고 있다. 머리에는 무거운 동이를 이고, 손에는 어린 것을 끌고 가파른 언덕길을 숨차게 올라가고 있는 것이다. 그 북관계집은 아이엄마가 되어 힘든 일상을 보내고 있다. 건강한 아름다움을 드러내었던 '튼튼한' 모습은 '무거운 동이'를 이는 노동의 근력으로 사용되고 있을 뿐이며, 아름다운 모습은 힘들고 지친 일상에 파묻혀 사라지고 없다. 이에 시인은 한종일 서러운 마음을 느끼게 된다. 이 시의 제목인 '절망'은, 시인의 '꼭 하나 즐거운 꿈'의 깊이와 좌절을 극적으로 드러내는 말이라고 할 수 있다.

그럼 여기서 시인의 눈을 사로잡고, 또 시인을 좌절시킨 그 북관의 계집은 누구일까? 시인이 북관에서 만난 어느 계집일 수도 있겠는데, 시의 문맥 안에서 그 계집은 특정인을 지칭하는 지시어, 가령 '어느'라든가 '한'이라는 말이 표시되지 않고, 그냥 '북관계집'으로 통칭되어 집단적이고 전체적인 인물군을 가리키는 것으로 읽힌다. 그렇다면 그 북관의 계집은 어떤 특정집단을 가리키는 것으로 볼 수도 있다. 흰 저고리에 붉은 길동을 달고, 검정 치마를 받쳐 입은 의상은 어떤 단체복을 연상시키기도 한다. 그는 함흥에 있는 영생여고보에서 영어교사로 근무한 적이 있는데, 이 북관시편은 바로 그때 쓴 작품이다. 어쩌면 이 시의 모델이 된 북관의 계집들은 백석이 가르치고 있었던 여고생들일는지도 모른다. 그렇게 본다면 이 시는 깔끔한 교복을 입은 튼튼하고 아름다운 북관의 여학생들을 보는 것이, 시인의 북관생활에서 유일한 꿈이었는데, 그 여학생들이 졸업하고 그저 억센 아이엄마가 되어 살아가는 모습을 보며 선생으로서 서글프고 절망하는 것을 드러낸 작품으로 볼 수 있다. 그렇다면 그 '절망'은 백석의 '절망'이고, 선생의 '절망'이며, 당시 한국여인들의 '절망'인 셈이다.

구장로球場路

— 서행시초西行詩抄 1

삼리三里밖 강江쟁변엔 자개들에서
비멀이한 옷을 부숭부숭 말려 입고 오는 길인데
산山모롱고지 하나 도는 동안에 옷은 또 함북 젖었다

한 이십리二十里 가면 거리라든데
한겻 남아 걸어도 거리는 뵈이지 않는다
나는 어니 외진 산山길에서 만난 새악시가 곱기도 하든 것과
어니메 강江물 속에 들여다뵈이든 쏘가리가 한자나 되게 크든 것을 생각하며

강江쟁변 '강변'의 평북 방언.
자개 '자갈'의 평북 방언. '자개들'은 자갈이 깔려있는 들.
비멀이한 비 말이한. 비에 흠뻑 젖은.
부숭부숭 보송보송(잘 말라서 물기가 없고 보드라운 모양)을 변형시킨 말.
산山모롱고지 산 모퉁이.
한겻 반나절.
어니 '어느'의 평북 방언.
어니메 '어디'의 평북 방언.

산山비에 젖었다는 말렸다 하며 오는 길이다

이젠 배도 출출히 고팠는데
어서 그 옹기장사가 온다는 거리로 들어가면
무엇보다도 몬저 '주류판매업酒類販賣業' 이라고 써붙인 집으로 들어가자

그 뜨수한 구들에서
따끈한 삼십오도三十五度 소주燒酒나 한잔 마시고
그리고 그 시래기국에 소피를 넣고 두부를 두고 끓인 구수한 술국을 뜨근히 멫사발이고 왕사발로 멫사발이고 먹자

「구장로」 해설

'서행시초西行詩抄'의 네 편 가운데 첫번째 작품이다. '서행시초'는 평안북도 일대를 여행하면서 쓴 기행시이다. 평안북도는 한반도의 서쪽 끝에 해당하기 때문에 '서행시초'라는 이름을 붙인 것이다. '서행시초'의 무대가 되고 있는 '구장球場', '팔원八院', '북신北新', '월림月林' 등은 모두 '영변군'에 속한 곳으로 평안북도와 평안남도의 경계 부근에 위치해 있다. 이곳은 그의 고향인 '정주'에서 멀리 떨어져 않지 않다.

'구장로球場路'에서 '구장球場'이 지명인데, 그 뒤에 '로路'자를 붙여 제목으로 삼은 것은, '구장'의 '거리'에 특별한 시적 의미가 놓여 있기 때문이다. 시인은 기행하는 도중 비를 맞아 옷이 젖었다. 그래서 강가의 자갈돌이 깔린 너른 들판에서 옷을 말려 입고 가는데, 산모퉁이를 지나면서 또다시 비가 내려 옷을 적신다. 시인은 지금 강과 들과 산으로 이어지는 마을 밖의 산야를 기행 중이며, 도중에 비가 내려 옷을 적시고, 적신 옷을 말리고 가는데, 다시 비가 내려 옷을 적시고 있는 것이다. 이럴 땐, 빨리 마을에 당도해서 젖은 옷을 벗고 몸도 녹이며 쉬고 싶어진다. 그런데 시인은 여전히 마을에서 먼 거리에 있다. '한 이십리二十里 가면 거리라는데 /한겻 남아 걸어도 거리는 뵈이지 않는다' 며 어서 빨리 거리에 당도하고자 하는 것은, 바로 산길에서 벗어나 마을에 도착해서 편히 쉬고 싶어하는 마음을 드러내고 있는 것이다. 그 거리가 아마도 '구장로' 일 것이다. 한나절 이상을 걸어도 이십 리 정도의 거리에 있는 마을길이 나오지 않는 것은, 시인이 걷고 있는 길이 '산길' 이어서 그럴 것이다. 같은 길이라도 산길은 시간이 더 걸린다. 그 길을 걸으며 산길에서 만난 고운 새악시를 생각하고, 또 강물 속에 한 자나 되는 큰 쏘가리를 본 것을 생각하며 걷는 것에서 흥겨운 생각으로 산길의 지루함을 달래보려는 시인의 마음을 엿보게 된다. 비에 젖으며 산길을 걸으면서도 시인의 마음이 매우 낭만적이라는 것을 알 수 있다. 여행 중에 마주친 아름다운 여인과 자연의 생물이나 경관에 대한 감상은 여행에서 얻게 되는 가장 큰 즐거움 가운데 하나이다. 이 점에서 이 시는 여행자의 가장 기본적인 심성이 드러나 있는 작품이라고 할 수 있다.

그 여행자의 낭만적 정서는 음주에 대한 생각에서 절정을 이룬다. 장시간 동안 비에 적셨다 말렸다 하며 길을 걷고 있는 시인은 이제 배도 출출히 고파서 빨리 마을길로 들어가고 싶어하는데, 거기서 시인이 들어가고 싶은 곳은 '음식점' 이 아닌 '술집' 이다. 마지막 4연에서는 산비에 젖은 여행자의 피로를 씻어주는 술집의 정취와 음주장면을 매우 사실적으로 드러내면서 기행시의 구도를 마감한다. '구들' 과 '소주' 와 '술국' 으로 이루어진 술집 안에서의 음주의 정취는 열기로 가득 찬다. 바닥 아래에서 열을 발산하는 우리만의 독특한 난방형태인 '구들' 은 산비에 차가워진 몸을 데우고, '삼십오도의 소주' 와 '술국' 은 그 몸의 내부까지 데운다. 소주의 알코올 도수를 지칭하는 '삼십오도' 라는 수치의 표시는 1, 2연에서 산비에 적신 시인의 차가운 체온과 대비되면서 그 열기가 각별히 살아난다. 또 '뜨수한', '따끈한', '뜨근한' 등의 감각적 형용사의 변주는 '구들' 과 '삼십오도의 소주' 와 '술국' 이 지닌 미묘한 열기의 차이를 섬세하게 드러내면서 구들방에서 이루어지는 음주의 온기를 생생히 환기시킨다.

끝으로, 이 시는 길의 여정을 진술하고 있는 1, 2연은 '젖었다' 와 '길이다' 등과 같이 길을 걷고 있는 시인의 동작이나 상태를 나타내는 서술어로 끝을 맺고 있는데, 3, 4연은 '들어가자', '먹자' 와 같이 타인에게 자신과 함께 행동하기를 청하는 청유형의 서술어로 끝을 맺고 있는 것이 이채롭다. 이 시는 처음부터 끝까지 시적 화자 한 사람의 독백으로만 이루어진 작품이므로, 3, 4연에서의 청유형 서술어는, 화자가 자기 자신에게 청하는 셈이 되는 것이다. 일인칭 화자가 자기 자신의 내면에 대고 자신과 함께 행동할 것을 청하는 이러한 말의 형식은, 자신의 생각에 대한 확고한 다짐이나 강력한 의지를 느끼게 만든다. 그리하여 이 청유형의 서술어는, 비에 젖으며 오랜 시간을 걷고 있는 화자가 온돌과 소주와 술국으로 이루어진 술집에 대한 갈망의 정도를 매우 강력하게 드러내는 효과를 거두고 있다. 이 시는 3, 4연에서 시도된 이러한 구문의 활용으로 기행자의 마음을 절실하게 드러내며 마감함으로써 '기행시' 로의 시적 감동을 이끌어내고 있다.

북신北新

— 서행시초西行詩抄 2

거리에는 모밀내가 났다

부처를 위하는 정갈한 노친네의 내음새 같은 모밀내가 났다

어쩐지 향산香山 부처님이 가까웁다는 거린데

국수집에서는 농짝 같은 도야지를 잡어 걸고 국수에 치는 도야지고기는 돗바늘 같은 털이 드문드문 백였다

나는 이 털도 안 뽑은 도야지 고기를 물구러미 바라보며

또 털도 안 뽑은 고기를 시꺼먼 맨모밀국수에 얹어서 한입에 꿀꺽 삼키는 사람들을 바라보며

나는 문득 가슴에 뜨끈한 것을 느끼며

소수림왕小獸林王을 생각한다 광개토대왕廣開土大王을 생각한다

향산香山 묘향산.

돗바늘 매우 크고 굵은 바늘.

「북신」 해설

'북신' 은 평안북도의 위쪽 지역에 위치해 있다. 시인은 '북신' 이라는 기행지의 거리에서 메밀냄새를 맡는다. 기행지에서의 낯선 풍경에 대한 느낌을 음식에 대한 감각으로 포착하는 것은 음식에 유별난 선호를 드러내는 백석 특유의 시적 표현방법이다. 음식 냄새에는 생활정서가 듬뿍 배어 있다. 낯선 기행지에서의 첫 느낌이 음식냄새로 표현된 것은 기행지에서조차 생활의 체취를 찾으려는 시인의 노력이 담겨 있는 것으로 보아야 할 것이다. '모밀' 은 특히 시인이 좋아하는 사물 가운데 하나이다. 시인은 「야우소회」라는 시에서 비 내리는 밤, '나의 정다운 것들 가지 명태 노루 뫼추리 질동이 노랑나뷔 바구지꽃 모밀국수 남치마 자개짚세기 그리고 천희千姬라는 이름이 한없이 그리워지는 밤이로구나' 라고 노래한 바 있다. 시인이 정답게 생각하며 비 오는 날 한없이 그리워하는 것 가운데 식사용 음식으로서는 유일하게 '모밀국수' 가 포함되어 있는 것이 눈길을 끈다. 그토록 각별하게 생각하는 모밀내가 '북신' 의 거리에서 풍겨나왔으니 시인의 후각이 얼마나 놀라고 반가웠을까. 이 시의 첫 행을 장식하는 단호한 진술에는 이러한 시인의 반응이 담겨 있는 것이다.

이어 그 '모밀내'에 대한 느낌을 진술한다. 시인은 그 '모밀내'가 '부처를 위하는 정갈한 노친네의 내음새' 같다고 한다. 기행지에서의 느낌을 후각으로 환기하고, 다시 그 후각을 신체의 후각으로 비유한다. 이처럼 사물의 느낌을 연속해서 후각으로 드러내는 것은 다른 시인들에게서는 보기 어려운 매우 이채로운 표현방법이다. 이 후각적 비유는 '북신'의 거리가 정갈하고 경건한 느낌을 주며, 깊은 정신적 내면을 품고 있는 것 같은 느낌이 들게 만든다. 그러한 느낌은 2연에서 부처님의 이미지를 통해 구체화된다. 향산 부처님이 가까운 곳에 있다는 것은, 그 거리가 부처님의 정신세계의 자장 안에 있다는 것을 의미한다. 시인은 계속해서 '북신'이라는 기행지에서 어떤 정신적 내면의 깊이를 느끼고 있다.

국수에 대한 후각은 시인을 국숫집으로 이끈다. 국숫집 안에 들어가 '도야지'가 걸려 있는 식당 안의 풍경을 묘사하고, 국수를 먹는 사람들의 모습을 묘사한다. 여기서 주목되는 것은 사물의 느낌을 우리의 토속사물에 빗대어 표현하는 백석 특유의 비유법이다. 시인은 국수에 집어넣는 '도야지'가 커다랗게 걸려 있는 모습을 '농짝'에 비유하고, 그 '도야지 고기'에 박혀 있는 털은 '돗바늘'에 비유한다. 우리의 토속사물에 빗대어서 표현된 이 돼지고기의 이미지에서 우리의 원형적인 삶의 풍경과 체취가 물씬 풍긴다. 이어 그 농짝 같은 모양에 돗바늘 같은 털이 박힌 돼지고기를 시꺼먼 맨모밀국수에 얹어서 한입에 꿀꺽 삼키는 식사장면을 사실적으로 진술한다. 투박하고 야생적인 우리의 토속음식을 우직하고 기상 있게 삼켜넣는 식사모습을 바라보면서 시인은 가슴 내부에 민족의 기개와 호방한 정신이 뜨겁게 솟구치는 것을 느낀다. 그 뜨거운 민족정신의 발견은 만주지역을 호령했던 그 옛날 고구려의 기상과 영광의 역사를 떠올리게 만든다. '소수림왕小獸林王'과 '광개토대왕廣開土大王'의 이름 표시에만 특별히 한자를 사용한 것은 그 왕 이름 속에 담겨 있는 웅혼한 의미까지 살려내기 위한 것이다. 모밀내나는 '북신'에서 느낀 어떤 정신적 기운은 마침내 그 모밀국수의 식사장면에서 우리 민족의 정신과 숨결을 느끼는 것으로까지 이어지고 있는 것이다.

음식을 입에 집어넣는 순간은 인간 행동의 가장 원초적인 모습이 드러나는 시간이다. 그 원초적 모습에서 우리 민족의 기백과 영광의 역사를 이끌어내어, 이 시는 우리 마음속에 내재되어 있는 진정한 민족의 정신과 숨결을 일깨우고 있다.

팔원八院

— 서행시초西行詩抄 3

차디찬 아침인데
묘향산행妙香山行 승합자동차乘合自動車는 텅하니 비어서
나이 어린 계집아이 하나가 오른다
옛말속같이 진진초록 새 저고리를 입고
손잔등이 밭고랑처럼 몹시도 터졌다
계집아이는 자성慈城으로 간다고 하는데
자성慈城은 예서 삼백오십리三百五十里 묘향산妙香山 백오십리百五十里
묘향산妙香山 어디메서 삼촌이 산다고 한다
쌔하얗게 얼은 자동차自動車 유리창 밖에

진진초록 매우 진한 초록.
주재소 일제 강점기에 순사가 머무르면서 사무를 맡아보던 경찰의 말단 기관. 8·15 광복 후에 지서支署로 고쳤다.

내지인內地人 주재소장駐在所長 같은 어른과 어린아이 둘이 내임을 낸다

계집아이는 운다 느끼며 운다

텅 비인 차車안 한구석에서 어느 한 사람도 눈을 씻는다

계집아이는 몇해고 내지인內地人 주재소장駐在所長 집에서

밥을 짓고 걸레를 치고 아이보개를 하면서

이렇게 추운 아침에도 손이 꽁꽁 얼어서

찬물에 걸레를 쳤을 것이다

내임 냄. 배웅, 전송. '냄내다'는 '배웅하다'의 뜻이다.
아이보개 애보개. 아이를 돌보는 일을 맡아 하는 사람.

「팔원」 해설

'팔원' 은 평안북도 영변 근처에 있다. 이 시는 시인이 '팔원' 지역 일대를 여행하는 도중 버스 안에서 본 인상적인 풍경 하나를 그린다. 그 풍경은 마치 영화의 한 장면 같다. 버스에 오르는 계집아이와 버스 안의 어느 승객 한 사람, 그리고 밖에서 계집아이를 배웅하는 내지인 주재소장과 어린아이, 이렇게 4명이 펼치는 몸짓과 육성, 그리고 그 위에 시인의 내레이션이 보태져서 한 편의 시를 이룬다.

차창이 새하얗게 얼을 만큼 추운 겨울아침 묘향산행 승합자동차에 계집아이 하나가 오른다. 차 안은 텅 비어 있어서 그 계집아이의 모습이 선명하게 들어온다. '옛말속같이 진진초록 새 저고리'를 입었다는 것은, 옛날 말에서나 들을 수 있을 정도의 진짜 초록 빛깔을 띤 좋은 새 옷을 입고 있다는 것을 의미하는 것으로 보인다. 그런데 그 계집아이의 손잔등은 새 옷 입은 것과는 정반대이다. 밭고랑에 비유된 손잔등은 흙 묻은 것처럼 새까맣고 때가 많이 끼어있으며, 살결이 부르터서 여러 겹으로 깊이 패어 있고, 또 밭일을 할 때처럼 힘겨운 일을 많이 했음을 느끼게 해준다. 그 계집아이는 '자성' 으로 간다고 한다. '자성' 은 '예서 삼백오십리' 의 먼 길이다. 우리나라에서 가장 추운 곳으로 알려진 '중강진' 인근에 위치한 한반도 북단의 변방지역이다. 그 계집아이가 탄 승합자동차는 묘향산행이다. 묘향산 근처에 삼촌이 산다고 하니까, '자성' 으로 가는 길에 삼촌 집에 잠시 들르려고 하는 참인지도 모른다. 그 계집아이는 누구인가?

궁금증은 차창 밖에서 배웅하는 두 명의 인물을 통해 바로 밝혀진다. 그 계집아이를 배웅하는 내지인 주재소장, 즉 일제시대의 경찰서장은 당시 공포와 권세의 상징적인 인물이다. 일본 순사 온다는 말에 아이도 울음을 그칠 정도니까 그 상관인 주재소장이 당시 한국인들에게 얼마나 무시무시한 존재였는지 능히 짐작하고도 남을 일이다. 그 옆에 서 있는 아이는 아마 그 주재소장의 자식쯤 될 것이다. 계집아이는 바로 '주재소장' 집에서 밥 짓고 빨래하고 아이돌보는 '식모' 로 일했던 아이인 것이다. 아버지를 따라 배웅을 나온 아이는 그동안 그 '식모' 의 보살핌을 많이 받아서 정이 들었을 것이고, 그래서 아버지와 함께 배웅을 나왔을 것이다. '자성' 으로 가는 그 계집아이는 자신의 집으로 돌아가는 듯한데, 문맥 안에 정확히 언급되지는 않는다. 어쩌면 '자성' 에 있는 또 다른 어떤 집의 식모로 떠나는 것인지도 모른다.

중요한 것은 이 인물들이 연출하는 풍경의 애잔함과 서글픔이다. 밭고랑처럼 부르튼 손잔등에 선명한 빛깔의 새 옷을 차려 입은 이 어색한 치장은, 모두 일제의 주재소장 집에서 이뤄진 것이다. 계집아이의 부르튼 손잔등은 주재소장 집의 식모로 일하면서 고생한 흔적이고, 그 새 옷 역시 그 집에서 마련해줬을 것이다. 어린 계집아이가 식모살이로 고생을 하고, 또 한편으론 필경 그 계집아이가 몹시 입고 싶어했을 진진초록의 새 옷을 장만할 수 있는 곳이 모두 일본 제국주의 경찰서장의 집이라는 것—그것은 바로 가난과 고생과 꿈으로 얼룩진 우리의 일상생활이 고스란히 일제에 저당잡혀 있음을 단적으로 보여주는 것이다. 이 점에서 그 계집아이를 배웅하는 모습은 더욱 비극적이다. 그 친절은 불쌍한 당시의 우리 민중들을 돌봐주는 몸짓으로 비친다. 그리하여 그 계집아이가 우는 것을 보고 버스 한구석의 승객이 눈물을 닦고 있는 것은, 그 아이의 불쌍한 모습에 대한 슬픔이면서, 동시에 당대 우리 사회의 비극적 현실에 대한 슬픔의 표출인 것이다. 네 명이 벌이는 이 한 컷의 장면은 일제시대를 살아가는 우리 민족의 슬픈 내면을 깊이 함축하고 있다.

백석이 본 이 버스 안의 장면은 안도현의 시 「열심히 산다는 것」의 한 장면을 연상시킨다. 안도현은 전북의 '산서'에서 '오수'까지 가는 버스에 할머니가 올라타면서 벌어지는 장면을 다룬다. 할머니와 버스기사 간에 요금에 대한 시비로 말싸움이 벌어진다. 할머니는 돈을 아끼려고 400원의 버스요금 중 370원만 냈고, 이를 본 버스기사는 왜 요금을 다 안 내냐고 몰아친다. 그들은 단돈 40

원 때문에 악착같이 싸우는데, 그 다툼에는 한 푼이라도 아끼려는 할머니의 악착같은 생활력과 자기 일에 충실한 기사의 직업의식이 내재되어 있다. 그리하여 시인은 이 시의 제목에 '열심히 산다는 것'이라는 제목을 붙여놓고, 그 다툼의 풍경을 넉넉한 시선으로 바라보고 있다. 다 같이 버스 안에 한 인물이 올라타서 벌어지는 풍경을 그린다는 점에서 두 작품은 공통점을 가지고 있는데, 백석 시에서는 버스 안의 인물들 간에 아무 말이 없이 눈물만이 흐르고, 안도현의 시에는 한 치의 양보도 없는 말의 공방이 오간다. 또 백석 시의 내레이터는 애틋하고 처량한 마음으로 그 풍경을 바라보는데, 안도현의 내레이터는 아주 너그러운 시선으로 그 풍경을 바라본다. 이 두 차이가 일제의 지배를 받던 시절의 주눅 든 삶의 풍경과 활기차게 자기 삶을 꾸려나가는 오늘의 삶의 차이를 상징적으로 보여준다. 백석 시의 버스 안의 풍경은 안도현의 시적 무대로 옮겨져서 오늘을 사는 보통사람의 악착같은 삶의 풍경을 상징적으로 보여주는 시로 이어지고 있다.

월림月林장

— 서행시초西行詩抄 4

'자시동북팔십천희천自是東北八〇粁熙川' 의 팻말이 선 곳

돌능와집에 소달구지에 싸리신에 옛날이 사는 장거리에

어니 근방 산천山川에서 덜거기 껙껙 검방지게 운다

초아흐레 장판에

산 멧도야지 너구리가죽 튀튀새 났다

또 가얌에 귀이리에 도토리묵 도토리범벅도 났다

월림月林장 '월림' 은 영변군 북신현면 하길동에 소재한 동네 이름이다.(文定昌,『朝鮮の市場』, 日本評論社版, 1941. 참조)

자시동북팔십천희천自是東北八〇粁熙川 여기서부터 동북방향으로 '희천' 까지는 팔십 킬로미터. 구한말 이후의 지적도를 보면 '八〇' 이 '八十' 이라는 의미로 쓰였다. '粁' 은 Km를 의미하는 일본식 한자이며 '희천熙川' 은 평안북도 묘향산 위쪽 방면에 위치해 있다.

돌능와집 돌능에집, 너와집.

어니 '어느' 의 평북 방언.

덜거기 '수꿩' 의 평북 방언.

나는 주먹다시 같은 떡당이에 꿀보다도 달다는 강낭엿을 산다

그리고 물이라도 들듯이 샛노랗디 샛노란 산山골 마가슬 볕에 눈이 시울도록 샛노랗디 샛노란 햇기장 쌀을 주무르며

기장쌀은 기장차떡이 좋고 기장차랍이 좋고 기장감주가 좋고 그리고 기장쌀로 쑨 호박죽은 맛도 있는 것을 생각하며 나는 기쁘다

튀튀새 티티새. 지빠귀. 개똥지빠귀. 딱샛과의 새. 편 날개의 길이는 12~14cm, 꽁지의 길이는 8~10cm이며, 대체로 검은 갈색이다. 다리가 길며 다른 새의 울음소리를 잘 흉내낸다.

가얌 개암(개암나무의 열매).

주먹다시 '주먹'을 거칠게 일컫는 말.

떡당이 떡덩이.

마가슬 늦가을.

기장 볏과의 한해살이풀. 높이는 50~120cm이며, 여름에 작은 이삭꽃이 원추圓錐 꽃차례로 피고 이삭은 9~10월에 익는다. 열매는 '황실黃實'이라고도 하는데 엷은 누런색으로 떡, 술, 엿, 빵 따위의 원료나 가축의 사료로 쓴다.

차랍 '찰밥'의 평북 방언.

「월림장」 해설

시의 서두에 '자시동북팔십천희천自是東北八〇粁熙川'이라는 팻말표시를 기술한 것이 이채롭다. 팻말에는 여기서 동북방향으로 '희천'까지는 80Km이라는 말이 쓰여 있다. 이정표인 것이다. '희천'은 평안북도의 묘향산 위쪽에 위치해 있다. 이 이정표는 시인이 기행 도중에 있으며, 기행지에서 쓴 것임을 알려준다. 그리고 지금 시인이 서 있는 장소와 위치를 구체적으로 알려주며, 그 공간의 현장감을 극대화시킨다.

이 시의 서두에 제시된 팻말표시의 기능은 김승옥의 소설「무진기행霧津紀行」의 서두와 말미를 장식하고 있는 '무진'이라는 이정표의 진술을 연상시킨다. '무진'이라는 공간을 무대로 펼쳐지는 이 소설은 '버스가 산모퉁이를 돌아갈 때 나는 〈무진 Mujin 10Km〉라는 이정비를 보았다'라는 진술로 시작해서, '당신은 무진읍을 떠나고 있습니다. 안녕히 가십시오'라는 이정표의 진술로 끝맺는다. '무진'은 지도상에 없는 작가가 만든 가상의 공간인데, 이 이정표의 제시로 인해 마치 실재하는 공간 같은 느낌을 준다. 작가가 이정표를 통해 허구를 실제처럼 만든 것이다, 이정표는 길을 안

내해주는 구체적 도로표시판이어서 그 공간이 지도상에 정말로 존재하는 것처럼 느끼게 만든다. 시 「월림장」에서의 '월림'은 「무진기행」의 '무진'과는 달리 실재의 공간이지만, 이정표의 제시로 구체적인 공간으로서의 현장감을 더욱 고양시킨다. 이정표는 대개 사람의 눈에 띄기 쉬운 곳에 놓으니까 지금 시인이 머문 곳이 사람이 많이 다니는 길가라는 것을 함축한다. 그것은 이 시의 공간인 장터의 배경에 특별한 정서를 부여한다. 이정표의 제시로 그 장터가 길가에 나와 있고, 또 사람들이 적지 않게 몰려 있을 것이라고 느끼게 한다.

이어 구체적인 장터의 풍경이 묘사된다. 돌능와집, 소달구지, 싸리신은 장터에서 보이는 커다란 사물들이다. 장터에서 물건을 파는 집과 물건을 운송하는 도구, 장터에 돌아다니는 사람들이 신는 신들에 해당하는 이 물건들은 장터의 풍경을 지배하는 것들이다. 시인이 장터에 들어가 우선 눈에 띄는 커다란 사물들을 바라보면서 그것들로 이루어지는 장터의 첫인상을 묘사하고 있는 것이다. 그런 장터의 풍경을 '옛날이 사는 장거리'라고 표현해서, 허름한 고풍의 분위기로 마치 과거의 시간대로 돌아온 것 같은 장터의 풍경과 분위기를 드러낸다. 그 표현은 팻말이 주는 구체적인 현장감과 대비되어, 실재의 공간에서 예스러운 분위기의 장거리로 들어섰을 때의 색다르고 기이한 기분을 생생히 전달한다. 근방의 산천에서 울리는 덜거기, 즉 수꿩의 울음소리는 이 예스러운 장터의 분위기에 청각적인 정서를 부여한다. 수꿩의 울음소리는 매우 탁하고 거칠며 통명스럽다. 그 소리를 '검방지게' 운다고 표현한 것이 재미있다. 장터 인근의 산천에서 둔탁하고 건방지게 울어대는 수꿩의 소리는 시골마을에서 벌어지는 장터의 예스러운 분위기를 더욱 깊게 만든다.

2연부터는 장판에 늘어선 사물들이 나열된다. 산에 사는 동물들과 열매와 곡식과 음식들이 하나하나 나열되면서 여러 종류의 물건과 음식들로 가득 찬 장터의 풍성한 풍경이 그려진다. 그 장터의 풍경을 보고 있으면 마음까지 풍성해지고 들뜨기 마련인데, 그곳이 여행지라면 그 느낌은 더욱 커진다. 여행지에서 만나는 장터는 여행에서 생기는 들뜬 마음을 한껏 고조시킨다.

3연에서는 그 장터에서 맛있는 음식을 사고, 직접 만지기도 하며, 입맛을 다셔보기도 하는 들뜬 마음이 표출된다. '샛노랗디 샛노란 산골' 늦가을 볕은 노란 단풍과 노란 햇볕으로 채색되는 화창한 늦가을의 그윽한 풍경을 그려낸다. 여기에 다시 '샛노랗디 샛노란 햇기장 쌀'이 겹쳐져 노란색의 반복과 조화가 주는 가을정취의 즐거움과 아름다움이 발산된다. 'ㅅ'과 'ㄴ'음의 소리 반복이 주는 말의 즐거움은 그 신나는 풍경에 대한 시인의 마음을 반영한다. 그 즐거움은 기장쌀로 만든 여러 음식에 대한 미각의 즐거움으로 확대된다. 시인의 고양된 기분은 '기장쌀', '가장차떡', '기장차랍', '기장감주', '기장쌀로 쑨 호박죽' 등 사물의 나열이 주는 풍성함과 같은 말의 반복이 주는 소리의 즐거움을 통해 드러난다. 이 시는 마지막 3연에 가서 마치 판소리 창자가 '아니리' 다음에 빠른 템포로 창을 토해내듯 연달아 이어지는 엮음의 언어로 진술하여 흥을 한껏 고조시키며 시를 마감한다. 여기서 엮음의 언어는 말소리의 반복에서 유발되는 즐거움까지 보태져서 시인의 흥을 더욱 북돋는다. '서행시초'의 마지막 무대가 된 이 '월림장'에서 시인은 장터의 아름답고 풍성한 풍경에 흠뻑 빠져든다.

시기柿崎의 바다

저녁밥때 비가 들어서

바다엔 배와 사람이 흥성하다

참대창에 바다보다 푸른 고기가 께우며 섬돌에 곱조개가 붙는 집의 복도에서는 배창에 고기 떨어지는 소리가 들렸다

이즉하니 물기에 누굿이 젖은 왕구새자리에서 저녁상을 받은 가슴앓는 사람은 참치회를 먹지 못하고 눈물겨웠다

시기柿崎 가키사키. 일본 혼슈(本州)의 이즈반도(伊豆半島) 최남단에 있는 항구.

참대창 죽창.

께우며 '꿰이며(물건을 맞뚫리게 찔러서 꽂으며)'의 방언.

섬돌 집채의 앞뒤에 오르내릴 수 있게 놓은 돌층계.

배창 선창船倉. 배 안 갑판 밑에 있는 짐칸.

이즉하니 이슥하니. 밤이 깊어가니.

누굿이 눅눅하게.

왕구새자리 왕골새자리. 왕골의 껍질이나 띠 등을 엮어서 만든 자리. '새'는 띠, 억새 따위의 볏과 식물을 통틀어 이르는 말이다.

어득한 기슭의 행길에 얼굴이 해쓱한 처녀가 새벽달같이

아 아즈내인데 병인病人은 미역 냄새 나는 덧문을 닫고 버러지같이 누었다

아즈내 아지내. '아지내'는 '초저녁'의 평북 방언.

「시기의 바다」 해설

'시기柿崎'는 일본의 항구이름이다. 혼슈本州의 이즈반도伊豆半島 최남단에 있다. 백석의 시에서 일본 지명이 언급되며, 일본의 풍경을 무대로 삼은 시는 이 작품 외에 「이두국주가도伊豆國湊街道」라는 작품이 한 편 더 있다. 그는 일본의 '청산학원'에서 유학한 바 있는데, 그때의 경험이 바탕이 된 작품이라고 할 수 있다. 「시기의 바다」는 1936년 1월에 발표된 시집 『사슴』 안에 상재된 작품이다. 그의 첫 작품인 「정주성」이 발표된 것이 1935년 8월 30일이고, 그로부터 5개월 남짓 지나 시집 『사슴』이 발간되었다. 『사슴』에는 33편의 시가 실려 있는데, 이 중에 26편은 신작이다. 「시기의 바다」는 26편의 신작시 가운데 하나인 것이다. 5개월 동안에 26편 이상의 작품을 쓴다는 것은 불가능한 일이다. 따라서 이 작품들의 상당수는 그전에 써놓은 것이라고 짐작된다. 「시기의 바다」도 그전에 백석이 '청산학원'에 유학할 당시에 써놓은 작품으로 추정된다. 이 시는 전형적인 일본 어촌의 풍경을 그리고 있는데, 우리의 토속어로 일본의 어가漁家를 그리고 있다는 점이 이채롭다. 특히 일본 어가의 풍경을 묘사하면서도 평안도 사투리를 구사하고 있어서, 시작에 임하며 시어로서 방언을 사용하겠다는 시인의 의지가 남달랐음을 확인하게 된다.

시기柿崎 항구의 어촌에 저녁이 다가오고 비가 들면서 시인의 붓은 화폭으로 이동한다. 항구의 어촌에 비가 들이치면 항구의 물색은 보다 짙어진다. 바닷물과 물고기와 고기잡이배들로 혼잡한 어촌의 풍경은 더욱 어수선해지고, 빗물에 젖고 대기의 흐름이 막히면서 비린내는 더욱 물씬해지며, 어촌의 물기는 더욱 깊어진다. 어촌이 어촌다운 모습을 드러내는 순간을 시인은 포착하는 것이다. 시인은 그런 가운데서도 특별히 '저녁밥' 때의 시간에 맞추고 있다. 그것은 어가의 생활풍경을 그려내려는 의도가 작용한 것이다. '식사', 그중에서도 저녁식사는 생활의 속 풍경이 가장 짙게 드러나는 시간이다.

1연은 저녁밥 때 비가 들이쳐서 바다에 배와 사람이 흥성거리는 것을 진술한다. 비가 들이치면 바다에 떠 있는 배는 출렁거리고 사람들은 비를 피해 이리저리 옮겨다니며 비에 젖은 물건에 포장을 치느라고 부산하게 움직인다. 배와 사람들이 어우러져 수선거리는 풍경은 어촌의 풍경을 한층 생기 있게 만든다. '활기차게 일어나다'는 의미의 '흥성하다'는 말은 이런 바닷가의 우경雨景을 감각적으로 잘 드러낸다.

2연은 어가의 풍경에 대한 묘사이다. 바닷가의 물 위에 기둥을 박고 세워져 있는 어가의 풍경이 입체적인 감각으로 묘사된다. 죽창에 푸른 고기가 끼워져 있고, 섬돌에 곱조개가 붙어 있으며, 복도에서는 선창에 고기 떨어지는 소리가 들린다는 진술은 다양한 시각적 이미지에 소리감각까지 어우러져 마치 물 위에 떠 있는 어가의 한복판에 들어와서 그 바닷집의 정취를 느끼는 것처럼 해준다. 여기서 일본 어가의 이국적인 풍경을 맛보는 것은 이 시를 읽는 또 하나의 즐거움이다.

3연과 4연에서는 그 어가에 사는 사람들을 묘사하는데, 그들은 모두가 병약한 몸을 하고 있다. 한 사람은 가슴을 앓고 있어 저녁식사 때 참치회를 먹지 못하고 눈물겨워하며, 또 한 처녀는 해쓱한 얼굴에 초저녁인데도 문을 닫고 누워 있다. 어가에 있는 사람들의 병약한 생활풍경은 배와 사람들로 흥성거리는 어가 밖의 바다풍경과 대비되어 한층 침체되고 우울한 느낌을 준다. 물기에 젖은 '왕구새자리'의 '누굿'한 감촉은 병인에게 한기를 줘서 병을 깊게 만들 것이 분명하다. 그런 자리에 앉아 저녁식사를 하는 풍경은 을씨년스러운 느낌마저 준다.

여기서 주목되는 것은 '왕구새자리'라는 말이다. '왕구새자리'는 일본의 방에 까는 돗자리인 다다미를 말하는 것이다. 일본식 한자로는 '첩疊방'이라고 한다. 윤동주의 「쉽게 쓰여진 시」에 '육첩六疊방'이라는 말이 나온다. '육첩六疊방은 남의 나라'라는 윤동주의 시구절에 단호하게 언명되어 있듯이 다다미방인 '육첩六疊방'은 일본 주거문화의 핵심으로써 일본을 상징하는 사물이다. 그런데 백석은 '다다미'나 '첩疊방'이라는 일본말 대신에 토착어인 '왕구새자리'란 말을 사용하고 있다. '왕구새자리'란 말은 '왕골'에다 띠와 억새 등을 의미하는 '새'가 혼합된 말로서 돗자리의 모양과 감촉을 선명하게 느끼게 해준다. 우리의 토착어를 사용하면서 언어에 묻어 있는 사물의 감각을 선명하게 살려내고 있는 것이다. '아즈내'라는 말도 초저녁이라는 뜻의 평북 방언이다. '아즈내'라는 토착어는 그 앞에 놓인 감탄사인 '아'와 호응하면서 병인의 처지에 대해 아득한 느낌을 갖는 시인의 마음을 드러내고, 또 '아직 이른 시간'이라는 뜻을 자아내기도 해서, '초저녁'이라는 말보다는 훨씬 효과적인 기능을 갖고 있다. 토착어의 사용은 비유적인 표현에도 구사된다. 새벽달같이 '해쓱한 처녀'라든지, '병인은 버러지같이 누웠다'와 같은 표현은 우리에게 친근한 사물을 지칭하는 토착어를 비유어로 삼아 병인의 안색과 자태를 선명하게 드러내고 있다. 여기서 토착어의 구사를 향한 백석 시의 완강한 집착과 의지를 새삼 확인하게 된다.

이 시는 일본 어가의 풍경을 우리의 토착어로 선명하게 그려내어, 우리말의 아름다움을 느끼면서 일본 어가의 생소한 풍경을 감상하는 색다른 묘미를 주는 작품이다.

외롭고 높고 쓸쓸한 길

내가 이렇게 외면하고

멧새소리

적막강산

나와 나타샤와 흰 당나귀

북방北方에서—정현웅에게

조당澡塘에서

허준

흰 바람벽이 있어

남신의주유동박시봉방南新義州柳洞朴時逢方

내가 이렇게 외면하고

내가 이렇게 외면하고 거리를 걸어가는 것은 잠풍 날씨가 너무나 좋은 탓이고

가난한 동무가 새 구두를 신고 지나간 탓이고 언제나 꼭같은 넥타이를 매고 고은 사람을 사랑하는 탓이다

내가 이렇게 외면하고 거리를 걸어가는 것은 또 내 많지 못한 월급이 얼마나 고마운 탓이고

이렇게 젊은 나이로 코밑수염도 길러보는 탓이고 그리고 어늬 가난한 집 부엌으로 달재 생선을 진장에 꼿꼿이 지진 것은 맛도 있다는 말이 자꼬 들려오는 탓이다

잠풍날씨 잔풍殘風날씨. 잔잔한 바람이 부는 날씨.

달재 '달강어達江魚'의 방언. 바닷물고기로서 주둥이가 약간 길고 앞쪽이 오목하며 몸에 가시가 많음.

진장 진간장. 검정콩으로 쑨 메주로 담가 빛이 까맣게 된 간장.

「내가 이렇게 외면하고」 해설

이 시는 거리를 활보하면서 느끼는 화자의 흥겨움이 진술된다. 화자의 흥겨운 보행 속에는 일상의 자잘하고 기본적인 욕망충족에서 행복을 느끼며 사는 보통 도시인의 소박한 생활정서가 묻어 있다. 이 소박한 도시의 생활인이 내비치는 발언들은 아주 평명한 언어로 표출되어 시의 표현과 형상을 위한 별다른 시적 의장이 구사되지 않은 듯하다. 하지만 이 평명한 언어들은 특정한 구문에 내재된 미묘한 의미작용에 힘입어 생기 있는 시의 언어로 거듭 난다. 이 시에서 시인이 활용한 특정의 구문은 앞서 시 「외가집」에서 사용한 바 있는 '~이다' 구문이다.

이 시의 서술구문은 '명사 1은 명사 2+이다' 라는 전형적인 '~이다' 구문으로 되어 있다. '~이다' 구문으로 인해 이 시 화자의 정서와 동작을 드러내는 '외면하고 거리를 걸어간다' 는 서술어는 주어로 이동하고, 문장의 끝은 화자의 의지와 바람이 중립화되는 '~이다' 로 종결된다. 만약에 '외면하고 걸어간다' 는 서술어가 주부가 아닌 문장의 끝에 놓이게 되면, '외면하고 걸어가는' 시인의 정서와 동작이 생경하게 부각될 것이다. 하지만 '~이다' 구문에 의해 서술어에 반영된 화자의 정서와 동작보다는 '이다' 라는 종결형의 문장을 안고 있는 사태의 진술에 의미와 느낌의 중심이 놓이게 된다. 이 시에서 그 사태의 진술은 화자가 거리를 걸어가는 이유를 낱낱이 서술하는 것으로 채워져 있다. 그러니까 화자가 거리를 걸어가는 이유에 대한 구체적 세목들이 '~이다' 구문에 의해 한층 각별하게 부각되는 것이다. 시인은 그 이유의 세목들을 별다른 시적 의장 없이 그저 낱낱이 서술할 뿐이지만, '~이다' 구문에 의해 사태의 진술에 의미와 느낌의 중심이 놓이면서 각별하게 호소된다.

화자가 거리를 걸어가는 이유는 좋은 날씨와 가난한 친구의 새 구두 장만, 단벌이지만 언제나 말쑥하게 차려입고 사랑하는 사람과 동행하는 것, 그리고 작지만 소중하고 고마운 월급, 젊은 나이에 한번 시도해본 코밑수염의 과시, 가난한 집의 맛깔난 음식에 대한 기대 등이다. 하나같이 일상생활의 기본적 요건에 대한 소박한 욕망이 담겨 있는 것들이다. 그 소박한 욕망의 구체적 세목들 하나하나가 '~이다' 구문에 의해 각별히 호소되면서, 새삼 우리의 삶을 지배하는 기본적인 요소들의 소중함을 되돌아보게 된다.

'~이다' 구문이 지닌 사태진술의 호소력은 의미의 차원만이 아니라 언어의 기표와 구문의 차원에서도 이루어진다. '~이다' 구문에 의해 개별 어휘의 기표와 구문들이 생기를 띠면서 각별하게 호소되는 것이다. 우선 첫 행의 '잠풍날씨' 란 어휘가 비상한 위력을 낸다. '잔잔한 바람이 부는 날씨' 란 뜻의 이 말은 기본적으로 생소한 표현이 주는 낯설음의 효과가 있지만, '~이다' 구문에 의해 사태의 진술에 대한 집중도가 높아지면서 기표의 어감이 주는 은은하고 부드러운 느낌이 한층 생기 있게 환기된다. 이밖에 '가난한 동무', '새 구두', '넥타이', '고은 사람', '월급', '코밑수염', '달재 생선', '진장' 등은 비록 평명한 어휘들이나 '~이다' 구문에 의해 각별한 느낌이 조성되면서 기본적인 생활언어 속에서 묻어 있는 생활의 체취와 온기들이 물씬 풍겨난다.

구문의 활용에 대한 효과도 극대화된다. '내 많지 못한 월급이 얼마나 고마운 탓이고' 라는 구문은 문법적으로 비문이다. '얼마나' 라는 부사 다음에는 감탄의 서술어가 뒤따라야 하는데, 형용사와 명사가 뒤따르게 되면서 문법적으로 어색한 구문이 되었다. 그런데 2연 첫 행에서 구사된 '얼마나' 라는 부사는 1연 첫 행에서 구사된 '너무나' 라는 부사와 형식적으로 대칭되면서 호응관계를 이룬다. 그래서 여기서 '얼마나' 라는 말은 '너무나' 라는 의미와 등가를 이루면서 동어반복을 피하는 새로운 시어로서의 기능을 한다. '얼마나' 라는 말이 전체적인 시의 문맥 속에서 호응관계를 이루는 참신한 시어로 승화되면서, 그 뒤에 이어지는 어색한 구문까지 오히려 '얼마나' 의 의미를 고조시키는 '시적인 구문' 으로 승화된다. 일탈적인 구문으로 '얼마나' 라는 단어가 생소해지면서 그 의미가 한층 강화되는 것이다. 그리고 이러한 일탈적인 구문의 생소화 효과는 바로 '~이다' 구문에 의해 사태진술이 극대화됨으로써 더욱 크게 상승된다.

이 시는 '이다'의 종결형을 몇 차례 반복시키고 있다. '내가 ~ 걸어가는 것은'이라는 하나의 주어에 대해 '이다'의 종결형을 1연에서는 두 차례, 2연에서는 세 차례 반복시키고 있다. '걸어간다'는 주어의 종결형 서술어에 해당하는 '이다'를 몇 차례 반복시킴으로써, 걸어가는 동작의 진행, 즉 화자의 보행을 생생히 환기시킨다. '걸어간다'는 서술어로 걸어가는 동작을 직접 말하지 않고, '이다'라는 종결형의 반복을 통해 동작의 진행과정을 느끼게 한다는 점에서 시의 전달이 한층 효과적이다.

이렇게 볼 때 이 시는 '~이다' 구문을 통해 사태진술이 극대화되는 효과도 이용하고, 또 '이다'라는 종결형의 반복적 사용을 통해 '~이다' 구문 자체로는 드러낼 수 없는 화자의 동작까지도 환기해내는 이중의 효과를 얻고 있다. 백석은 이 시에서 평명한 언어를 구사하면서도 우리말의 구문에 내재된 의미작용을 섬세하게 활용하여 시의 의미를 효과적으로 창출해내고 있다.

멧새소리

처마 끝에 명태明太를 말린다

명태明太는 꽁꽁 얼었다

명태明太는 길다랗고 파리한 물고긴데

꼬리에 길다란 고드름이 달렸다

해는 저물고 날은 다 가고 별은 서러웁게 차갑다

나도 길다랗고 파리한 명태明太다

문門턱에 꽁꽁 얼어서

가슴에 길다란 고드름이 달렸다

「멧새소리」 해설

이 시는 추운 겨울날 처마 끝에 명태를 말리는 풍경을 묘사한다. 처마 끝에 매달린 명태는 추운 날씨에 꽁꽁 얼어붙는다. '길다랗고 파리한데' 란 표현은 꽁꽁 얼어붙은 명태의 초췌한 모양을 시각적으로 형상화한다. 그 명태의 꼬리에 달린 기다란 고드름은 초췌한 명태의 모양에 다시 한 번 차갑게 얼어붙은 이미지를 부여한다. 꼬리에 매달린 고드름의 기다란 모양은 기다란 명태의 모양을 더욱 길게 늘어뜨리며, 가늘고 기다란 모양이 주는 가냘프고 초췌한 모양을 극대화시킨다. 넓적한 모양의 물고기에 고드름이 매달렸다면 처량하고 초췌한 느낌은 훨씬 덜했을 것이다. 길고 파리한 모양에다 꼬리에 다시 기다랗고 가는 고드름이 매달린 형상! 가늘고 긴 모양의 시퍼렇게 얼어붙은 생명체가 주는 비감함이 이 시의 형상에 흐르고 있다.

명태에 대한 묘사 다음에 배경묘사가 이어진다. 일몰의 시간과 차가운 볕의 기온은 처마 끝에 가늘고 길게 매달려 얼어붙은 명태의 비감함을 더욱 심화시킨다. 여기서 볕이 '차갑다' 란 느낌은 심리적인 것이다. 볕은 기본적으로 따뜻하다. '볕' 이란 '해가 내리쬐는 뜨거운 기운' 이라는 뜻을 지닌다. 그럼에도 별이 차가운 것은 시인의 마음이 그만큼 차갑기 때문일 것이다. 그 차가운 별에 '서러웁게' 란 형용사까지 붙어서, 시인의 감정이 표면 위로 눈에 띄게 솟아오르고 있음을 느낀다. 명태에 대한 냉정한 묘사의 끝자락에서 차갑고 서러운 감정이 솟구치는 것은, 어느덧 그 명태에 시인의 내면이 깊숙이 드리워졌기 때문이다. 그리하여 6연에서부터는 명태에 비유된 시인의 초상이 진술된다. 꽁꽁 언 '문턱' 은 시인의 얼굴의 턱을 연상시키고, 또 문자 그대로 집의 문턱을 연상시킨다. 시인의 육신과 거처가 모두 꽁꽁 얼어붙었음을 생생히 느끼게 한다. 가슴에 기다란 고드름이 달렸다는 진술은 말할 것도 없이 시인의 마음이 꽁꽁 얼어붙었음을 일러준다. 시인의 육신과 마음, 그리고 그의 생활공간까지 꽁꽁 얼어붙었음을 마지막 3행의 묘사는 단단한 함축으로 제시한다.

처마 끝에 얼어붙은 명태에 대한 차가운 묘사, 그리고 거기에 투영시킨 화자의 얼어붙은 초상은 서술형 어미 '다' 가 환기하는 냉정하고 통명스러운 어조에 의해 한층 강렬한 울림을 준다. 백석은 이 시에서 매 문장을 최대한 간명하게 서술하면서 '다' 의 어미로 종결시킨다. 연속적으로 구사된 이 어법은 이 시의 어조를 매우 냉정하고 퉁명스럽게 만든다. 툭툭 말을 내뱉는 듯한 무뚝뚝한 문장들은 그 자체로 얼어붙어 있는 느낌을 준다.

이 시는 시종일관 처마 끝에 얼어붙어 있는 명태를 묘사하면서,

시의 제목은 '멧새소리'로 삼고 있다. 물론 이 시에서 멧새는 전혀 등장하지 않는다. 새파랗게 얼어붙은 명태의 비감한 느낌 속에 숨어 있는 이 독특한 제목의 시는 김은자의 시 「튀튀새가 산다—백석에게」를 낳는다. 이 시는 백석 시의 「멧새소리」에 나오는 명태의 이미지에 대한 뛰어난 해석이자 비평이다. 김은자 시인은 백석 시 「멧새소리」를 시로 해석하면서, 그 안에 또 하나의 패러디 시를 집어놓는 독특한 형식의 시를 만들고 있다. 백석의 「멧새소리」는 문제적인 시의 제목을 달고 있고, 그 문제성은 김은자 시인에게 가서 또 하나의 명시를 탄생시키고 있다.

적막강산

오이밭에 벌배채 통이 지는 때는
산에 오면 산 소리
벌로 오면 벌 소리

산에 오면
큰솔밭에 뻐꾸기 소리
잔솔밭에 덜거기 소리

벌로 오면
논두렁에 물닭의 소리
갈밭에 갈새 소리

벌배채 들배추. '배채'는 '배추'의 평북 방언.
벌배채 통이 지는 때 '통'은 '속이 차게 자란 배추나 박 따위의 몸피'를 말한다. 따라서 이 구절은 들배추의 통이 사그라지는 때를 말한다.
덜거기 '수꿩'의 평북 방언.

산으로 오면 산이 들썩 산 소리 속에 나 홀로
벌로 오면 벌이 들썩 벌 소리 속에 나 홀로

정주定州 동림東林 구십九十여 리里 긴긴 하로 길에
산에 오면 산 소리 벌에 오면 벌 소리
적막강산에 나는 있노라

물닭 비오리. 오릿과의 물새. 몸의 길이는 66cm 정도이고, 날개는 오색찬란하며, 날 때에 사각형 흰색 무늬가 뚜렷하다. 부리는 톱니같이 뾰족하고 항만, 연못에 산다.
갈새 개개비. 참새목 휘파람새과에 속하는 새로 몸 빛깔은 올리브색을 띤 갈색이며 강가나 호숫가 갈대밭에 살면서 파리 · 나비 · 메뚜기 · 벌 · 잠자리 · 개구리 따위를 잡아먹는다.

「적막강산」 해설

이 시는 앞에서 살펴본 작품인 「연자간」과 더불어 정제된 율격 형식을 보인 대표적인 작품 가운데 하나이다. 이 시는 「연자간」보다도 더욱 정제되어, 거의 정형화된 율격미를 보인다. 정형화된 율격에다 화자의 탄식이 토로되고 있는 이 시는 백석 시로서는 극히 예외적인 작품에 속한다. 이 시의 마지막을 장식하는 '적막강산에 나는 있노라'와 같은 탄식은 백석의 다른 시에서는 찾아볼 수 없으며, 특히 '있노라'라는 감탄의 서술어와 의고적인 어조는 이 시에서만 구사되고 있다. 밑에서 구체적인 비교를 하겠지만, 이 시에는 소월 시의 흔적이 드리워져 있다. 백석 시의 주류에서 일탈되어 있는 이 시의 색다른 음색은 소월 시의 영향 속에서 이루어진 것으로 보인다. 소월은 백석이 다닌 오산고등학교의 선배이다. 백석과 오산고등학교의 같은 반에서 지낸 바 있는 임기황의 증언에 의하면 백석은 학창시절 선배 시인인 소월을 몹시 동경했다고 한다. 하지만, 그는 시단에 나와서 줄곧 자신의 개성이 물씬 배어 있는 작품들만을 써나갔다. 그러다 시작 기간이 어느 정도 지난 이후에 소월 시의 색채가 묻어나는 시를 한번 시도해보고 있는 것이다. 물론

이 작품에도 소월 시의 흔적은 어디까지나 간접적으로 배어 있을 뿐, 백석의 독창적인 창법이 짙게 드러나 있다.

1~3연까지는 산과 들에서 울리는 소리를 진술한다. 산을 가나 벌로 내려오나 온통 새소리와 물닭의 소리와 갈새의 소리만 들려오는 세상을 표현해낸다. 2연과 3연은 1연에서 말한 산과 벌의 소리들을 구체화시키고 확대시키고 있다. 매 연마다 일률적으로 3행씩 이루어지는 정제된 율격은 마치 메아리치듯 일정하게 울려대면서 소리 공명으로 가득 찬 세상을 느끼게 해준다. 1~3연까지는 시 속에 온통 그런 자연의 소리만이 울릴 뿐이다. 산에 가나 들로 내려오나 사람소리는 안 나고 온통 자연의 소리만이 들려오는 세상은 막막하다. 그 속에 나 혼자만이 던져져 있을 때, 시인의 적막감은 더없이 커진다. 4연에서는 바로 그런 외로움이 토로된다. 율동의 흐름 속에서 '들썩'과 '홀로'가 극적으로 대비되어, 온통 자연의 소리로 가득 찬 세상 속에 한 점으로 던져져 있는 시인의 외로움이 여실히 드러난다. 마지막 5연에서는 '정주定州 동림東林 구십九十여 리里'란 지명과 거리가 진술되어 시인이 놓여 있는 공간을 구체화시킨다. 구체적인 지명의 설정은 시인의 존재를 뚜렷이 부각시키고 시인의 외로움을 구체적인 현장에서 솟아나는 절실한 느낌으로 만든다. 그리하여 그 다음의 마지막 행에서 토로되는 '적막강산에 나는 있노라'라는 탄식의 외침이 자연스럽고도 절절한 울림으로 환기된다.

이 시는 여러 모로 소월의 시 「길」을 연상시킨다. 소월이 「길」에서 탄식한, 산에서나 들에서나 오라는 곳이 없다는 막막함의 토로, 그리고 '정주定州 곽산郭山'이라는 구체적인 지명의 제시 등은 백석 시 「적막강산」의 배음을 이루고 있다. 그런데 백석은 소월시의 창법에다 운을 끼워넣으려는 시도를 했다. 소월 역시 운의 활용을 시도했지만 실패했는데, 백석은 이에 대한 본격적인 실험을 시도했다. 그런 시도는 몇 편의 작품에 한정되었지만, 시의 형식을 향한 다양한 시도를 우리는 눈여겨봐야 한다.

산으로 올라갈까
들로 갈까
오라는 곳이 없어 나는 못 가오.

말마소 내 집도
정주定州 곽산郭山
차 가고 배 가는 곳이라오.

여보소 공중에
저 기러기
공중엔 길 있어서 잘 가는가?

여보소 공중에

저 기러기

열 십자 복판에 내가 섰소.

— 소월의 「길」 일부

나와 나타샤와 흰 당나귀

가난한 내가
아름다운 나타샤를 사랑해서
오늘밤은 푹푹 눈이 나린다

나타샤를 사랑은 하고
눈은 푹푹 날리고
나는 혼자 쓸쓸히 앉어 소주燒酒를 마신다
소주燒酒를 마시며 생각한다
나타샤와 나는
눈이 푹푹 쌓이는 밤 흰 당나귀 타고
산골로 가자 출출이 우는 깊은 산골로 가 마가리에 살자

출출이 뱁새.
마가리 '오막살이'의 평북 방언.

눈은 푹푹 나리고
나는 나타샤를 생각하고
나타샤가 아니올 리 없다
언제 벌써 내 속에 고조곤히 와 이야기한다
산골로 가는 것은 세상한테 지는 것이 아니다
세상 같은 건 더러워 버리는 것이다

눈은 푹푹 나리고
아름다운 나타샤는 나를 사랑하고
어데서 흰 당나귀도 오늘밤이 좋아서 응앙응앙 울을 것이다

고조곤히 '고요히'의 평북 방언.

「나와 나타샤와 흰 당나귀」 해설

이 시는 우리의 연시 전통에 새로운 지평을 연 작품이다. '가시리' 에서 '진달래꽃' 으로 이어지는 우리의 연시들은 한결같이 여성이 남성에게 버림받는 상황 속에서 터지는 애절한 마음을 노래한다. 그것은 엄격히 말하면 '연시' 라기보다는 '이별가' 라고 할 수 있으며, 그것도 몹시 한스러운 이별가이다. 그런데 이 시는 남성이 여성을 사랑하고, 그것도 러시아 이름의 여성을 사랑하며, 이별의 아픔을 노래하는 것이 아니라 사랑하는 사람을 애틋하게 그리워하는 노래이다. 눈 내리는 밤 주막에 앉아 소주를 마시며 아름다운 나타샤를 떠올리면서 그녀와 함께 산속에 들어가 살고 싶다는 상상을 하는 것은 사랑하는 사람이 갖기 마련인 아주 자연스러운 감정이다. 이 시는 일상에서 손쉽게 볼 수 있는 사랑의 무늬를 섬세하게 그리고 있다는 점에서 사실상 최초의 연시라고 할 만하다.

사랑하는 사람을 향한 감정의 전개과정은 구문의 적절한 활용으로 섬세하게 전달된다. 시인은 첫 연에서 눈 내리는 날 사랑하는 나타샤가 생각난다고 말하지 않고, 내가 아름다운 나타샤를 사랑해서 눈이 내린다고 말한다. 눈이 내리는 것이 내가 나타샤를 사랑하기 때문이라는 것이다. 사랑에 흠뻑 빠져 있는 사람의 눈엔 세상의 모든 사물이 아름다움과 행복으로 충만해 보인다. 그전까지 똑같았던 사물이 갑자기 아름답고 소중하고 의미 있는 것으로 보이는 것은, 사랑의 광채가 씌워졌기 때문이다. 사물에 사랑의 눈이 씌워지면서, 그 사물은 사랑의 빛으로 변색된 아름답고 의미 있는 사물로 거듭난다. 눈이 내리는 것은 자연의 이치와 섭리가 작용한 결과이지만, 사랑의 눈에 포착된 그 자연현상은 사랑의 힘이 작용해서 그토록 아름다운 세상이 그려진 것으로 새롭게 인식된다. 그래서 사랑에 눈먼 사람은 자신이 이 세상의 한가운데에 우뚝 서 있고, 이 세상의 모든 사물은 자기를 중심으로 움직이는 것처럼 보인다. 사랑이 이 세상을 바꾼다는 것은 그래서 생긴 말일 것이다. 내가 아름다운 나타샤를 사랑해서 눈이 내린다는 비과학적인 진술은, 사랑으로 충만한 화자의 마음을 생생히 느끼게 해주는 표현이다.

2연에선 조사의 활용을 통한 감정의 변화표출이 돋보인다. '나타샤를 사랑은 하고'에서 사랑 뒤에 붙은 조사인 '은'은 없어도 될 말을 일부러 붙인 것이다. 강조의 의미를 지닌 '은'이라는 조사가 붙음으로써 화자의 마음속에서 일렁이는 사랑의 감정이 주체할 수 없을 만큼 크다는 것을 느끼게 한다. 이어 그 다음 행의 '눈은 내리고'에서 또 '은'이라는 강조를 나타내는 조사가 구사된다. '이'와 '가'는 단순히 주격을 표시하는 조사이지만 '은'과 '는'은 강조를 나타내는 주제어이다. 그래서 '눈이 내리고' 라고 말했으면 단순히 눈 내리는 사실만을 지시했겠지만, '눈은 내리고' 라고 말함으로써 눈 내리는 상황이 한층 강조된다. 나타샤를 향한 사랑의 마음이 주체할 수 없이 강렬하게 솟구치는데, 거기에다 눈까지 푹푹 내림으로써 화자의 마음이 더욱 애틋하고 짙은 감상에 젖지 않을 수 없음이 조사의 사용으로 생생히 드러나는 것이다. 그리하여 그 다음 행에서 화자가 소주를 마시게 되는 것은 너무도 자연스러운 행동으로 비친다. 나타샤를 향한 사랑의 마음이 주체할 수 없이 넘쳐나는데 밖에선 눈까지 내리니, 혼자 쓸쓸히 앉아 있는 '나' 는 술이나 마실 수밖에! 사랑과 눈, 그리고 그 위에 취기가 더해져서 '나' 는 환상 속의 세상으로 빠져들어간다. 그리고 그 환상의 공간에서 눈이 푹푹 쌓이는 밤 사랑하는 나타샤와 함께 흰 당나귀 타고 '마가리' 에 가서 사는 아름다운 꿈을 꾼다. 여기서도 '나타샤' 와 '나' 를 묶는 주격조사는 '는' 이라는 강조격 조사가 사용된다. 여기서 '는' 이라는 조사는 그 문장의 종결어인 '살자' 라는 서술어와는 호응할 수 없는 말이다. 문법적으로는 틀린 말인 것이다. 하지만, 시의 문맥 속에 나와 나타샤를 강력하게 묶어주는 역할을 하면서, 다른 사람이 아닌 바로 나타샤와 나와 단둘이 당나귀를 타고 가는 상황을 특별히 강조시키고 있는 것이다.

3연에서도 화자는 계속해서 환상의 공간 속에 머물러 있다. 나타샤와 함께 산골로 들어가 둘만이 함께 지내는 아름답고 감미로운 꿈을 꾸고 있는 화자는 이제 그녀의 속삭이는 음성을 듣는다. 즉, 환상의 공간에서 그녀의 환청을 느끼는 것이다. 산골로 들어가 살자는 나의 청원에, 그녀는 그것은 세상한테 지는 것이 아니며, 세상같은 건 더러워 버리는 것이라고 화답한다. 이 말을 현실의 도피라는 사회적 차원의 발언으로 이해하는 것은 생뚱맞은 것이다. 눈 내리는 아름다운 풍경 속에서 시종일관 사랑하는 그녀와 함께 지낼 아름답고 환상적인 꿈을 꾸고 있는 이 시의 문맥 속에서 세상같은 것은 더러워 버리는 것이라는 그녀의 말은, 눈 내리는 순백의 날에 촉발되는 나의 아름답고 감미로운 사랑의 청원을 더욱 순수하고 아름답게 만드는 화답인 것이다. 환상의 공간 속에서 나와 그녀는 마음속으로 깊은 교류를 나누고 있다.

그리하여 마지막 4연에 와서는 아름다운 나타샤가 나를 사랑한다고 말한다. 이 시의 처음에는 화자가 나타샤를 몹시 사랑하는 것으로 시작했지만, 화자의 상상의 공간 속에서 그녀의 음성을 들으며 그녀와 마음속 깊은 교류를 나눈 나는, 이제 그녀가 나를 사랑하는 것으로 느끼게 된다. 옆에 있는 당나귀의 울음소리는 나와 나타샤와의 사랑을 축복해주는 찬가이다.

이 아름다운 연시는 '눈'과 '흰당나귀', 그리고 '나타샤'와 같은 말에서 풍기는 이미지도 큰 역할을 한다. 흰색으로 채색되어 있는 이들은 모두가 순수하고 감미로운 느낌을 주며, 동화적이고 환상적인 정서를 내뿜는다. '오두막집'이라는 의미의 평북 방언으로 사용한 '마가리'란 말도 감미롭고 이국적인 어감을 간직하고 있다. 방언구사에 대한 백석 시의 언어감각이 얼마나 예리한지를 다시 한 번 확인할 수 있다. 이 아름다운 연시에는 우리말의 어감과 구문에 대한 시적인 활용이 뛰어나게 구사되고 있다.

북방北方에서

— 정현웅鄭玄雄에게

아득한 녯날에 나는 떠났다
부여扶餘를 숙신肅愼을 발해渤海를 여진女眞을 요遼를 금金을
흥안령興安嶺을 음산陰山을 아무우르를 숭가리를
범과 사슴과 너구리를 배반하고
송어와 메기와 개구리를 속이고 나는 떠났다

나는 그때
자작나무와 이깔나무의 슬퍼하든 것을 기억한다

흥안령興安嶺 중국 동북지방 흑룡강성黑龍江省 유역에 있는 산맥.

음산陰山 음산산맥 유역. 중국 내몽고 자치구의 몽골고원 남쪽에 있는 산맥. 중국의 하북성 북쪽 유역에서 기러기 모양으로 뻗어 있는데 오른쪽 줄기의 지류는 흥안령과 길림성吉林省 부근까지 나 있다.

아무우르 흑룡강 유역. 흑룡강을 중국에서는 '헤이룽강'이라 부르고, 러시아에서는 '아무르강Amur'이라 부른다.

숭가리 송화강松花江의 만주어. 중국 동북지방 길림성 및 흑룡강성을 흐르는 강.

이깔나무 전나무과에 속하는 침엽 교목. 높이 30m 가량이고 잎은 바늘모양이다.

갈대와 장풍의 붙드든 말도 잊지 않었다

오로촌이 멧돌을 잡어 나를 잔치해 보내든 것도

쏠론이 십리길을 따러나와 울든 것도 잊지 않었다.

나는 그때

아모 이기지 못할 슬픔도 시름도 없이

다만 게을리 먼 앞대로 떠나 나왔다

장풍 창포菖蒲. 천남성과의 여러해살이풀로서 뿌리는 약용하고 단옷날에 창포물을 만들어 머리를 감기도 한다.

오로촌 오로촌orochon족, 중국의 동북지방에 거주하는 소수민족의 하나. 러시아에서는 바이칼호 이동以東에서부터 아무르강 유역에, 중국에서는 내몽골의 대흥안령大興安嶺, 흑룡강성黑龍江省의 소흥안령小興安嶺, 두 산맥 안에 산다.

멧돌 멧돼지.

쏠론 쏠론족. 중국 동북지방에 거주하는 소수민족의 하나. 중국 흑룡강 유역에 분포되어 있다.

앞대 본도(平北) 내지 평안도를 벗어난 남쪽 지방. 즉 황해도 · 강원도에서부터 제주도까지에 이르는 각지.

그리하여 따사한 햇귀에서 하이얀 옷을 입고 매끄러운 밥을 먹고 단샘을 마시고 낮잠을 잤다
밤에는 먼 개소리에 놀라나고
아츰에는 지나가는 사람마다에게 절을 하면서도
나는 나의 부끄러움을 알지 못했다.

그동안 돌비는 깨어지고 많은 은금보화는 땅에 묻히고 가마귀도 긴 족보를 이루었는데
이리하야 또 한 아득한 새 녯날이 비롯하는 때
이제는 참으로 이기지 못할 슬픔과 시름에 쫓겨
나는 나의 녯 한울로 땅으로—나의 태반胎盤으로 돌아왔으나

돌비 돌로 만든 비. 석비石碑.
햇귀 햇발.

이미 해는 늙고 달은 파리하고 바람은 미치고 보래구름만 혼자 넋없이 떠도는데

아, 나의 조상은 형제는 일가친척은 정다운 이웃은 그리운 것은 사랑하는 것은 우러르는 것은 나의 자랑은 나의 힘은 없다 바람과 물과 세월과 같이 지나가고 없다.

보래구름 보랏빛 구름. '보래'는 '보라'의 평북 방언.

「북방에서」 해설

이 시는 백석 시 중에는 드물게 시의 첫 구절이 독자를 사로잡는다. 서사적인 공간 안에서 펼쳐지는 사람들의 행위를 그려내는 일에 치중하는 백석 시는 산문처럼 읽어내려가면서 서서히 행간에서 배어나오는 인간들의 체취와 호흡을 느끼며 시에 젖어드는 경우가 많은데, 이 시는 처음부터 호소력 있는 독백으로 독자들을 끌어들인다. '아득한 녯날에 나는 떠났다'는 시인의 깊은 독백은 독자들에게 어디로, 왜, 떠났는지에 대한 궁금증을 불러일으킨다. 그런데 시인은 뜻밖에도 자신이 떠난 장소들을 길게 나열한다. 그리고 그 장소들은 지금 시인이 살고 있는 땅이 아니라 먼 옛날의 영토들이다. 부여夫餘, 숙신肅愼, 발해渤海, 여진女眞, 요遼, 금金 등은 만주지역에서 명멸했던 국가와 민족들이다. 부여와 발해와 요와 금은 나라이름이고, 숙신과 여진은 종족이름이다. 부여, 숙신, 발해, 여진, 요, 금 등은 거의 시간적 순서로 놓여 있다. 그들은 삼국시대 이전부터 올라가, 차례대로 만주지역을 장악했던 지배세력의 변천사를 보여준다. 부여는 만주지역을 장악했던 최초의 국가였고, 이어서 여진족이 지배했으며, 이어 고구려족과 숙신족의 후예인 말

갈족을 거느린 발해 국가가 세워졌으며, 발해가 멸망한 후 여진족이 이 지역을 지배했고, 그 뒤를 이어 요와 금이 세워졌다.

'홍안령'과 '음산'과 '아무우르'와 '숭가리'는 이 지역 일대를 수놓는 산맥과 강들을 지칭한다. '홍안령'은 옛 고구려와 발해 영토의 북쪽에 걸쳐 있고, '음산'은 서쪽에 걸쳐 있으며, '숭가리'와 '아무우르'는 북쪽과 동쪽에 걸쳐 있다. 지금 시인은 거의 정확히 부여에서 고구려를 거쳐 발해로 이어지는 옛 고구려의 영토를 그리고 있으며, 그 지역을 지배했던 지배세력들을 열거하고 있는 것이다. 그곳은 고구려와 발해 국가를 형성하며 우리의 영토로 크게 번성했던 곳이다. 시인은 바로 그곳으로부터 떠났다고 말한다. 그러니까 이때의 '나'는 정확히 말하면 시인의 조상을 일컫는 것이다. 그럼에도 독백조의 어조로 '나'가 떠났다고 토로함으로써 옛 조상이 그곳을 떠났을 때와 마찬가지로 시인 자신도 그와 똑같은 의식을 하며 지내왔다는 것을 일깨우고 있다.

2연은 그 영토를 떠나면서 벌어졌던 이별의 정황들을 보여준다. '나', 즉 우리의 조상들이 그곳을 떠날 때 그곳의 자연들은 슬퍼하면서 가지 말기를 당부했다. 그것은 그곳의 자연이 우리 민족과 호흡이 잘 맞는 우리 민족의 색깔을 띠고 있음을 함축한다. 그곳의 강산은 한반도의 강산과 같은 색을 띠고 있는 것이다. '오로촌'과 '쏠론'은 그 지역에 사는 수많은 변방민족들의 하나이다. 그들이 맷돼지를 잡아 잔치까지 벌여주며 아쉬움을 달래고, 십리 길을 따라나와 울먹이는 것은, 그곳의 지배세력으로 우리 한민족이 떠나가는 것에 대한 깊은 탄식이 담겨 있는 것이다. 그들의 행동에는 우리 한민족이 그곳을 지배했던 시절을 그리워하고, 앞으로도 지배해주기를 바라는 마음이 간절히 배어 있다.

그럼에도 불구하고 3연에서 보듯이 우리의 조상들은 어떤 슬픔이나 시름도 없이 그 영토를 떠나왔다. '다만 게을리 먼 앞대로 떠나 나왔다'는 표현은 광활한 우리의 영토를 힘없이 잃어버리고, 그럼에도 되찾을 생각은 하지 않고 어슬렁거리며 살아온 우리의 허약한 역사를 여실히 보여준다. '앞대'란 평안도 이남을 가리키는 것이다. 고구려와 발해가 멸망한 이후 평안도 안쪽으로 영토가 쪼그라진 역사적 현실을 이 구절은 분명하게 보여준다. '따사한 햇귀에서 하이얀 옷을 입고 매끄러운 밥을 먹고 단샘을 마시고 낮잠을 잤다'는 표현은 축소된 영토 안에서 소박한 안위와 행복을 찾으며 살아간 우리 민족의 소극적인 삶의 태도를 드러낸다. 이어지는 다음 구절은 이런 무사안일의 삶을 흔들어 깨우는 서글픈 삶이 그려져 있다. '밤에는 먼 개소리에 놀라나고/아츰에는 지나가는 사람마다에게 절을' 하는 생활은 허약한 국방으로 마음 편히 지내지 못하며, 결국은 수많은 외침으로 외세에게 굴욕적으로 살아온 지난 시절의 서글픈 역사를 보여준다. 그러면서도 '나는 나의 부끄러움을 알지 못했다'는 것은 여전히 몽매한 역사의식에 매몰되어 있음을 여실히 보여준다. 결국 우리의 모든 재산은 다 탕진

되고, 패전의 역사가 길게 이어지게 된다. 또 '한 아득한 새 녯날이 비롯하는 때' 란 일제의 지배를 받는 새 세상을 말한다. 시의 서두를 장식하는 '아득한 녯날' 은 우리 옛 영토를 잃어버린 시점을 말하며, 여기서의 '아득한 녯날' 은 일제의 침략을 받은 시점을 말한다. 이 시에서 두 번 구사된 '아득한' 이라는 말은 모두 부정적인 의미를 지닌다. '오래된' 이라는 시간적 거리감을 지닌 '아득한' 이라는 말은 이 시에서 '어두운', '깜깜한' 이라는 의미를 더 강하게 부여받는다. 우리의 옛 영토를 잃어버린 아득한 옛날에도 '어두운' 시절이었는데, 이제 그 '어두운' 시절이 일제침략이라는 현실로 또 한 번 반복되고 있다. 그래서 '또' 아득한 녯날이 시작된다고 말하는 것이다.

이제 시인은 더 이상 참을 수 없는 슬픔과 시름에 쫓겨서 자신의 '녯 하늘과 땅' 으로 돌아온다. '태반胎盤' 으로 명명된 그 '녯 하늘과 땅' 은 말할 것도 없이 고구려와 발해의 옛 땅이다. 시인은 지금 바로 그곳, 즉 '북방' 에 있는 것이다. 일제에게 나라를 빼앗겨 이제 더 이상 참을 수 없는 이 아득한 날에 시인은 자신의 뿌리가 담겨 있는 우리의 옛 영토에 와서 우리 민족의 자취와 숨결과 후손들을 찾으며 영광스러운 옛 역사를 되살려보고자 한다. 하지만, 이미 그곳에 우리의 형제, 친척, 이웃과 사랑하는 사람들은 모두 사라지고 없다. '나의 자랑은 나의 힘은 없다' 는 표현은 우리의 영광스러운 역사가 이미 그곳에 존재하지 않음을 아프게 보여준다. 이미 그것들은 모두 세월과 함께 지나가고 없는 것이다.

'정현웅에게' 라는 부제가 붙어 있듯이 이 시는 시인이 옛 발해의 땅에 와서 지난 역사와 오늘의 현실을 직시해보고 있는 작품이다. 이 시가 견지하고 있는 독백조의 어조는 현지에서 느낀 절실한 심정을 친구에게 편지 쓰듯이 적어내려감으로써 나타난 시의 문체이다. 깊은 역사적 성찰을 보여주는 이 시는, 백석 시 가운데 역사의식이 시의 문면에 가장 전면적으로 드러난 작품이다.

조당澡塘에서

나는 지나支那나라 사람들과 같이 목욕을 한다
무슨 은殷이며 상商이며 월越이며 하는 나라 사람들의 후손들과 같이
한물통 안에 들어 목욕을 한다
서로 나라가 다른 사람인데
다들 쪽 발가벗고 같이 물에 몸을 녹히고 있는 것은
대대로 조상도 서로 모르고 말도 제가끔 틀리고 먹고 입는 것도 모도 다른데
이렇게 발가들 벗고 한물에 몸을 씻는 것은
생각하면 쓸쓸한 일이다
이 딴 나라 사람들이 모두 니마들이 번번하니 넓고 눈은 컴컴하니 흐리고

조당澡塘 짜오탕. 목욕탕.
지나支那 중국 본토의 다른 이름. 최초로 중국을 통일한 '진秦'의 음이 전와轉訛된 것으로 알려져 있다.

그리고 길쭉한 다리에 모두 민숭민숭하니 다리털이 없는 것이

이것이 나는 왜 자꼬 슬퍼지는 것일까

그런데 저기 나무판장에 반쯤 나가 누어서

나주볕을 한없이 바라보며 혼자 무엇을 즐기는 듯한 목이 긴 사람은

도연명陶淵明은 저러한 사람이었을 것이고

또 여기 더운 물에 뛰어들며

무슨 물새처럼 악악 소리를 지르는 삐삐 파리한 사람은

양자陽子라는 사람은 아모래도 이와 같었을 것만 같다

나는 시방 녯날 진晉이라는 나라나 위衛라는 나라에 와서

내가 좋아하는 사람들을 만나는 것만 같다

이리하야 어쩐지 내 마음은 갑자기 반가워지나

나주볕 저녁볕. '나주'는 '저녁'의 평북 방언.

양자楊子 '양주楊朱'를 높여 이르는 말. '양주'는 중국 전국시대의 학자이다. 노자사상의 일단을 이은 염세적 인생관으로 자기중심적인 쾌락주의를 주장하였다.

그러나 나는 조금 무서웁고 외로워진다

그런데 참으로 그 은殷이며 상商이며 월越이며 위衛며 진晉이며 하는 나라사람들의 이 후손들은 얼마나 마음이 한가하고 게으른가

더운 물에 몸을 불키거나 때를 밀거나 하는 것도 잊어버리고

제 배꼽을 들여다보거나 남의 낯을 쳐다보거나 하는 것인데

이러면서 그 무슨 제비의 춤이라는 연소탕燕巢湯이 맛도 있는 것과

또 어늬 바루 새악시가 곱기도 한 것 같은 것을 생각하는 것일 것인데

연소탕燕巢湯 중국요리의 하나로 제비집으로 끓여 만든 고급 스프이다.
바루 거리의 대략적인 정도를 나타내는 접미어(평북 방언). ―쯤

나는 이렇게 한가하고 게으르고 그러면서 목숨이라든가 인생人生이라든가 하는 것을 정말 사랑할 줄 아는 그 오래고 깊은 마음들이 참으로 좋고 우러러 진다

그러나 나라가 서로 다른 사람들이

글쎄 어린 아이들도 아닌데 쪽 발가벗고 있는 것은

어쩐지 조금 우수웁기도 하다

「조당에서」 해설

이 시는 시인이 만주지역에서 지낼 때 쓴 작품이다. 백석은 1939년경에 만주지역으로 건너가 생활했고, 중간에 잠시 서울을 다녀간 것을 제외하곤 해방이 될 때까지 그곳에서 지낸 것으로 알려져 있다. 작품의 배경은 그곳의 어느 목욕탕이다. 만주에 있는 공중목욕탕에서 중국사람들과 함께 목욕을 하며 떠오른 생각과 느낌을 표현한 작품이다. 제목의 '조당澡塘' 이란 중국어로 '짜오탕', 즉 '목욕탕' 을 의미한다. '조澡' 자는 씻는다는 뜻이고, '당塘' 은 연못이란 뜻이다. 그러니까 '조당澡塘' 이란 자신을 씻는 연못이라는 뜻으로 풀이된다. 목욕탕 체험을 시로 쓴다는 것 자체가 매우 이채로운 일이다. 어쩌면 우리 시사에서 이 작품이 목욕탕을 소재로 한 유일한 작품일지도 모른다. 이처럼 이채로운 소재가 자연스럽게 백석 시의 소재로 들어온 것은 그의 시적 태도와 관련된다. 그는 일상의 구체적인 삶의 현장에서 벌어지는 인간들의 체취를 시로 써나가는 데 주력하였다. 자신의 몸을 씻는다는 것은 일상에서 반복적으로 이루어지는 일이면서도, 특별한 일이다. 옷을 전부 벗고 맨몸으로 있는 상태는 자신이 온전히 드러나는 특별한 순간이다.

특히 공중목욕탕에선 모든 사람들이 맨몸으로 서성거리고 있어, 더욱 특별한 느낌을 준다. 그런데 시인은 자신의 땅도 아닌 외지에서 중국사람들과 목욕을 하고 있는 상황이기 때문에, 그 느낌은 더욱 각별했을 것이다. 시인은 이처럼 일상적이면서 특별한 이역땅에서의 목욕체험을 시로 써내려가고 있다.

먼저 시인은 '지나支那' 사람들과 같이 목욕을 하고 있다는 것을 제시하면서 시를 시작한다. 특히 나라가 다른데 같은 물통에 들어가서 맨몸으로 몸을 씻는 상황을 반복적으로 진술함으로써 이역땅에서 이국사람들과 같이 목욕을 하는 이색적인 체험을 강조한다. 그 이색적인 체험에서 시인이 가장 먼저 느끼는 것은 '쓸쓸함'이다. 시인은 '대대로 조상도 서로 모르고 말도 제가끔 틀리고 먹고 입는 것도 모도 다른데/이렇게 발가들 벗고 한물에 몸을 씻는 것은/생각하면 쓸쓸한 일이다' 고 탄식한다. 종족과 언어와 음식과 의복이, 시인이 생각하는 동질적인 민족단위이다. 시인은 이질적인 민족 사이에 맨몸으로 끼어서 외톨이가 된 심정을 드러내고 있는 것이다. 그 쓸쓸함은, 타 민족의 신체에 대한 차이를 구체적으로 느끼게 될 때 슬픔의 감정으로 심화된다. '니마들이 번번하니 넓고 눈은 컴컴하니 흐리고, 길즛한 다리에 다리털이 없는' 한족의 신체적 특징이 눈에 들어오면서, 시인은 이방인으로서 외지에 와 있는 슬픔을 짙게 느끼는 것이다. 그런데 시간이 흐르면서 그들이 벌이는 행동이 눈에 익게 되고, 또 어떤 행동들에서는 호감까지 갖게 된다. 그때 시인은 도연명이나 양자 같은 중국의 시인이나 학자들을 떠올리면서 목욕탕 안에 있는 사람들이 그들의 후손이란 생각을 하며 갑자기 반가운 마음을 갖게 된다. 그것은 바로 문화가 주는 보편적인 공감력이다. 시인은 종족과 언어와 음식과 의복, 그리고 신체적 특징의 차이에서 커다란 이질감을 느꼈지만, 그들이 전해주는 문화적 향기에 대해서는 공감을 하고 있는 것이다. 목욕탕 안에서 이민족으로서 느낀 외로움과 서러움은 그들이 간직하고 있는 문화적 향기를 전해받고, 공유하게 되면서 벗어나게 된다. 문화, 특히 시와 인문적 상상력은 동양민족의 그 이질적인 거리를 소통시켜준다. 그런데 그런 문화의 중심이 중국이라는 데에 생각에 미치면 다시 그들이 조금 무서워지고 조금 외로워지기도 한다. 여기서 '은殷이며 상商이며 월越이며 위衛며 진晋'이며 등으로 길게 나열하고 있는 것은 중국이라는 나라의 오랜 역사와 깊이와 무게를 느끼게 한다. 그는 여기서 엮음의 표현으로 중국이라는 나라의 크기와 깊이를 드러내고 있다. 그런데 이런 엮음의 표현형태는 시간의 연속성과 유장함을 드러내기도 한다. 종족과 부족이 계속 바뀌면서도 중국이라는 나라는 계속 이어지고 있다는 항구성을 엮음의 표현형태는 선명하게 보여준다. 그리하여 그런 엮음의 표현형태 다음에 한가하고 게으른 중국인들의 행동이 묘사된다. 아울러 인생과 음식과 여자를 생각하는 풍류적이고 낙천적인 면모를 지닌 그들의 모습을 그려낸다. 생각이 여기에 미치자 이제 시인에게 외롭거나 슬픈 마음은 완전히 사라지며, 그 자리에 발가벗고 있는 자신의 모습에 대한 '우수움' 만이 남게 된다.

이 시에서 길게 이어지는 사설들은 목욕탕에서 천천히 목욕을 하는 느리고 오랜 동작과 길게 이어지는 시인의 생각을 반영한다. 이 시는 만주지역에서 지나사람들과 같이 목욕을 하는 이색적인 체험을 소재로 민족적인 이질감을 느끼면서도, 한편으로 문화적인 호감과 동류의식을 느끼게 되는 심리의 변화과정을 차분하게 그려낸 작품이다.

허준許俊

그 맑고 거륵한 눈물의 나라에서 온 사람이여
그 따사하고 살틀한 볕살의 나라에서 온 사람이여

눈물의 또 볕살의 나라에서 당신은
이 세상에 나들이를 온 것이다
쓸쓸한 나들이를 단기려 온 것이다

눈물의 또 볕살의 나라 사람이여
당신이 그 긴 허리를 굽히고 뒷짐을 지고 지치운 다리로
싸움과 흥정으로 왁자지껄하는 거리를 지날 때든가
추운 겨울밤 병들어 누운 가난한 동무의 머리맡에 앉어
말없이 무릎 우 어린 고양이의 등만 쓰다듬는 때든가
당신의 그 고요한 가슴 안에 온순한 눈가에
당신네 나라의 맑은 한울이 떠오를 것이고

거륵한 '거룩한'의 고어.

당신의 그 푸른 이마에 삐여진 어깻죽지에
당신네 나라의 따사한 바람결이 스치고 갈 것이다

높은 산도 높은 꼭다기에 있는 듯한
아니면 깊은 물도 깊은 밑바닥에 있는 듯한 당신네 나라의
하늘은 얼마나 맑고 높을 것인가
바람은 얼마나 따사하고 향기로울 것인가
그리고 이 하늘 아래 바람결 속에 퍼진
그 풍속은 인정은 그리고 그 말은 얼마나 좋고 아름다울 것인가

다만 한 사람 목이 긴 시인詩人은 안다
'도스토이엡흐스키'며 '죠이쓰'며 누구보다도 잘 알고 일등가는 소설도 쓰지만
아모것도 모르는 듯이 어드근한 방안에 굴어 게으르는 것을 좋아하는 그 풍속을
사랑하는 어린것에게 엿 한 가락을 아끼고 위하는 안해에겐 해

진 옷을 입히면서도

　마음이 가난한 낯설은 사람에게 수백냥 돈을 거저 주는 그 인정을 그리고 또 그 말을

　사람은 모든 것을 다 잃어버리고 넋 하나를 얻는다는 크나큰 그 말을

　그 멀은 눈물의 또 볕살의 나라에서
　이 세상에 나들이를 온 사람이여
　이 목이 긴 시인詩人이 또 게사니처럼 떠든다고
　당신은 쓸쓸히 웃으며 바독판을 당기는구려

볕살　볕살, 내쏘는 햇빛.
게사니　'거위'의 평북 방언.

「허준」 해설

이 시는 사람이름을 제목으로 삼은 것이 가장 눈길을 끈다. 지금은 이런 식으로 제목을 붙인 시들을 자주 보게 되지만, 당시로서는 파격적인 것이다.[23] 시의 제목으로 사람의 이름만을 붙인 것은 당시로서는 누구도 시도하지 않았던 미답의 경지였다. 이것은 시의 제목에 대한 백석의 각별한 미적 감각에서 비롯된 것이다. 그는 시의 본문 못지않게 시의 제목에도 신경을 썼으며, 그 결과 다른 시인들이 시도하지 않은 새로운 감각의 제목들을 많이 탄생시켰다.

여기서 몇 가지만 추려보면, 우선 토속적 지명에 묻어 있는 뜻과 어감을 활용한 제목을 들 수 있다. '여우난골족', '여우난골', '가즈랑집' 같은 시제들이 여기에 속한다. 둘째는 시의 본문에서 진술되지 않은 새로운 말을 시의 제목으로 삼아 시의 의미를 단박에 승화시키는 경우다. '수라修羅'나 '멧새소리'와 같은 시제들이 여기에 속한다. 이 두 작품은 제목을 통해 시의 의미가 크게 상승된다. 셋째는 사전에 없는 새로운 말을 시인이 새롭게 조어한 경우다. '적경寂境', '향악饗樂', '선우膳友', '고야古夜' 같은 경우가 여

23) 유종호, 『다시 읽는 한국시인』(문학동네, 2002), 287쪽.

기에 속한다. 이 네 작품은 한자어로 조어된 제목이 시의 내용을 상징적으로 전해준다. 넷째는 시의 내용에 대한 소재나 각 연의 소제목에 해당하는 것들을 차례대로 나열하는 경우이다. '오리 망아지 토끼', '나와 나타샤와 흰 당나귀' 같은 것이 여기에 속한다. 이런 제목들은 대체로 제목의 언어에 호감과 정감이 묻어 있어 독자들에게 쉽게 호소된다. 이밖에 '남신의주유동박시봉방' 처럼 편지봉투의 발신인 주소를 시의 제목으로 삼는다거나, '조당澡塘에서'와 같이 중국어를 그대로 시의 제목으로 삼은 것도 이채로운 것이다. 그런 시 제목들 역시 작품의 내용과 긴밀하게 연관된다. 「남신의주유동박시봉방」의 경우 시의 내용이 편지내용을 연상시키고, 「조당에서」의 경우 만주에서 '지나支那' 사람들과 같이 목욕하면서 느끼는 이질적인 정서를 그린 작품이다. 시의 제목이 시의 내용의 중요한 한 부분을 차지하고 있는 것이다. 자신의 기행지를 그대로 시의 제목으로 삼은 수많은 시들도 당시로서는 흔한 일은 아니다. 백석은 시의 제목을 시적 구성의 한 부분으로 인식하고, 시의 제목에 미학성을 부여한 최초의 시인이라고 할 만하다. '허준' 이라는 사람이름의 제목은 이러한 그의 시적 태도의 연장선에서 나온 것이다. 시의 제목에 대한 미적 감각이 자기와 가까운 평범한 사람이름을 붙이는 것에까지 도달한 것이다.

백석과 동시대의 소설가였던 '허준' 은 백석이 문학적 교류를 나누었던 몇 안 되는 지인 가운데 하나이다. 백석의 생애는 유랑생활의 연속이어서, 문단과도 일정한 거리를 둘 수밖에 없었고, 가까이 지내는 문인이 많을 수도 없었다. 백석은 지독히 결벽한 성격의 소유자로 알려져 있으며, 이런 성격을 지닌 사람은 대개 소수의 친구와 깊이 사귀는 경향이 있다. 백석이 광복 이후에 발표한 몇 몇 작품에는 '허준이 광복 전에 소장해온 시를 발표한다' 는 부기가 있다. 자신의 작품을 맡기고, 그 친구를 통해 자신의 작품이 발표되기도 할 정도면, 둘 사이의 문학적 교류와 신의가 얼마나 깊었는지를 짐작할 수 있다. 이 시는 그런 문우 '허준' 을 시의 제목으로 삼아 그에 대한 각별한 애정을 그린 작품이다.

사람 이름을 제목으로 삼으면, 그 사람은 어떤 절대적 존재나 신성한 존재처럼 부각된다. '허준' 이라는 제목 다음에 이어지는 시의 첫 구절인 '그 맑고 거룩한 눈물의 나라에서 온 사람이여' 라는 진술은 제목이 지닌 그런 절대성과 신성성의 이미지와 긴밀히 호응한다. '맑고 거룩한 눈물의 나라' 라는 구절은 경건한 느낌을 준다. 또 그가 그런 '나라' 에서 온 사람이라는 진술은, 그가 세속과는 차별되는 매우 특별한 곳의 사람이라는 느낌을 준다. 그는 이곳의 보통사람과는 다른 '특별한 나라' 에서 온 '특별한 사람' 인 것이다. 그 특별한 존재가 지닌 절대성과 신성성은, 2연부터는 '당신' 이라는 호칭으로 이어진다. 계속해서 호명되는 '당신' 이라는 주어는, 그 사람을 더욱 경건하게 만들고, 그를 향해 깊은 존경과 애정을 보내는 화자의 마음을 드러낸다.

'특별한 나라' 에서 온 그는 이곳에 '나들이' 를 다니러온 것으로 표현된다. 천상병의 시 「귀천」에 나오는 '소풍' 의 이미지를 연상시키는 이 '나들이' 의 이미지는 이곳에서의 그의 삶에 초연성을 부여한다. 갈등과 질시와 음모 속에서 악착같이 살아내는 세속인들로부터 한 걸음 떨어져 너그러운 마음과 한없는 사랑을 보내며 살아가는 삶의 태도가 '나들이' 의 이미지 속에 묻어 있다. 3연과 4연에서는 그런 '나들이' 삶이 하나하나 열거되고 있다. 길게 늘어지면서 진행되는 진술들은 여유롭고 너그러운 그의 삶의 태도를 반영한다. 5연에선 문인으로서, 또 생활인으로서의 그의 삶의 태도를 말한다. 그리고 마지막 연에서 그를 향한 기나긴 칭송에 대한 허준의 반응을 제시하며 시를 끝맺는다. 허준은 자신을 칭송하는 시인의 말을 '게사니' 가 떠드는 것 같다고 말하면서 바둑판으로 손을 옮긴다. 이런 허준의 반응은 세상에 초연한 삶의 태도를 다시 한 번 드러내는 것이다. 바둑판은 도락적인 의미를 갖는 것으로서, 지금까지 보여준 그의 초연한 삶의 태도를 명증하게 보여주는 이미지라고 할 수 있다. 이 시는 백석 시 가운데는 드물게 영탄조의 어조를 구사하는데, 그것은 친구를 기리는 이 시의 의미에 따라 선택된 문체라고 할 수 있다.

흰 바람벽이 있어

오늘 저녁 이 좁다란 방의 흰 바람벽에

어쩐지 쓸쓸한 것만이 오고 간다

이 흰 바람벽에

희미한 십오촉十五燭 전등이 지치운 불빛을 내어던지고

때글은 다 낡은 무명샤쯔가 어두운 그림자를 쉬이고

그리고 또 달디단 따끈한 감주나 한잔 먹고 싶다고 생각하는 내 가지가지 외로운 생각이 헤매인다

그런데 이것은 또 어인 일인가

이 흰 바람벽에

내 가난한 늙은 어머니가 있다

쉬이고 쉬우고. 즉, '쉬게 하고', '잠시 머물게 하고'의 뜻임.

생각하는 내 '생각하는 동안'에서 '내'는 '동안'의 의미. '내'가 '동안'으로 쓰인 용례는 '삿갓을 씌워 한종일내 뉘어두고 김을 매려 단녔고'(「넘언집 범 같은 노큰마니」)가 있다.

내 가난한 늙은 어머니가

이렇게 시퍼러둥둥하니 추운 날인데 차디찬 물에 손은 담그고 무이며 배추를 씻고 있다

또 내 사랑하는 사람이 있다

내 사랑하는 어여쁜 사람이

어늬 먼 앞대 조용한 개포가의 나즈막한 집에서

그의 지아비와 마조 앉어 대구국을 끓여놓고 저녁을 먹는다

벌써 어린것도 생겨서 옆에 끼고 저녁을 먹는다

그런데 또 이즈막하야 어느 사이엔가

이 흰 바람벽엔

내 쓸쓸한 얼골을 쳐다보며

이러한 글자들이 지나간다

앞대 본도(平北) 내지 평안도를 벗어난 남쪽 지방. 즉 황해도 · 강원도에서부터 제주도까지에 이르는 각지.

이즈막하야 이즈음에 이르러. 여기서 '이즈막'은 이제까지에 이르는 가까운 과거를 지칭하는 말이다.

— 나는 이 세상에서 가난하고 외롭고 높고 쓸쓸하니 살어가도록 태어났다

그리고 이 세상을 살아가는데

내 가슴은 너무도 많이 뜨거운 것으로 호젓한 것으로 사랑으로 슬픔으로 가득찬다

그리고 이번에는 나를 위로하는 듯이 나를 울력하는 듯이

눈질을 하며 주먹질을 하며 이런 글자들이 지나간다

— 하늘이 이 세상을 내일 적에 그가 가장 귀해하고 사랑하는 것들은 모두

가난하고 외롭고 높고 쓸쓸하니 그리고 언제나 넘치는 사랑과 슬픔 속에 살도록 만드신 것이다

초생달과 바구지꽃과 짝새와 당나귀가 그러하듯이

그리고 또 '프랑시쓰 쨈'과 '도연명陶淵明'과 '라이넬 마리아 릴케'가 그러하듯이

귀해하고 '귀여워하고'의 평북 방언.

울력하는 듯이 힘으로 몰아붙이는 듯이. '울력'은 위력威力에서 온 말

「흰 바람벽이 있어」 해설

이 시는 가족과 멀리 떨어져 혼자 기거하면서 떠오른 여러 상념들을 진술한다. 화자는 지금 흰 바람벽을 한 좁다란 방 안에 머물고 있다. '바람벽'의 사전적 의미는 '방의 둘레'라는 뜻이지만, 바람을 막는 벽이라는 의미 자질로 인해 누추한 공간의 이미지를 품는다. 아무 장식 없는 '흰 벽'은 그 누추한 공간을 더욱 쓸쓸하게 만드는 색상 이미지이다. '흰 바람벽'의 '좁다란' 공간은 그 자체로 화자를 쓸쓸하게 만든다. 그 쓸쓸함을 더욱 깊게 만드는 것은 십 오촉의 희미한 백열전등이다. 불빛이 지쳐 있다고 표현한 것은 곧 꺼질 듯 희미하게 내비치는 백열전등의 초라하고 힘없는 불빛을 감각적으로 느끼게 한다. 그 불빛이 비치는 것을 '내어던지고'라고 표현한 것은 그 불빛의 하찮고 초라한 느낌을 더욱 깊게 만든다. '내어던지다'라는 말 속에는 '쓸모없는 것을 버린다'라는 함의가 있다. 불빛이 광채를 띠지 않고 내어던지는 것으로 전락할 때, 그 불빛은 더 이상 빛을 밝히는 도구가 아니라, 그저 초라한 장식에 불과할 뿐이다. 그 초라한 장식이 시인의 쓸쓸함을 더욱 부추긴다. 누추하고 초라한 방의 한켠엔 땀과 때에 절은 '무명샤쯔'가

걸려 있다. 흰색의 무명셔츠는 흰 바람벽의 흰색이 환기시키는 누추하고 쓸쓸한 느낌을 더욱 심화시킨다. 그 무명셔츠가 희미한 불빛에 비쳐 흰 바람벽에 어두운 그림자를 머물게 한다. 시인의 의복인 흰옷과 그 흰옷의 또 다른 형체인 어두운 그림자, 흰색과 검은색의 음산한 무채색이 뿜어내는 시인의 초상이 시인을 한없이 쓸쓸하게 만든다. 그리하여 시인은 '따끈한 감주나 한잔 먹고 싶다'는 생각이 들며, 그러는 동안 외롭다는 느낌에 사로잡힌다. '쓸쓸함'이 혼자일 때 느끼는 어떤 적막한 감정이라면, '외로움'이란 이 세상에 단지 나 혼자밖에 없다는 고독감의 표현이다. 그러니까 시인은 쓸쓸한 방 안의 분위기에서 홀로 떨어져 있다는 짙은 고독감을 느끼고 있는 것이다.

이때 불현듯 흰 바람벽에 어머니의 영상이 비친다. '그런데 이것은 또 어인 일인가'라는 놀람은, 이 세상에 나 혼자밖에 없다는 외로움 속에서 나타난 어머니의 영상에 대한 반가움의 표현이다. 가장 외로울 때 가장 먼저 생각나는 것은 역시 어머니이다. 시퍼렇게 추운 날 차디찬 물에 손을 담그고 무나 배추를 씻는 모습은 가족을 위해 고생하시는 우리 어머니의 전형적인 영상이다. 마치 영화의 스크린처럼 흰 바람벽에 영상이 비치는 것은, 자신의 흰 무명셔츠가 흰 바람벽에 그림자로 비쳐진 것에 대한 느낌의 연장선에서 이루어진 것이다. 자신의 초상이 어두운 그림자로 비쳐진 그 흰 바람벽에 자신의 지난 시절의 초상들이 파노라마처럼 스치는 것이다.

어머니에 대한 애틋한 영상에 이어, 사랑했던 사람의 영상이 스친다. 그 여자는 지금 결혼해 다른 남자와 산다. 벌써 어린것도 생겨서 옆에 끼고 지아비와 마주 앉아 대구국을 끓여놓고 저녁을 먹는 모습은 더없이 따뜻하고 단란해 보이며, 그 영상을 바라보는 시인의 마음은 한없이 쓸쓸하다. 그런데 주목되는 것은 떠나간 사랑의 행복한 생활에서 촉발되는 시인의 쓸쓸한 감정이 북받치거나 질척거리는 감상感傷으로 나아가지 않는다는 점이다. 떠나간 사랑의 행복을 따뜻하고 담담하게 드러내는 어조에서 쓸쓸함을 있는 그대로 받아들이는 시인의 넉넉하고 객관적인 시선이 느껴진다. 인생은 본래 쓸쓸한 것이라는 생에 대한 어떤 깊은 성찰의 태도가 이 객관적인 시선에 담겨 있다.

객관적인 시선으로 차분히 생을 응시하는 이러한 시적 태도는 창조적인 시적 문법의 구사와 함께 보다 심화된 시적 성찰의 경지로 나아간다. 이 시는 줄곧 일인칭 화자인 '나'의 내성적 목소리로 진술되다가 이제부터 그 '나'는 스크린을 보는 관객으로 물러나고, '나'의 내성적 목소리는 스크린의 자막으로 처리되어 진술된다. 그리고 관객으로서의 '나'는 스크린만 쳐다보는 것이 아니라 중간에 스크린의 자막에 대한 논평도 가한다. 그러니까 일인칭 화자인 '나'가 둘로 분리되는 것이다. '나'의 내면독백이 스크린의 자막으로 진술되고, 그 목소리의 실제 화자인 '나'는 그 자막의 스크린을 보는 관객으로 분리되면서, '나'의 내면독백은 보다 객관화된다. 이러한 객관적 장치는 '나'의 내면 독백이 감상적으로 흐르는 것을 막고, '나'의 내면 독백이 개인적 삶의 감정을 넘어 일반사람 모두가 흔히 느끼는 보편적인 감정으로 확산되는 역할을 한다. '나'의 개인감정이 스크린 속의 어느 등장인물의 감정이 되어 다수의 일반관객에서 상연되는 것처럼 되는 것이다. 그리하여 '나는 이 세상에서 가난하고 외롭고 높고 쓸쓸하니 살어가도록 태어났다'라는 스크린의 자막은 시의 화자인 '나'만의 운명이 아니라, 지상에 사는 우리 모두의 삶의 운명으로 들린다. 그리고 '하늘이 이 세상을 내일 적에 그가 가장 귀해하고 사랑하는 것들은 모두 /가난하고 외롭고 높고 쓸쓸하니 그리고 언제나 넘치는 사랑과 슬픔 속에 살도록 만드신 것이다'와 같은 시인이 전달하는 전지적 목소리도 거부감을 일으키기보다는 오히려 객관적이고 보편적인 메시지로서 독자들에게 깊이 호소된다. 이러한 전지적 목소리의 보편적 호소력은, 그러한 생을 연상시키는 구체적인 자연물과 인물들의 제시로 한층 진실하게 전달한다. 도치의 문장으로 마감되는 이 시의 구문은, 시인의 생각이 궁극적으로 이미지 표현에 의해 전달되는 효과를 갖고, 그 이미지 표현이 환기하는 시적인 정서가 서술어가 드러나지 않는 여운을 지닌 종결어로 인해 독자들의 가슴에 오래도록 머물게 한다.

삶의 운명에 대한 시인의 성찰은 화자의 분리를 통해 감상에 빠지지 않는 객관적 시선을 확보하고, 다시 구체적인 사물에 대한 이미지 표현을 통해 보다 진실한 감동을 주며, 그러한 감동은 도치의 구문을 통한 여운의 종결형으로 시를 맺음으로써 독자들의 마음에 오랫동안 남게 하는 것이, 바로 이 시의 창작기법의 요체인 것이다.

이 시를 감동적으로 끝맺는 자연물과 인물들의 나열은 윤동주의 시 「별헤는 밤」의 5연을 연상시킨다. 자연물과 인물들 하나하나를 호명하는 듯한 진술방법이 매우 유사하고 호명하는 대상도 많이 겹친다. 윤동주와 백석의 시는 이외에도 여러 가지 면에서 흡사한 점이 많다. 특히 백석의 몇몇 후기 시편들이 윤동주의 시에 커다란 영향을 미친 것으로 보인다. 마치 일기를 쓰듯 차분하게 자신의 삶을 돌아보는 시적 태도, 자신의 내면을 수사적修辭的으로 장식하지 않고, 맑고 투명한 언어로 고백하여 진실한 감동을 주는 시적 표현방법 등이 매우 유사하다. 백석이 우리 시사에서 처음으로 시도한 이 내성적인 목소리와 투명한 서정의 언어가 윤동주의 시로 옮겨가서 새로운 꽃을 피우게 된 것이다.

이 시는 안도현의 시에도 깊게 드리워져 있다. 이 시의 명구절인 '가난하고 외롭고 높고 쓸쓸하니'는 안도현 시인으로 옮겨가 '외롭고 높고 쓸쓸한'으로 정제되어 시집의 제목으로 차용된다. 보통 시집의 제목은 시집 안의 시편들에서 따오는데, 그 시집에는 '외롭고 높고 쓸쓸한'이라는 시는 없다. 안도현은 자신의 시집 제목을 자신의 시가 아닌 백석의 시에서 따오고 있는 것이다. '가난하고', '외롭고', '쓸쓸한' 이라는 말은 화자의 처지에 대한 심정을 표현한 말이다. 화자는 서두에서부터 이러한 심정을 토로하다 마지막에 가서 그것이 자신의 삶의 운명이라고 말한다. 그런데 시인은 이때 '높고' 라는 말을 살짝 집어넣는다. 시인이 이제껏 토로한 것은 '가난하고', '외롭고', '쓸쓸하고', '사랑하는' 감정이었는데, 마지막에 '사랑하는' 이라는 말을 빼고 대신에 '높고' 라는 말을 집어넣는다. 이 단어의 교체가 평범한 구절을 새로운 시의 언어로 승화시킨다. '높고' 라는 말은 '가난하고', '외롭고', '쓸쓸한' 이라는 말의 의미자질과는 다른 선상에 놓이는 말이다. 그래서 이 말은 단어의 나열에서 튀게 되는데, 그 돌출의 언어가 평범한 언어의 배열에 낯설음의 미학을 가져오고, 또 '가난하고', '외롭고', '쓸쓸한' 이라는 말을 끌어들여 그러한 처지의 삶이 모두 '높은' 삶이라는 의미를 갖게 한다. 물론 여기서 '높은' 이라는 평범한 말의 의미도 비상한 위력을 발휘하게 된다. 쉽고 평이한 언어의 배열에 새로운 조합을 일으켜 낯선 언어표현을 만들고, 또 식상한 언어의 의미에 비상한 힘을 불어넣으며, 또 감상적으로 치부되는 감정에 내재된 소중한 가치와 의미를 되새기게 하는 이 구절을 눈 밝은 오늘의 시인이 발 빠르게 차용해간 것이다.

남신의주유동박시봉방南新義州 柳洞 朴時逢方

어느 사이에 나는 아내도 없고, 또,

아내와 같이 살던 집도 없어지고,

그리고 살뜰한 부모며 동생들과도 멀리 떨어져서,

그 어느 바람 세인 쓸쓸한 거리 끝에 헤메이었다.

바로 날도 저물어서,

바람은 더욱 세게 불고, 추위는 점점 더해 오는데,

나는 어느 목수木手네 집 헌 샷을 깐,

한 방에 들어서 쥔을 붙이었다.

이리하여 나는 이 습내 나는 춥고, 누긋한 방에서,

낮이나 밤이나 나는 나 혼자도 너무 많은 것 같이 생각하며,

딜옹배기에 북덕불이라도 담겨 오면,

샷 샷자리. 갈대를 엮어서 만든 자리.

쥔을 붙이었다 주인집에 세들었다.

딜옹배기 질옹배기. 둥글넓적하고 아가리가 쩍 벌어진 아주 작은 질그릇. '옹배기'는 '옹자배기'라고도 불리는 것으로서 '둥글넓적하고 아가리가 쩍 벌어진 아주 작은 질그릇'을 가리킨다.

이것을 안고 손을 쬐며 재 우에 뜻없이 글자를 쓰기도하며,

또 문밖에 나가디두 않고 자리에 누워서,

머리에 손깍지벼개를 하고 굴기도 하면서,

나는 내 슬픔이며 어리석음이며를 소처럼 연하여 쌔김질하는 것이었다.

내 가슴이 꽉 메어 올 적이며,

내 눈에 뜨거운 것이 핑 괴일 적이며,

또 내 스스로 화끈 낯이 붉도록 부끄러울 적이며,

나는 내 슬픔과 어리석음에 눌리어 죽을 수 밖에 없는 것을 느끼는 것이었다.

그러나 잠시 뒤에 나는 고개를 들어,

허연 문창을 바라보든가 또 눈을 떠서 높은 턴정을 쳐다보는 것인데,

북덕불 짚이나 풀 따위가 함부로 뒤섞여 엉클어진 뭉텅이에 피운 불.
굴기도 하면서 구르기도 하면서.

이 때 나는 내 뜻이며 힘으로, 나를 이끌어 가는 것이 힘든 일인 것을 생각하고,

이것들보다 더 크고, 높은 것이 있어서, 나를 마음대로 굴려 가는 것을 생각하는 것인데,

이렇게 하여 여러 날이 지나는 동안에,

내 어지러운 마음에는 슬픔이며, 한탄이며, 가라앉을 것은 차츰 앙금이 되어 가라앉고,

외로운 생각만이 드는 때쯤 해서는,

더러 나줏손에 쌀랑쌀랑 싸락눈이 와서 문창을 치기도 하는 때도 있는데,

나는 이런 저녁에는 화로를 더욱 다가 끼며, 무릎을 꿇어 보며,

어니 먼 산 뒷옆에 바우섶에 따로 외로이 서서

어두어 오는데 하이야니 눈을 맞을, 그 마른 잎새에는

나줏손 '저녁 무렵'의 평북 방언.
어니 '어느'의 평북 방언.
바우섶 바위 옆.

쌀랑쌀랑 소리도 나며 눈을 맞을,

그 드물다는 굳고 정한 갈매나무라는 나무를 생각하는 것이었다.

정하다 깨끗하고(淨) 바르다(正).

갈매나무 갈매나뭇과의 낙엽 활엽 관목. 높이는 2~5m이며, 가지에 가시가 있다. 잎은 마주나고 톱니가 있으며, 5월에 연한 황록색의 잔꽃이 한두 송이씩 핀다. 열매는 약용하고 나무껍질은 염료로 쓴다.

「남신의주유동박시봉방」 해설

이 시는 시인이 북쪽에 남아 분단으로 갈라지기 전에 발표된 마지막 작품이다. 객지에서 자신의 지난 생애를 응시하며 삶의 운명과 자세에 대해 성찰해보는 이 시는 앞서 「흰 바람벽이 있어」에서 시도된 시적 태도의 연장선 위에 놓여 있는 작품인데, 시적인 표현 방법에서 또 다른 창의성이 발휘된다. 이 시는 우리말의 구문에 대한 백석의 인식이 최고 수준에 올라서 있는 작품이다.

시의 내용을 감상하기 이전에 우선 특이한 제목의 의미부터 살펴본다. 제목에서 '남신의주南新義州'와 '유동柳洞'은 지명이다. '박시봉朴時逢'은 시의 문맥으로 보아 사람이름이다. 이 시의 초반부엔 화자가 거리를 헤메이다 '어느 목수네 집 헌 샅을 깐,/한 방에 들어서 쥔을 붙이었다'라는 구절이 나온다. 이로 미루어 '박시봉朴時逢'은 화자가 세 들어 산 주인집의 목수일을 하는 주인의 이름이다. '方'은 두 가지의 사전적 의미를 갖는다. 방위를 나타내는 뜻이 하나고, 편지에서 세대주나 집주인의 이름 아래 붙이어 그 집에 거처하고 있음을 나타내는 말의 뜻이 또 하나다. 여기서는 후자의 뜻이다.[24] 한 집의 방 하나에 세를 들어 사는 세대가 많았던 지난날, 편지봉투 등에 자신의 거처의 주소지를 쓸 때 집주인의 이름 아래 '방' 자를 붙여 쓰는 것은 일상에서 흔했던 일이다. 또 상대방과 대화를 하며 세 들어 산 자신의 거처를 말할 때도 역시 같은 식으로 말하곤 했다. 그러니까 이 시의 제목은 화자의 거처의 주소지인 것이다. 이 시는 화자가 객지에 홀로 떨어져 자신의 근황을 적고, 자신의 지난 삶을 되돌아보며 앞으로의 삶의 자세에 대해 다짐하는 내용으로 되어 있다. 시의 내용이 마치 객지에서 누군가에게 자신의 근황을 적어 띄우는 편지를 연상하게 한다. 그러고 보면, 이 시의 제목은 편지봉투의 발신인 주소에 해당하고, 시의 내용은 편지의 사연에 해당하여, 시의 전체 형식이 편지형식을 띠고 있는 것으로 볼 수 있다.

이 시는 1948년 『학풍』지에 발표된 작품인데, 당시 백석은 북쪽에 머물러 있었고, 『학풍』은 남쪽에서 발간된 것이며, 백석의 절친한 친구인 허준이 주관하던 잡지였다. 이 무렵에 발표된 백석의 작품 가운데 「적막강산」(『신천지』, 11 · 12 합본호, 1947. 12.), 「마을은 맨천 구신이 돼서」(『신세대』, 3권 3호, 1948. 5.), 「칠월백중」(『문장』 속간호, 1948. 10.) 등에는, 작품 말미에 허준이 광복 전부터 소장해 온 시를 발표한다는 부기가 붙어 있다. 이렇게 볼 때 이 작품도 허준이 그전부터 갖고 있던 것을 뒤에 발표한 것으로 보

24) '방' 이 지닌 이런 사전적인 의미는 김종태의 『한국현대시와 서정성』(보고사, 2004)에서 지적된 바 있다.

인다. 이 작품은 다른 작품들과 달리 허준 자신이 주관하던 『학풍』지에 발표된 것이어서 굳이 전부터 갖고 있던 것이라는 부기를 붙일 필요가 없는 것이다. 허준에게 오래전에 건네졌다 훗날에 발표된 이 작품은, 어쩌면 해방 전에 허준이 백석으로부터 직접 편지로 받은 것인지도 모른다.

이제 작품의 본론을 감상해보자. 이 시는 처음부터 8행까지는 화자의 근황을 진술한다. 가족과 떨어져 쓸쓸히 거리를 헤매다 어느 목수네 집의 한 방을 얻어 거처를 정했다는 근황을 투명한 언어로 진술한다. 이어 9행부터는 방에 틀어박혀 몇날 며칠 동안 자신의 삶을 성찰해본다. 객지에서 홀로 지내는 시간은 자기 모습이 온전히 비쳐지는 순간이다. 지인들과 익숙하게 부딪치며 그들과 섞여 바쁘게 시간을 보낼 때 자기 모습은 사라진다. 이제 그들이 모두 뒤로 물러나고 주변의 사람들조차 모두 타인이어서 이 세상에 나 혼자 만이 남게 되었을 때 비로소 '나'는 스스로를 보게 된다. 그래서 자기를 추스르고 새로운 다짐을 하고자 할 때 우리는 흔히 객지로 불쑥 떠나게 된다. 이 시의 화자는 지금 객지의 누추한 골방에 홀로 기거하며 자기 자신을 돌아보는 시간을 맞는다. '문밖에 나가디두 않고' 여러 날 동안 진행되는 화자의 자기성찰은 생각에 생각을 거듭하며 진행된다. 화자의 생각의 전개과정은 네 단위의 의미 마디로 이루어진다.

첫째는 9~15행까지이다. 이 첫째 마디에선 우선 누추한 방 안에 들어앉아 자신의 지난 시절을 되돌아보는 화자의 태도가 생생히 묘사된다. 낮이나 밤이나 나 혼자도 너무 많은 것같이 생각된다는 것은 혼자 몸 하나도 감당하기 어려울 만큼 생각이 많고 복잡하다는 것을 말하는 것일 것이다. 딜옹배기의 북덕불이 타고 남은 재 위에 뜻 없이 글자를 쓰기도 하는 행위는 혼자 방 안에 틀어박혀 무언가 생각에 골몰하는 모습을 여실히 보여주는 행동이다. 손깍지 베개를 한다거나 자리에서 이리저리 굴러보는 것 역시 생각에 골몰하는 행동의 표출이다. '소처럼 연하여 쌔김질' 한다는 것은 자기성찰에 몰두하는 화자의 태도에 대한 적절한 비유이다. 아주 천천히, 또 우직하고 솔직하게, 그러면서 연달아 되새기며 되돌아보는 화자의 태도가 이 비유 속에 잘 담겨 있다.

이어 16~19행까지는 지난 시절에 대한 북받치는 회한이 절절하게 표출된다. 가슴이 꽉 메어오고, 눈에 뜨거운 것이 핑 괴이며, 화끈 낯이 붉도록 부끄러운 감정은 지난 시절을 전신으로 돌아보며 느끼는 태도이다. 가슴과 눈, 얼굴 등 몸과 마음의 전신을 통해 북받치는 이 회한의 감정은 아주 솔직하고 철저하게 자기 삶을 되돌아볼 때 비로소 촉발될 수 있는 것이다. 이 처절하고 솔직한 자기성찰이 투명한 언어로 표출됨으로써 진실한 감동을 전해주는 것이 이 시의 중요한 성취의 하나이다.

이러한 철저한 자기성찰의 절정에서 이제 생각의 반전이 일어난다. '그러나' 라는 반전의 접속사와 함께 시작되는 20행부터 23행까지에서 화자는 죽고 싶을 정도로 극한적인 자기회한에서 삶에 대한 근본적인 생각을 해본다. 첫째와 두 번째의 생각이 솔직한 자기성찰의 단계라면, 세 번째의 생각은 자기성찰에서 비롯된 감정의 범람상태에서 한 발짝 뒤로 물러나 삶의 근원적인 동인에 대해 생각해보는 한층 진전된 사색의 단계라고 할 수 있다. 여기서 화자는 삶의 동인에 운명적 요소가 크게 작용하고 있음을 생각하게 된다. 이 세상은 자기 힘과 뜻만으로 이끌고 갈 수 없다는 실제의 경험에서 어떤 보이지 않는 힘이 우리 인생에 작용하고 있다고 생각한다.

그리하여 24행부터 화자의 마음과 생각은 새로운 방향으로 나아간다. 삶이란 결국 운명적 요소가 크게 작용한다는 것에 생각이 미치자, 그동안 지난 시절의 삶에 대해 죽고 싶을 정도로 회한에 잠겼던 감정들은 조금씩 진정되기 시작하며, 그런 감정들이 모두 마음속에서 지워지자 이제 남는 감정은 외로움뿐이다. 즉, 이 방에 나 혼자 있다는 외로움만이 드는 것이다. 그것은 지난 시절의 감정상태에서 벗어나 지금 현재의 처지로 시인의 감정과 생각이 옮겨왔음을 의미한다. 이 방에 나 혼자만 덜렁 던져져 있다는 것을 불쑥 느끼게 될 때, 화자의 시선은 자연히 방 주변의 이곳저곳에 미치게 되어 조그만 감각에도 미세하게 반응하게 된다. 싸락눈이 문창을 치는 소리가 들리는 것에는 이러한 화자의 심리적 반응이 담겨 있다. 그 소리는 미세하나 방 안의 사물에 대한 감각이 예민하게 작동하고 있는 화자에겐 크게 들리면서 가슴을 강렬하게 울리게 된다. 화자의 가슴을 고동치는 그 싸늘한 소리는 화자에게 어떤 다짐과 각성을 촉진시킨다. 화로를 더욱 다가 낀다거나 무릎을 꿇어본다는 것은, 바로 그런 마음이 구체적인 행동으로 나타난 것이다. 그런 행위는 마음을 잡고 새로운 각오를 다지며 진심으로 어떤 것을 갈구할 때 표출되는 것이다. 그때 시인은 먼 산 뒷옆의 바위옆에 외로이 떨어져 있는 갈매나무가 눈을 맞는 모습을 생각한다. 그것은 화자의 처지와 자세에 대한 비유적 표현에 해당한다. 먼 산 뒷옆에 외로이 떨어져 있는 갈매나무는 가족들과 떨어져 객지에서 외롭게 지내는 화자의 처지와 대응되며, 마른 잎새에 쌀랑쌀랑 소리도 나며 눈을 맞는 갈매나무는 건조하고 차가운 창문으로 싸락눈을 맞으며 방 안에 기거하는 화자의 처지에 대응된다. 갈매나무에 비유된 화자의 처지와 자세는 어둠과 외로움 속에서도 그것을 회피하거나 굴복하지 않고 꿋꿋하게 견디는 '굳고 정한' 삶이다. 여기서 '정하다'는 것은 올바르고 반듯하다는 뜻과 깨끗하고 정갈하다는 의미를 모두 포함하는 것으로 보아야 한다. 그 이유는 그런 갈매나무의 이미지가 '어두워 오는데 하이야니 눈을 맞을' 모습으로 표출되기 때문이다. 그 모습은 모든 것을 수용하면서 굳게 견디는 갈매나무의 순결한 자태를 반영한다.

시인의 삶의 자세가 투영된 이 갈매나무가 구체적으로 어떤 수종인가에 대한 문제는 부차적인 것이다. 눈여겨보아야 할 것은 그

'갈매나무' 를 시인이 어떻게 표현하고 있는가 하는 점이다. 우선 시인은 그 갈매나무가 '드물다는' 것이라고 말한다. 그것은 시인이 추구하는 삶의 자세가 그렇게 쉽게 얻을 수 있는 것이 아니라는 것이다. 시인의 정신자세의 어떤 고결성을 의미한다. 또 하나는 '갈매나무라는 나무' 라고 표현한 점이다. 시인은 '갈매나무를 생각한다' 고 하지 않고 '갈매나무' 뒤에 다시 또 '나무' 라는 말을 일부러 붙여서 '갈매나무라는 나무를 생각한다' 고 말한다. 그것은 시인이 '갈매나무' 의 이미지를 중시하면서도 그 갈매나무의 상위 갈래로서 많은 수종들을 모두 포함하는 '나무' 의 이미지의 중요성을 부각시키기 위한 것으로 보아야 한다. 시인이 중시하는 것은 결국 '나무' 의 이미지이다. 땅에 뿌리박고 버티면서 모든 것을 수용하고 견뎌내는 '나무' 의 이미지가 바로 시인이 추구하고자 하는 삶의 자세인 것이다.

시인의 정신자세가 함축되어 있는 이 절묘한 구절을 백석 시에 눈 밝은 안도현 시인이 지나칠 리 없다. 안도현 시인은 '그 드물다는 굳고 정한 갈매나무라는 나무' 의 구절을 그대로 자신의 시의 제목으로 삼으면서(시집 『너에게 가려고 강을 만들었다』에 수록) '나무' 이미지에 관한 시 한 편을 쓴다. 백석의 이 명시의 한 구절이 안도현 시의 제목을 낳고, '나무' 이미지로만 형상화된 또 하나의 시를 낳은 것이다.

지금까지는 이 시의 의미의 전개과정에 대해 살펴보았다. 이 시는 이러한 의미전개가 우리말의 구문에 대한 적절한 활용에 힘입어 한층 실감나고 깊이 있게 드러난다. 지금까지 살펴본 대로 이 시의 의미는 크게 둘로 나누어진다. 하나는 1~8행까지로 화자가 객지에서 쓸쓸히 거리를 헤매다 어느 목수네 집의 한 방을 얻어 거처를 정했다는 진술이고, 그 다음 9행부터 끝까지는 방에 틀어박혀 몇날 며칠 동안 자신의 삶을 성찰하는 과정이 길게 진술된다. 이처럼 두 개의 서로 다른 의미의 서술에서 시인은 서로 다른 구문을 사용한다. 전자의 경우에는 일관되게 서술어의 종결형이 '헤매이었다', '붙이었다'와 같이 '동작동사'로 되어 있다. 반면에 후자의 경우는 일관되게 '~것이었다'라는 명사구문으로 되어 있다. 동작동사는 동작의 역동적 환기성으로 여기저기 헤매다 거처를 정하는 화자의 동작을 생생히 드러낸다. '~것이었다'라는 명사문은 방 안에 틀어박혀 생각에 생각을 거듭하는 화자의 치열한 자기고뇌와 성찰을 매우 깊이 있게 드러낸다. 여기에는 한국어 구문이 지닌 의미작용에 대한 시인의 고도의 언어감각이 개입되어 있다.

앞서 여러 번 언급했듯이 '~것이다' 구문은 화자가 한 말을 대상화시켜서 말하는 구문이다. 여기서는 화자인 '나'의 자기성찰을 '~것이다'라는 서술어로 종결시킴으로써, '나'의 성찰에 대한 진술을 대상화시켜 말하는 발화자로서의 '나'가 생성된다. 이러한 현상은 '나'의 성찰과정을 되돌아보는 '나'의 존재를 부각시켜, 시 속의 화자가 시도하는 성찰이 발화자인 '나'의 마음속에서 지속적으로 진행되는 것이라는 것을 느끼게 한다. 만약에 이 자아성찰이 그 앞에서와 마찬가지로 동작동사로만 일관하였다면, 성찰했다는 사실만이 전달되었을 것이다. 그런데 시 속의 '나'가 자신을 되돌아보는 과정에 대한 진술을 다시 대상화시켜 말하는 화자를 생성시켜서, 시 속의 화자가 성찰하는 것이 발화자의 마음속에서 지속적으로 회상되는 것으로 만들고 있다. 이러한 회상의 지속성 효과는 오랜 시간 동안 지속적으로 진행되고 있는 화자의 고뇌의 과정을 생생히 느끼게 만든다.

앞에서 살펴본 시들에선 '~것이다'라는 서술어가 시의 맨 마지막 문장의 종결형으로만 쓰였는데, 이 시에서는 9행부터 시작되는 자기성찰의 매 문장마다, 그리고 자기성찰의 심리변화를 드러내는 각각의 의미단위마다 '~것이다'라는 서술어가 구사되고 있다. 이처럼 성찰의 의미단위마다 '~것이다'라는 서술어가 사용되고 있는 것은, 각 단계의 모든 성찰이 지속적이고 오랜 기간에 걸쳐 이루어진 힘들고 깊은 고뇌였음을 환기시킨다. 평명한 언어로 일관한 이 시가 화자의 치열한 자기고뇌를 매우 투명하고 진실하게 드러내는 작품으로 읽히는 데에는, 바로 이러한 '~것이다' 구문이 매우 중요한 역할을 하고 있는 것이다.

낱말풀이 참고서지

강현식, 『안경재료학』, 신광출판사, 2001.

강희숙, 「백석의 시어와 구개음화」, 『한국언어문학』, 53집, 2004, 12.

거제시지편찬위원회, 『거제시지 상권』, 거제시, 2002.

거제시지편찬위원회, 『거제시지 하권』, 거제시, 2002.

고려대학교 민족문화연구원, 『한국민속대관 1~5』, 고대민족문화연구소, 1980.

고려대학교 민족문화연구소, 『한국민속의세계 1~10』, 고려대학교 민족문화연구원, 2001.

고형진, 『백석 시 연구』, 고려대학교 대학원 석사학위논문, 1983.

고형진, 『현대시의 서사 지향성과 미적 구조』, 시와시학사, 2003.

국립국어연구원, 『표준국어대사전』, 상 · 중 · 하(총 3권), 국립국어연구원, 1999.

김명인, 『한국근대시의 구조연구』, 한샘, 1988.

김민수(외), 『금성판 국어대사전』, 금성출판사, 1993.

김영배, 「백석 시의 방언에 대하여」, 『한실 이상보 박사 회갑기념 논총』, 형설출판사, 1987.

김영배, 『평안방언연구』, 태학사, 1997.

김영범, 「백석 시어연구」, 고려대학교 대학원 석사학위논문, 2004.

김재홍(편저), 『한국현대시시어사전』, 고려대학교출판부, 1997.

남광우, 『고어사전』, 교학사, 2004.

남영신, 『우리말 분류사전』, 한강문화사, 1987.

남영신, 『우리만 분류사전2』, 한강문화사, 1988.

남영신, 『새로운 우리말 분류사전』, 성안당, 1994.

대한안경인협회, 『한국안경사대관』, 대한안경인협회, 1986.

림노선, 『식물곤충사전』, 백과사전출판사 : 평양, 1991.

文定昌, 『朝鮮の市場』, 日本評論社版, 1941.

문화재연구소 예능민속연구실, 『한국민속종합조사보고서 : 제11권 황 · 평안남북 편』, 문화공보부 문화재관리부, 1980.

박영하, 『우리나라 나무이야기』, 이비컴, 2004.

서울대학교동양사학연구실(편), 『강좌중국사 I~VI』, 지식산업사, 1989.

서울시립대학교 박물관, 『땅의 흔적, 지도이야기』, 예맥출판사, 2004.

송준(편), 『백석 시전집』, 학영사, 2004.

櫻井德太郎(편), 『민간신앙사전』, 東京堂出版 : 동경, 1980.

윤주복, 『나무 쉽게 찾기』, 진선출판사, 2004.

이경수, 『한국 근대시의 반복 기법과 언술 구조』, 고려대학교 대학원 박사학위논문, 2002.

이동순(편), 『백석 시전집』, 창작과비평사, 2005.

이숭원, 「백석 시의 난해 시어에 대한 연구」, 『인문논총 8』, 서울여자대학교 인문과학연구소, 2001.

이우성, 강만길(편), 『한국의 역사인식 하』, 창작과비평사, 1985.

이종철, 박호헌, 『서낭당』, 대원사, 1994.

이찬, 황재기(공저), 『세계지도집』, 교학사, 1982.

이창복, 『(원색)대한식물도감 상 : 양치 및 나자식물, 이판화』, 향문사, 2003.

이창복, 『(원색)대한식물도감 하 : 합판화, 단자엽식물』, 향문사, 2003.

임동권, 『한국세시풍속연구』, 집문당, 1993.

이훈종, 『민족생활어 사전』, 한길사, 1993.

전경욱(외), 『양주의 구비문학 2』, 박이정, 2005.

전경욱, 『함경도의 민속』, 고려대학교출판부, 1999.

정주군지편찬위원회, 『정주군지』, 평안북도 정주군, 1975.

정주군지편찬위원회, 『정주군지 2집』, 정주군민회, 1999.

조동걸, 한영우, 박찬승(엮음), 『한국의 역사가와 역사학 하』, 창작과비평사, 1994.

중국지도출판사(편), 『中國國勢地圖』, 帝國書院, 1988.

지배선, 『중세동북아사연구』, 일조사, 1993.

최대림(역해), 『東國歲時記』, 홍신문화사, 1989.

최영전, 『한국민속식물』, 아카데미서적, 1992.

최정례, 「백석 시의 근대성 연구」, 고려대학교 대원원 박사학위논문, 2004.

평안북도지편찬위원회, 『평안북도지』, 평안북도, 1973.

한국문화상징사전편찬위원회, 『한국문화상징사전 1』, 동아출판사, 1992.

한국문화상징사전편찬위원회, 『한국문화상징사전 2』, 동아출판사, 1995.

한국민속사전편찬위원회, 『민속대사전 1』, 민족문화사, 1991.

한국민속사전편찬위원회, 『민속대사전 2』, 민족문화사, 1991.

한국역사연구회(편), 『역사문화수첩』, 역민사, 2000.

한국정신문화연구원 어문연구실, 『평북 방언사전』, 한국정신문화연구원, 1981.

한글학회, 『우리 토박이말 사전』, 어문각, 2002.

백석 시 바로읽기

지은이 | 고형진
펴낸이 | 김영정

초판 1쇄 펴낸날 | 2006년 5월 16일
초판 7쇄 펴낸날 | 2022년 4월 28일

펴낸곳 | ㈜ 현대문학
등록번호 | 제1-452호
주소 | 06532 서울시 서초구 신반포로 321(잠원동, 미래엔)
전화 | 02-2017-0280
팩스 | 02-516-5433
E-mail | book@hdmh.co.kr
홈페이지 | www.hdmh.co.kr

ISBN 89-7275-357-2 03800